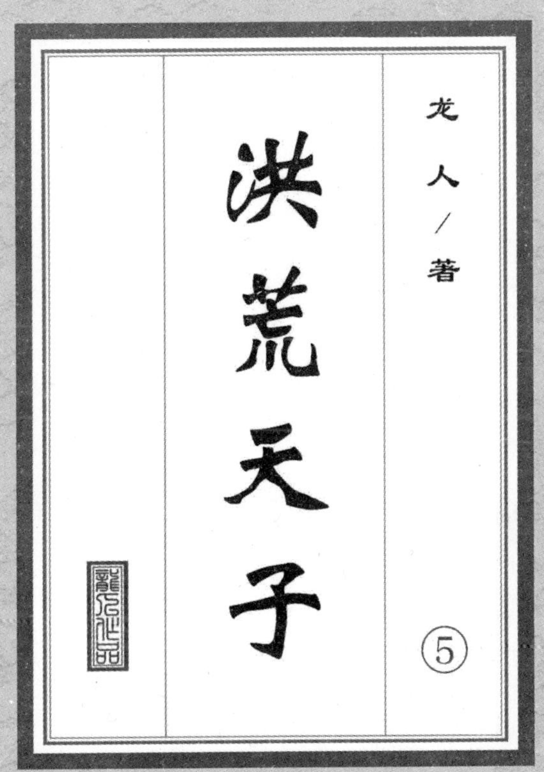

二十一世纪出版社集团
21st Century Publishing Group
全国百佳出版社

图书在版编目（CIP）数据

洪荒天子：全 10 册 / 龙人著 . -- 南昌：二十一世纪出版社集团，2017.11

ISBN 978-7-5568-3103-6

Ⅰ. ①洪… Ⅱ. ①龙… Ⅲ. ①侠义小说－中国－当代 Ⅳ. ① I247.5

中国版本图书馆 CIP 数据核字 (2017) 第 243742 号

洪荒天子：全10册　　龙　人著

责任编辑　敖登格日乐

出版发行　二十一世纪出版社集团

（江西省南昌市子安路75号　330025）

www.21cccc.com　cc21@163.net

出 版 人　张秋林

经　　销　新华书店

印　　刷　北京龙跃印务有限公司

版　　次　2018年2月第1版　2018年2月第1次印刷

开　　本　710mm×1000mm　1/16

印　　张　160

字　　数　1731千

书　　号　ISBN 978-7-5568-3103-6

定　　价　498.00元（全10册）

目　录

第六十一章　极乐神箭 …… 1

第六十二章　渠瘦杀手 …… 17

第六十三章　刃下无情 …… 34

第六十四章　圣女施媚 …… 50

第六十五章　无火自燃 …… 66

第六十六章　御剑之术 …… 82

第六十七章　圣王轩辕 …… 99

第六十八章　高手云集 …… 116

第六十九章　无量神尺 …… 133

第七十章　地火焚天 …… 151

第七十一章　破封而出 …… 169

第七十二章　虎王华虎 …… 184

第七十三章　地神土计 …… 200

第七十四章　天浪祭司 …… 217

第七十五章　神魔俱损 …… 233

第六十一章　极乐神箭

箭至，轩辕的灵觉已经清晰地捕捉到这一箭的方位，此时的目光似乎根本就起不到应有的作用，他已无法以目光捕捉到箭的存在。

速度太快，快得几乎完全不存在，快得如同突破了这个空间，又自另一个空间突然穿出，抑或，箭已化为另一种形式存在，如同意念，如同虚空，变得抽象虚无，却又实实在在地存在着。所以，轩辕根本就无法以眼睛捕捉到箭的踪迹。

呼……轩辕的剑疯狂地挥出，凝聚了自己所能凝聚的全部功力，以作这最后也是最为野性的一击。生与死，成与败，也全都牵系于这灭天绝地的一剑之上。

轰……箭、剑相击，准确得骇人，便如两颗灵魂的碰撞。轩辕终于在最后一刻找到箭头的所在，他知道自己不可能避得过这一箭，世间没有任何速度能够在如此短的距离中快过这毁灭性的一箭，轩辕不能，只怕连满苍夷也不可能。因此，唯一可以保命的方式便是硬挡！

轩辕无法控制自己的身子，噔噔噔……连退五步，在他退至第二步之时，那被含沙神剑剖成两半的箭身同时钉在他的两只肩膀上，入肉三寸，至骨而止。

轩辕发出一声低低的闷哼，身子倒撞在一棵大树树干上，这才立定，但手心已经麻木得几乎无法握住剑身。毕竟他破了对方绝杀的一箭，尽管无法躲过受伤的命运。

这个结果让轩辕感到有些意外，这一箭比他所想象的更为可怕，也让他为之绝望。因为，他仅仅只是挡下一箭而已，此刻他的攻击力几乎已等于零，他又如何能够再去抵挡对方接下来的攻击呢？

对手并没有像轩辕所想象的那样继续攻击，只是将大弓轻负于肩头，冷冷地望了轩辕一眼，眼里的表情复杂无比。有怜惜，有欣赏，有赞许，也有惊讶……但这之间却没有了杀机，那布满沧桑的眼神中更显出一丝苍凉的老态。

轩辕惊讶于对方的表情，更感到意外，他不明白对方为什么不继续出手，只要再补一箭，便足以置他于死命。可是对手却停下不攻，这让轩辕有些不解。

“你可以走了。”中年箭手的语气低沉而冷漠，但却有一种无法抗拒的气势。

“你为什么不再补上一箭？”轩辕也冷冷地反问道。

“我从来都不会对同一个人射出第五箭，因此你可以走了。”那中年箭手神态傲然，语气之中有种说不出的自负。

“从不对同一个人射出第五箭？”轩辕不由得好笑起来，他不明白这是怎样一种规矩，但这个规矩却很有意思，对他也更是有利。

“不错，能在我极乐弓射出的极乐神箭下而不死的人，你应该引以为傲了。纵然放眼整个洪荒，也不会有多少人。”那中年箭手似乎又是在缅怀什么，轻轻地吸了口气。

“极乐弓？极乐神箭？你是什么人？”轩辕不由问道。

“你能毁去我一支极乐神箭，想来你手中之物也是神族十大神器之一了，我也该告诉你我的名字。好了，年轻人，我叫乐极七代。如果你想找我报仇的话，可去渠瘦族向我挑战！”中年箭手淡淡地瞟了轩辕手中的剑一眼，悠然道。

“乐极七代？”轩辕更感好笑，不由问道，“这也是名字吗？”

“名字只不过是一个代称，你可以说这是我的名字，也可以说这是我的代号。或许，我根本就没有名字。”乐极七代淡漠地道。

对于乐极七代的解释，轩辕不由得大感有意思。不过，此刻他没有了生命之忧，又记挂起跂燕来，不禁冷冷地问道："你们把我的朋友带到哪里去了？"

"这个问题我不会回答你的。"乐极七代毫无表情地道。

轩辕的脸上闪过一丝怒意，此刻，他的手上几乎已经没有了力道，那剖成两半的两片利箭几乎将他的两条臂膀暂时给废掉了，如果那一箭的力道再大一些，只怕这两只手臂永远都休想再握兵刃了，但他并没有就此放弃的意思。

"如果我一定要让你回答呢？"轩辕声音比乐极七代更冷更绝，而在此同时，他以左手重重地拔出插在右肩入肉三寸的箭头。

乐极七代望着那仍带着一块血肉的箭头和轩辕漠无表情的脸，心中也升起一丝讶异的感觉。

轩辕眉头都不曾稍眨一下，然后右手的剑缓缓地插入剑鞘，目光阴冷地望着乐极七代。

"那要看你有没有这个能耐，虽然我不会向同一个人射出第五箭，但我并不是只会用箭！"乐极七代显出一丝不屑。

轩辕缓缓地抬起手掌，双掌虎口也都渗出了血水，甚至有些发胀，这是他从来都不曾有过的事情，由此可见极乐神箭的威力是如何的强霸。

哧……轩辕伸出右手猛地一下又拔出左肩的箭头，连皮带肉地拉了出来，但他连眼睛都未曾眨半下。

"那好，我就要试试你除了箭之外还会有什么厉害之处！"轩辕用牙齿及左右手互换，竟然以布条将左臂缠紧，使得血液减缓外流。不过，自那手上笨拙的样子，任谁都可以看出轩辕的手已经不可能再威胁到任何人，至少，暂时不可能威胁到任何人。

乐极七代并不是小看轩辕，他绝对不会小看能够硬挡他极乐神箭的人，只是此刻，他根本就不相信轩辕这么一个基本上双手残废的人会耍出什么样的花招。当然，对于轩辕的狠劲和精神他也不由得不暗自佩服，于是很难得地以一种怜惜的口吻问道："你的双手已经废了，根本就不可能是我的对手。"

轩辕不由不屑地笑了笑，望向乐极七代的目光之中竟有些轻蔑之意，道：“你错了，一个真正能杀人的人，并不一定得用手。虽然我的双手给废了，至少，我还有双脚！”

“双脚？”乐极七代不由得也笑了，目光不禁移向轩辕那双依然穿着长靴的脚。

“轩辕，把他交给我好了！”斗鹏突然出现在轩辕身后的不远处，其实他早就来了，当然看到了乐极七代与轩辕那惊天动地的比拼，更曾久久地震撼于其势之下。斗鹏也亲眼看着轩辕拔出伤处的利箭，再望着轩辕欲以脚去面对强敌，他不由被轩辕那份豪气和对朋友的关爱激起了内心的侠义，这才不顾一切地现身。

乐极七代的眼角闪过一丝杀机，轩辕心中叫糟，不由扭头冷冷地对斗鹏道：“请你不要管我的闲事，我的事情自己会处理。”

“可是你的手……”

“哪怕我只剩下一口气，都会为我的原则而战，如果你认为我必输的话，那便请去为我挖个坑穴，到时再将我的尸骨埋了，但这里没你的事！”轩辕厉声道。

乐极七代和斗鹏全都一呆，轩辕却已扭头向乐极七代冷冷地道：“任何小看我轩辕的人，都不会有好下场！我相信，你也不会例外！”

乐极七代和斗鹏回过神来之时，轩辕似乎已经换了一个人，甚至不能叫人，只是似一团燃烧着无形之火的坚石。

轩辕的双手负到了背后，裤腿更无风自动，像一层层波浪般流向皮靴之中。

乐极七代立刻打起精神，他知道轩辕并不是说假话，任何小看轩辕的人，都可能不会有好下场，此刻轩辕身上那奔涌的气势正是要向他证明这一切。

“我再问一遍，我的同伴究竟被你们带到了什么地方？”轩辕的话不仅冷，更让乐极七代和斗鹏感觉到心中有些冷。

的确，轩辕那种说话的语气和那藐视一切的气概，使他与身俱来的霸气更为突出，比之乐极七代更让人心颤。

“我绝对不会说的，除非你胜了我！”乐极七代神情冷漠地道。

“好！很好……”说到第二个“好”字之时，轩辕已如幽灵般到了乐极七代的正前方。

乐极七代微讶，轩辕只踢出一只脚，但这只脚似乎封闭了整片天空，堵塞了一面空间，使得他眼前光亮尽暗。是以他出刀，一柄状如新月银亮的弯刀。

轩辕认识，这正是渠瘦杀手们所用的兵刃，只是此刻换到了乐极七代的手上。

当……弯刀斩中轩辕击出的那只脚底，竟发出一声金铁交鸣声，这让乐极七代吃了一惊，但他在吃惊的同时，发现了一片白光闪过，轩辕的另一只脚也以无可挑剔的速度踢至，无论是角度还是力度，都拿捏得让人吃惊。

乐极七代不得不退，但在他一退之时，方发现轩辕攻击的用意并不是他的身子，而是他的兵刃。

砰！轩辕的脚掌重重地砸在地面之上，一块青石裂成八块，然后轩辕便如擎天之柱般挺立在与乐极七代相距五丈之地上。

乐极七代并没有退远，并非他不想，而是因为他突然发现新月弯刀竟被轩辕踏在地上。

斗鹏也感到无比的惊讶，他在突然间才发现新月弯刀之下竟有一根细而透明的丝线。丝线的一端自轩辕脚下的新月弯刀上延伸而出，另一头却缠在乐极七代的手腕上。

乐极七代的脸色变了，轩辕却笑了，一切都没有逃出他的意料。

“你是如何知道这个秘密的？”乐极七代脸色阴冷地问道。

“世上之事，并没有绝对的秘密，你忘了曾经有八名渠瘦杀手死在我的手下！”轩辕神色间涌起一阵冷冷的杀意，事实上也正是如此，若是轩辕不曾与那八名渠瘦杀手交手的话，他绝不会在一时半刻间发现弯刀的秘密所在。而眼下轩辕的一切便是专为弯刀而设下的攻击步骤，乐极七代果然中计。

乐极七代的功力并不像轩辕想象的那般已达绝顶之境，就算高也不会高出轩辕多少，刚才极乐神箭的超霸威力，大概是因为极乐弓的原因。轩辕真难想象世上竟有这般绝世好弓，或许正如乐极七代所说，是神器。但神族十大神器又是怎么回事？其他的神器又是什么东西呢？神器有何神妙之处？轩辕并没有心思去细想这些，因为乐极七代已经运功拉扯那根丝线，竟欲重新夺回新月弯刀。

轩辕露出一丝诡异的笑容，如果说乐极七代欲从他的脚下夺回新月弯刀，那几乎是不可能的。轩辕相信，就算是功力比他高出两倍的敌人，也休想在这种情况下夺回新月弯刀。只要这些人想到轩辕的武功是自瀑布之中练出来的，他们便不会奇怪这之间的原因了。想象瀑布的冲击力何等强大，但依然无法将轩辕冲动半分，可见轩辕下盘之稳确已达到了天下罕见的地步，下盘力道之强更是超乎普通人的想象之外。

“别白费心机了！”轩辕一声轻啸，右脚踏紧新月弯刀，左脚勾出，竟将那丝绳缠在足踝的皮靴上。

乐极七代心中微惊之时，轩辕的身子已如一阵风般，借对方强拉之力，直撞向其面门。

虚空中一时之间被腿影布得密密麻麻，强霸的劲风犹如奔雷疾雨一般破空而出。

乐极七代似乎没有想到轩辕如此狡猾，更如此刁钻。在轩辕脚下一紧一松的同时，他几乎一时之间站不稳脚，而此时轩辕的脚已铺天盖地席卷而至，他无法可想，唯有出拳。

砰砰砰……乐极七代也不知道自己究竟击出了多少拳，但在轩辕脚影消散的当儿，他突然觉得自己胸口一凉，然后他与轩辕同时被震得向两个方向坠落。

噗噗……轩辕也连退两步方立稳足，但依然与乐极七代相距五丈，因为他脚上仍缠着那柄新月弯刀。

乐极七代的脸色难看至极，他的胸口竟出现一道长约四寸的刀口，鲜血湍湍外流，使得他几疑置身于梦中。这是他自己的刀伤了自己，只感到脸上一阵火辣辣的发烫。他的确有些惭愧，竟然输了轩辕一招，输给了一个双手都被废了的对手。

当然，这不能全然算输，但对于乐极七代这样一个极度自负的人来说，这是一种耻辱，虽然他最精擅的是弓箭，但身为极乐弓与极乐神箭的主人，便使他不能再丢这个脸了。

“如果你告诉我，我的同伴究竟被带到了哪里，你还有机会。”轩辕全身充满压迫气势，问道。

“哼，你以为这就已经胜了我吗？未免也太小看我了。”乐极七代冷哼道。

“哦，如果真是这样，这是你的悲哀，就算你想摆弄弓箭也不会有机会了。”轩辕自信无比，不屑地道，目光之中更透出冷厉至极的杀机，浑身升起的杀气更浓，使人似乎可以感觉到那股无形之火燃烧得更旺、更凶、更猛、更炽烈。

斗鹏的眸子里闪过了一丝难得的尊敬和崇敬，他无法想象，像轩辕这样一个双手被废的人，还会拥有如此强霸的斗志，仍会拥有如此让人心寒的自信。他真的有些看不懂轩辕这个人了，或许这个人天生便是战神，或许正如轩辕所说，杀人者用任何东西都可以杀人，何须用手？只是让人难以想象，轩辕竟能够将脚也练至如此无可挑剔的境界。如此一个人，又有什么理由不让人害怕，不让人心惊呢？

斗鹏是一个战士，战士欣赏的便是勇武无畏，欣赏的便是一往无回的斗志，欣赏的便是那种战死不降的豪气。所以，他欣赏轩辕，崇敬轩辕，而在此刻，他也有了自己新的目标，新的认知，不过这一刻，他仍只是好好地观看两大高手别开生面的交手，这将是他毕生难忘的一战。

乐极七代竟然松下缠在腕间的丝绳，他不想再受轩辕脚上所缠的新月弯刀之牵绊，只有在自由的空间里，他才能够尽情地发挥出他的武功。

轩辕并没有阻止乐极七代的行动，只是冷冷地望着乐极七代，脸上闪过一丝极为悠然的神采。或许，他根本就不在意乐极七代是否改变战略。

“很好，既然你不要这柄刀，我也便废了它！”轩辕脚下一运力，新月弯刀竟碎裂成数十块大小不等、形状不一的碎片。

乐极七代脸色微变之际，那数十块碎片竟如光雨一般洒了过来，没头没脑地封住了他身前所有的方位。

轩辕的脚并不比手逊色多少，在他左脚斜抹而出之时，他的身子犹如踏在一阵幽风之上，向乐极七代旋飞而至。

乐极七代冷哼一声，双掌狂出，汹涌如潮的劲气激得那刀片四处乱舞。毕竟，他也是一代高手。

乐极七代扫飞了刀片，但他却无法扫开轩辕的腿。

轩辕的腿影重重，竟是花猛最为拿手的攻击招式。在有邑族中，对于腿法，要数花猛最为精绝，便连轩辕也不得不佩服，而此刻轩辕的腿法正是得自花猛招式间的明悟。

砰……乐极七代躲过轩辕如狂风般踢至的三十六腿，但在第三十七腿之时，他不得不挥拳相挡，他已经不可能再躲开轩辕第三十七腿的攻势。

“呀……”乐极七代一声惨哼，他再次飞退，也不得不退。

轩辕立稳身子，并没有追击，以单足点地，成一个极为潇洒利落的金鸡独立式，半带揶揄地望着乐极七代。

“你卑鄙！”乐极七代怒吼道，脸色气得铁青。不过，他的指头在滴血。他的确没有想到轩辕竟会如此奸滑，居然在靴底暗藏了一片刀锋，在他不得不出拳阻止轩辕疯狂的攻势之时，便刚好坠入了轩辕的诡计之中。是以，乐极七代的手指险些被刀锋割断，怎叫他不怒？

“这个世上并没有什么卑鄙不卑鄙，我的目的，只是要将你击倒，至于其他的一切，只是在这个过程中必不可少的步骤。生死交锋本就是无所不用其极，何况，我只是用你的刀伤你，你有何话可说？”

“你！”乐极七代的确不知道该再说些什么，事实上也正如轩辕所说，此刻他们之间已经不再只是单纯的比斗，而是生死相见，在生与死之间，卑鄙又是什么东西？所有的目的只是为了生存，所有的一切都是为达到目的，的确是已经没有必要强调该用何种手段了。

在武功招式上，乐极七代的确比轩辕欠缺了许多，他所专长的只是箭招，但轩辕却是博百家之长，无论是拳、脚，还是各种兵刃，他都有着极深的了解，甚至能将之融会贯通，而独成一派，也使得他的攻击显得诡变百出，让人无从捉摸。乐极七代也显得莫可奈何，不仅仅是因为他的招式太过诡异，更因为其速度快得让人心惊。

轩辕抖了抖脚踝，那片被吸在脚底的刀片悠然坠落在地上，然后才淡淡地笑了笑道："我说过，杀人并不需要用手，手只是杀人工具中的一种。任何对付我轩辕的人，都要付出代价。我希望你还是老实地讲出我的同伴在哪里吧。"

乐极七代已经没有了最初的悠闲和傲气，而是激怒，甚至有些失去控制，像是一头受伤了的野兽，不可理喻地吼道："你休想，就算你能胜过我，依然逃不过一死！"

"就算是这样，那也只是将来，而在未知的时间里，谁能够主宰将来还得凭实力，你的话只能权当笑料！"轩辕说到最后，神色变得冷厉异常，杀机再起。

乐极七代动了一下，他想取弓，但轩辕的速度更快，更绝。

他们之间的距离并不是很远，轩辕绝对不会留给乐极七代太多的自由空间。一切，都在轩辕能够控制的距离之中。轩辕保持了一种随时都可以发起进攻的势态，便是乐极七代也奈他不何。因为轩辕的速度实在太快，这便是神风诀带给轩辕的最大好处。

虽然轩辕的神风诀犹未能够达到满苍夷或者叶皇的境界，但在速度的比拼之上，绝不会比乐极七代逊色。

乐极七代没有办法，只得挥拳相迎，他便是想摘下肩头极乐弓的机会都没有。这对于他来说，的确是一种悲哀，本来，他在功力之上仍占有优势，可是他却败在自己的兵刃之下，也就一而再地受伤，但他却不得不佩服轩辕的诡变，这其实也是一种经验，交手的经验。只有在实战之中，才能够使人适应任何环境，才能够让人的反应速度提升到更高的境界，而轩辕已经做到了将外界的所有事物加以利用，这正是一种实战经验达到纯熟圆通的表现。

当然，这一切也与天赋有关，一个人的天赋也会决定一件事物的发展，轩辕不可否认是天赋极高的人。

让乐极七代心惊的还有轩辕靴底那硬鳞般的东西，那正是坚逾金钢的罗罗兽鳞，而此刻却也成了一种攻击的利器。

哧……轩辕这次竟然也估计失误，乐极七代伸手去拿肩上的大弓只是诱敌之计，他根本就是作为一种虚掩的架势，真正的意图却是袖间的一支短箭。

轩辕惨哼一声倒翻而出，他没能躲开这支自对方两手之间全凭腕劲发出的袖箭，竟然射入了他的胸膛。

斗鹏反应过来之时，轩辕已经沉重地坠在地上。

乐极七代根本就不让轩辕有半点喘息的机会，他本就不相信轩辕仍能有什么反抗之力，但对于这样一个顽强而可怕的对手，他必须做到赶尽杀绝，是以他挥弓向轩辕猛扑而下。

极乐弓背伸出的碧绿弯角本就是锋利至极的利刃，乐极七代并不会再射出第五支劲箭，但却并不介意以极乐弓送人登上极乐世界。

斗鹏想阻止都已是不可能，他根本就来不及，一切都发生得太快，他甚至还没有看清轩辕是如何受伤，又是如何跌倒在地。他不敢想象，一个没有任何辅助的人，是如何自地上弹起再避过乐极七代这绝命的一击。

轩辕在惨哼之声刚息之时，又突地发出一声闷吼，射中胸口的短箭竟自动弹出，带着一蓬血雨，然后，乐极七代发现自己的沉重一击落空。

的确，乐极七代的极乐弓刺空，而在此时，他却发现了轩辕的一只脚准确无比地穿入了弓背与弓弦之间。

乐极七代出脚，但轩辕整个身子已经弹起，全凭肩头撑地。

砰砰……轩辕和乐极七代同时中招。

轩辕的脚踢在乐极七代的下颌，而乐极七代的脚踢在轩辕的背部，两人同时喷洒出一口鲜血，更同时向相反的方向跌出。

轩辕重重落地，但他却将乐极七代手中的极乐弓给绊了过来，这一切的代价虽然惨重了一些，但却也并非不值，至少乐极七代也同样受到沉重的一击。

乐极七代的下巴几乎被一脚给踢碎，沉重的打击，使得他的头脑一片昏沉，舌尖更被牙齿咬破。轩辕居然这样出脚，的确是很出乎他的意料，一时之间竟然被轩辕借力将极乐弓给夺走了。

轩辕那一脚之所以穿过弓箭，便是想缠住极乐弓，使得乐极七代再失利器。不过，他也低估了乐极七代的狡猾，居然在袖间再藏短箭，把他杀得个措手不及。但轩辕也以极快的速度后退，以减少与袖箭接触之时的压力，也幸亏他见机得早，意识果断，否则只怕结果难以预料，很可能就会出现一击丧命的悲惨局面。

轩辕勉强撑起身子，一个踉跄，但却又坚定地立稳。

“轩辕，你怎么样了?”斗鹏忙赶上来相扶。

轩辕也不想去擦拭嘴角的血丝，只是冷峻而苦涩地笑了笑，道：“我没事，请你不要插手我与他之间的事!”

“可是……”

“这张弓就先放在你这里了。”轩辕打断了斗鹏的话，递过极乐弓，淡漠地道。

斗鹏一呆，望了望接在手中的那张不知是何质地制成的极乐弓，心中涌出一种莫名的感触。

乐极七代满口是血，在他伸手一抹之际，满脸也都涂上了血污。虽然并没有受到很严重的内伤，但形象看上去比轩辕还要狼狈不堪，而且斗志也几乎在刹那间变得极为薄弱。

轩辕却与乐极七代刚刚相反，越伤斗志越高昂，倒像是一个打不死打不怕的战神，遇强越强，浑身依然散发着犹如烈焰一般的杀气，更缓步向乐极七代无畏地逼去。每一步与地面相触之时，都发出一种扣人心弦的异响，便像是自心间踏过，而且让人心跳无法不应着轩辕脚步的节拍颤动。

这简直便像是一阵魔音，与那雄浑冷烈的杀气相辅相成，产生了一种不真实但却让人感到沉郁的压力。

乐极七代的眸子之中闪过一丝深沉的惧意，面对轩辕那有些疯狂的战意，他竟有种不寒而栗之感，也忍不住向后退了几步，或许是无法抗拒轩辕身上所散发出来的霸杀之气，此刻他似乎已经忘了自己也曾不可一世过，只是，他的目光不住地扫视着斗鹏手中的极乐神弓，似乎对丢掉极乐弓极为不甘。但此刻，他却没有勇气再去面对轩辕将要发出的攻击。

"我会记得今日的一切，你等着吧，我很快便会回来！"乐极七代说话间，身子向后飞退。

"想走？"斗鹏横掠而追。

轰……乐极七代袖间一抖，竟有一颗鸡蛋大小的黑球在地面之上爆开，立刻散发出一幕黑雾，而他便消失在这一片黑雾之中。

轩辕没有动，他并没有追，只是静静地立着，望着那扩散的黑雾，没有人知道他在想些什么。

"咳咳……"斗鹏被呛得一阵咳嗽，慌忙退了回来，但却发现轩辕半跪在地，脸色苍白至极。

"轩辕，你怎么了？"斗鹏惊呼道。

"走，快离开这里！"轩辕虚弱地道。

"好，你要去哪里？我带你去！"斗鹏将极乐弓向肩头一挂，关心而急切地问道。

轩辕不由得苦苦一笑，涩然道："我不知道，哪里都行。"

斗鹏一愣，立刻明白轩辕话中的意思，也禁不住一阵心酸。

斗鹏并没有等到长老柳相生诸人回来，他也不知道柳相生诸人究竟发生了什么事情，因为他不敢离开轩辕太远。

轩辕的伤势比想象的还要严重，乐极七代那一脚几乎将他的脊骨给踢碎，而且使得内腑受了极重的创伤，支持轩辕的只是一股不息的斗志。如果乐极七代不是已经在气势上和斗志上彻底地输了，只怕这次轩辕和斗鹏都是在劫难逃了。

乐极七代的功力之高确实要比轩辕稍胜半筹，只是一开始他便被轩辕的身法和速度给震住了，而不得不大耗心神地射出极乐神箭，而在射出极乐神箭之前的对峙使得乐极七代比轩辕所耗的功力更甚，以至于到最后的交手之时，他的功力根本就占不到任何的优势。而在后来交手之时，一开始便轻视了轩辕的攻击力，这便使得乐极七代连连失招，锐气尽失。

正如轩辕所说，任何小视他的人，都要付出沉重的代价，乐极七代便是乐极生悲的例子。不过，轩辕虽然是受了重伤，但还是让乐极七代损失了神器极乐弓，也算是伤得不亏。如果乐极七代没了极乐弓，也便像是老虎没了爪与牙。如此一张神弓的威力的确是惊人至极，以普通的箭羽射出也可洞墙穿树，的确是让人心惊。

乐极七代射出的四支劲箭只有最后一支是极乐神箭，如果一开始便是极乐神箭的话，轩辕只怕已经不能活着离开了，这一点让轩辕深深地感受到渠瘦杀手们的可怕，他完全无法知道对方的深浅。单以乐极七代的可怕便不会比帝十和帝恨诸人逊色，还不知道渠瘦族究竟有多少像乐极七代这样的高手。

斗鹏依然未曾等到柳相生诸人的回转，已经过去了两个多时辰，天也快黑了。不过，他并没有等空，只是他等到的却是一个最不愿意在这个时候看到的人——帝恨！

帝恨竟在突然之间出现在斗鹏的视线之中，更悠闲而沉稳地向斗鹏走来，浓烈的杀机已经穿越两人之间的空间锁住了斗鹏。

斗鹏深深地吸了一口气，似乎已经嗅到了杀意的冰寒和浓烈，甚至已嗅到了血腥的味道。

是的，那是血腥的味道。斗鹏的目光不由落在帝恨手中的一个湿湿的布包之上，他认出了那布包是以衣服裹成的，而且是丘武的衣服，那浓浓的血腥味正是自衣服之中传来。

斗鹏心头在发凉，在悲痛，在燃烧，那是一团汹涌的怒火，一股无名的感触牵动了他全身的每一个细胞，他已经猜到发生了什么事，但是他仍希望自己猜错了，这是人性的矛盾所在。其实斗鹏也不是一个习惯正视悲哀的人，当然，他绝不会忽视帝恨，绝对不会忘了轩辕的存在。是以，他作出了今生之中唯一的一次有违战士精神的决定——

撤走！带着轩辕撤走！

帝恨当然是早已经发现了斗鹏，也发现了斗鹏快速缩回去的脚步。只是，他依然缓步而行，不急不躁，悠闲得犹如闲庭信步。

嗖……帝恨倏地停步、闪身！一支劲箭以让他吃惊的速度擦过他的身边，连箭尾一起没入土筑的厚墙之中。

帝恨的脸色微变，如此霸烈而强猛的一箭的确足以让任何人心惊，帝恨没有再向轩辕所在的那间屋子逼近，他知道轩辕就在其中，而且斗鹏也在其中，可是这一箭是谁射出的？怎会有如此可怕的力道？

帝恨无法看清屋内的境况，但却知道这支劲箭是来自那间小屋，他不相信斗鹏有这般深厚的功力。难道是轩辕的伤势已恢复？而自这支箭没入墙中的深度来看，此人的功力比之轩辕甚至也有过之而无不及。

嗖……这一箭更快，帝恨几乎来不及躲闪，只得倾力出矛。

噗……箭爆成碎末，只有几根羽毛犹未散尽，帝恨竟然被震得倒退了一步，手心有些发麻。

帝恨再惊，这次他倒是真的尝到这箭势的霸道，一时之间他竟疑神疑鬼起来。

的确，帝恨之来，便是要击杀轩辕，若是此刻屋内有一个比轩辕更可怕的高手，那他今次只怕难以完成任务了。不仅如此，甚至会再次受挫。事实上，他今天早晨在郊外所受的伤并没有完全恢复，此刻他实不想再拿自己的生命去赌。

“嘘……嘘……”帝恨嘬嘴轻啸，自四面的小路上迅速出现了一群黑衣人，为数竟多达十二人。

斗鹏心头发凉，这张极乐弓的威力虽然强霸无比，但他却并不能将之运用自如。以他的力量也不能够连续拉满这张沉重而奇异的大弓，刚才勉力将极乐弓拉满两次，手臂仍有些颤抖，他此刻也明白了乐极七代方才只发四箭，那是因为使用这张神弓实在是太耗劲力。每一拉弦，至少也要千斤之力，岂是每个人都能够灵活使用的？

斗鹏本见帝恨脸色数变，不敢再随便踏前，还以为被吓住了，谁知道却唤来这么多渠瘦杀手，这群根本就不畏生死的魔族之人的凶残之处让人心惊，他在没有极乐弓相助之下，岂能阻止这群人的入内？而轩辕此刻根本就不能行动。

当然，如果轩辕此刻不是在运功的紧要关头，斗鹏根本就不用死守在这小屋之中，而是带着轩辕赶快离开此地了。不过，如果是那样的话，他可能会很快遭遇渠瘦杀手。

“我不希望看到他们活着离开此地！”帝恨那冷漠无情的声音清晰地传入斗鹏的耳中。

“我们明白！”那群渠瘦杀手沉声应道。

斗鹏一咬牙，再次拼力拉满弓弦。

嗖……那群渠瘦杀手刚准备散开，这一箭便已疯狂而至。

当……其中一名杀手在来不及躲闪的情况下出刀，准确无比地斩中了那支劲箭。

“呀……”那人还没来得及欢喜，手中的圆月弯刀已经碎裂，不仅如此，这一箭更钉入他的胸膛，冲力未竭之下将这名杀手的躯体撞得倒跌出丈多远，最终撞到另一名杀手的身上。

鲜血狂溅之下，那名中箭的杀手很快便断气身亡。

渠瘦杀手们也给震住了，几乎不敢相信眼前的事实。

帝恨似乎早就知道屋内藏着这样一招，但是他自身所感的与眼下所造成的震撼又有些不可，这一箭碎刀、杀人，的确是神力惊人，便是他这身经百战的高手也不免心寒。帝恨自然不知道，这一箭几乎让斗鹏为之虚脱。

斗鹏如果知道极乐弓的来历，他应该为自己能够拉满三下而深感荣幸了。

相传这张弓便是当年天魔用以射穿天空的神弓，最后害得女娲氏炼石补天。天下曾因这张弓而发生过一次大灾，后来天魔被驱逐，这张神弓便一直存在神族圣殿之中，由盘古氏和女娲氏监管。直到后来神族分裂，在各种势力争斗之下，圣殿毁于一旦，神族的十大神器便遍落天下，不知所踪。没有人知道极乐弓是以什么质地所制，但其中似乎充盈着一种异样的能量，能将普通的箭矢威力增强十倍以上，是以一向被传为神话，列入神族十大神器第五位。

当然，有神弓在手又能如何？斗鹏有些苦涩，此刻只怕是唯有死路一条，而且是与轩辕一起战死。

斗鹏并不畏死，但是他觉得如果轩辕就这样死去了的话，那便太可惜了。当然，如果命运真要作出这种决定的话，他自是无力回天。但，他却希望出现一个奇迹，可是能有奇迹出现吗？这只有天才知道。

那群渠瘦杀手没有被吓住，他们只是存在着片刻的震骇，很快便又恢复了他们一贯的狠厉，只不过，他们更小心，分散成数路，极为小心地向小屋掩杀而至。

斗鹏知道，随着死神的接近，一切的一切就要开始了。

第六十二章　渠瘦杀手

轰轰……轰轰……

帝恨眼里闪过一丝赞赏的神采，这群渠瘦杀手们行事手段的确够狠，竟然将这整座土木结构的房子给击倒，如此一来，屋内的人便再也无所凭借，不得不显形而出。

帝恨的确是想看看到底是什么人拥有如此功力，竟能够射出如此霸烈的一箭。

小屋在顷刻间坍塌，茅草四溅而飞，尘土扬起老高。

十多名渠瘦杀手分立坍塌的废墟周围，心神极为紧张，这自然是刚才那神乎一箭给他们所制造的压力，若说他们不害怕藏在这间屋子里的神秘高手，那是骗鬼。而且，轩辕的可怕他们自然不是没有听说过，如果这间屋子里藏着两大高手的话，他们便不得不小心，这也是他们为何会推倒这座小屋的原因。事实上，他们谁也不敢冒这个险冲入屋内。

废墟之中没有一点动静，除了那飞扬的尘土外，就是如死一般的寂静。其实，在他们推倒这小屋之际，便未曾听到小屋内有何动静，使得这一刻他们有些怀疑小屋之中是不是真的存在着人？

等了半晌，帝恨也有些心急起来，望着那一堆杂乱不堪的土木和茅草，他又不禁后悔让这群人这般做。当然，他绝对不是因为仁慈，而是因为如此一来，他们又要在这废墟之中找尸骨，但也无法得知屋中之人是否早已撤走，这本是为了减少麻烦才出此下策，但是这下子反而变得更为麻烦，因为事实并没有如帝恨所想象的那般，有高手自屋中出来。

“难道他们已经走了？”其中一名渠瘦杀手惊疑不定地自言自语道。

“这似乎不可能。”

“该不会就这样被压死在里面吧？”

“我们点火烧，烧掉这些草，我倒要看看这些弄神弄鬼的人还如何遁迹！”有人提议道。

“但是这样一来会引来君子国的人。”有人立刻提醒道。

“给我仔细地搜查，少昊大神曾说过，这小子绝不能留在世上！”帝恨沉声吩咐道。

那群渠瘦杀手们相互望了望，虽然帝恨的命令他们可以不听，但是少昊的命令却是高于一切的，他们也不得不遵从。

哗……茅草之下蓦地伸出一只粗壮的手，一声野性的怒吼暴起。

那群渠瘦杀手们大惊，回眸之时，斗鹏形如厉鬼般破土而出，一手正抓在那个搜寻他存身之处的杀手裆部。

那名杀手惨号一声，竟被斗鹏就这样给废了。

哗……碎木断砖横飞四溅，使得人眼花缭乱。

蓦地刀光如雪，那群杀手立刻回过神来出刀。

数十柄圆月弯刀激射而起，自不同的角度向斗鹏切到，几欲将斗鹏切成碎片。

这其实应是杀手们早已预料到的危机，如果废墟之下仍有敌人的话，很可能成为致命的袭击，因此他们也在随时准备着应付任何一击。是以，他们能够以最快的速度攻击斗鹏，只是，他们击出的这致命一击却落空了。

并不是因为斗鹏有挡开这数十刀的能力，更非因为这群杀手的手下留情，而是因为刀失去了准确度。

刀锋失去了准头，所有的刀锋，因为这群杀手脚下似乎全都踏空，使得刀道失衡，自然便使得这横飞的刀锋变得混乱。

帝恨吃惊，吃惊的原因并非斗鹏的出现，而是那坍塌的废墟竟然活了过来，像是具有顽强的生命力一般收缩并向上耸起。

轰……那收缩耸起的废墟蓦地炸开，一股强劲的气流自地下冲起，犹如喷自火山口的熔岩，把踩在废墟之上的所有人，包括斗鹏，全都抛了起来。那盘旋在虚空的弯刀，便像是在暴风雨之中迷途的蝴蝶，不知该向哪里飞窜。更可怕的，却是这些刀根本就不认敌友，碰上就伤，一时之间，竟让这片废墟沸腾了起来。

帝恨吃惊，他感受到了来自废墟的杀机，强大到莫可匹御的杀机，他知道，废墟之中的高手在苏醒，在奋起，但这位高手是谁？

不管这位高手是谁，他知道，此刻是他出手之时了，他绝不能够让轩辕活着离开此地，否则的话，他再也找不到更有利的机会。

废墟之中破尘而出的是一道虚幻朦胧的影子，融于尘土中，犹如一片茫茫的雾气。

锵锵……一串清脆而混乱的爆响之中，夹杂着一片凄厉的惨叫，有一团鸿蒙青影在雾气中流动、穿行，更若游过的神龙。

帝恨强攻而上，却也被那四射而出的尘土、杂草、断木给弄得眼下一片迷糊。

斗鹏同样心惊，他甚至不明白这究竟是怎么回事，他自然也与那群杀手们一样，身不由已地飞跌而出，更感到一股凛烈的剑气从他的身边呼啸而过。

砰砰砰……一阵重物坠地之声后，那道虚幻朦胧的影子竟与帝恨错身而过，穿出了这纷乱沸腾的狂乱空间。

是轩辕，拖着斗鹏，他虚脱地拄剑而跪，距那废墟约五丈开外。

他不能不出手，但出手之后又是另一种残酷，现实或许更残酷，不过，至少他杀了个够本。

渠瘦杀手们纷纷自废墟之上掠出，但却只剩下六个活人，加上帝恨一共七人。

斗鹏深深地明白轩辕此举的无奈，但他还能说什么呢？其实轩辕可以不这么快出来，那样说不定再等片刻他便可独自脱险，但是这一刻，轩辕却在根本就未曾养好伤的情况之下出手，斗鹏自然知道是因对方不想他就此丧命。

“你走！”轩辕的语气之中有着一股不可违抗的气势，虽然此刻没有人知道轩辕具体伤势如何，但肯定是受伤不轻。

斗鹏一怔，虽然他听出了轩辕话中斩钉截铁、不可违抗的意思，但是，他能够一走了之吗？他能够独活于世吗？他做不到！

也许，轩辕说此话的确有他的道理，与其两人白白死去，倒不如留下一个活着，何必要让生命浪费呢？斗鹏不是不明白其中的道理，事实之上，道理谁都懂，只是真正地做起来，却绝对不是一件容易的事。

“走啊！”轩辕催促道，但他的目光只是冷冷地与帝恨对视，更斜扫向那仅存的六名渠瘦杀手，表情僵硬如铁，眼神之中更不透露任何感情。

斗鹏犹豫了一下，坚决地道：“要死大家一起死！”

“你们谁也别想活着离开，想不到一个小小的青丘国也敢跟我们作对，我誓要将整个青丘国夷为平地！”帝恨杀机如狂。

帝恨的杀心很坚决，他绝不想再错过诛杀轩辕的机会，这个对手太过可怕，总会有着出人意料的表现，一出手竟能击杀五名渠瘦杀手，单凭这份惊世骇俗的杀伤力，便不能不让人心惊。

只要轩辕活着，对他的对手而言就永远是一个强大的威胁，这个威胁让帝恨感到越来越清晰。数月前，轩辕的武功根本就不能对帝恨构成威胁，虽然那次帝恨中了轩辕的诡计而大受侮辱，却没有挫伤帝恨的信心。因为他自信如果有下一次的话，他绝对不会再给轩辕任何机会。可是，数月不见，轩辕似乎已变了一个人似的，使他再也无法捉摸，无法猜透，无法不感到深深的威胁。

此刻的轩辕已经不需要凭借诡计，他自身就是一种深沉的威胁，帝恨很难想象，一个人在短短的几个月间，竟能够有着如此大的变化，有着如此可怕的长进。而且，事情还不仅于此，轩辕似乎每天都在进步。所以，帝恨没有理由不早一点杀死轩辕。

帝恨当然也接收到九黎族中的传信，若是能够将轩辕生擒，那是最好。而事实上，这是不可能的，帝恨压根就未曾考虑这些。这不仅是因轩辕是个绝不屈服的人，单只帝恨对轩辕的仇恨，也会让帝恨丝毫不去考虑活捉轩辕的打算。

轩辕并没有再说什么，他知道再说什么话都是多余的，斗鹏是绝对不会弃他而去的。是以，他也不想出声。死，并不可怕，就怕死得没有半点气节，死了还要受人辱骂。其实，背负着良心上的不安而活反而比死亡更难受，这并不是虚妄之言。是以，轩辕不再作任何表示，他只是在静静地等待最后一击，哪怕是死，他也要让对方多受一些损失，这是他一贯的原则——谁想伤我，我便要让之付出代价，对任何人都是一样！

“哼，想作困兽之斗？不过，我告诉你，你没有机会的！”帝恨看出了轩辕的意图，不由得冷然道，同时也撤下背后的小弩。

轩辕的脸色微变，他似乎没有想到帝恨如此奸诈，竟然不给他近身相搏的机会。这样一来，轩辕便等于根本就不可能再发什么威了。

斗鹏横身挡在轩辕的身前，掩护着轩辕缓缓后退。

六名渠瘦杀手也各自掏出了如弓弩一般的东西，全都装上八寸长短的小矢，矢头闪着蓝汪汪的幽光，显然是淬有剧毒。

“你居然能够杀死我如此多的兄弟，也应该感到骄傲了，亦该死而瞑目了！”一名渠瘦杀手阴狠地道，他对轩辕也存在着极大的畏怯心理，既然帝恨如此做，他们又何乐而不为呢？

轩辕心中暗叹，在这么近的距离中，以一副受伤之躯，又如何能挡住强弩的攻击呢？其实，他并不知道这小小的弓弩威力究竟如何，他也还是第一次见到这八寸长的箭矢之物，就像他曾经用的吹管一般。不过，他的直觉告诉自己，这东西的威力绝对是惊人至极，否则的话，像帝恨这般高手，绝不会带一件无聊的东西。看来，他唯有死路一条了。

斗鹏的心揪得极紧，手心渗出了汗水，因为帝恨诸人已经将那小弩抬平，箭头正对准了他和轩辕。只要松开后弦便可以让箭矢射出，而这自然只是顷刻间的事，所以斗鹏的心越绷越紧。

帝恨露出一丝残酷阴冷的笑，但他却在陡然之间发现轩辕的眸子里闪过一丝奇异的神采，他犹未能明白是怎么回事之时，便听得四周一阵疾弦的嚣响。

嗖嗖声中，满天箭雨破空而至。

“呀……”那六名渠瘦杀手刚刚回过神来，便已被数十支利箭射成刺猬。

帝恨大惊之下，射出了手中的弩箭，同时身子翻滚而出。

当……斗鹏费尽全力终于斩落了这支帝恨在忙乱之中射出的羽箭，他也被眼前的变故弄得糊涂了。

“骆长老，轩辕乃是圣王所需要的人，从今以后，任何在君子国想杀他的人，都是君子国的敌人！”帝恨刚刚回过神来，便听到一个冷冷的声音传了过来，他不由得愣住了。

“不得对骆长老无礼！”一个威严但却轻快的声音传了过来。

帝恨的脸色极为难看，他自然认出了来者是何人。

轩辕也忍不住心喜，他知道至少此刻他的大难已经过去。来者竟是刚别过不久的尤扬，在尤扬的身边，竟有五六十名弓箭手，每人的箭尖都对准帝恨，大有一触即发，要将帝恨射成刺猬之势。

帝恨不敢动，他不明白这是怎么回事，不明白尤扬怎会突然出现还帮助轩辕，但他却清晰地感应到如果他敢乱来的话，尤扬将不惜杀死他。是以，他不敢动。

“你们这是干什么？”帝恨脸色铁青地道。

“渠瘦人从来都是我君子国之敌，如果骆长老也不明白的话，我就来仔细地解释一下。”尤扬身边的一位老者愤然道。

帝恨哑然，他知道这老者乃是尤扬手下两大战将之一的尤冷，当然也明白渠瘦人与君子国的敌对关系。如果此刻尤扬要杀他，然后随便加个罪名并不是难事。是以，他只能哑然以对。

斗鹏紧张的心情稍松，至少，君子国的人现身便使这之间的气氛得到了缓冲，而且，君子国人一出手便为他消除了六名对手，这对于他来说，不能说不是一件值得庆幸的事。

尤扬向轩辕望了一眼，见轩辕已经喘息着站了起来，但神情似乎极为狼狈，甚至嘴角边犹挂着一丝血水，两肩也被血染红。

轩辕的肩头本就被极乐神箭所伤，刚才勉强用力，又再次使伤口迸裂开来，虽然他的体质特异，却也难以承受这般折腾，他的确已是伤疲不堪。

“对了，骆长老不是要出城回去吗？怎么仍在城里？是不是身边的护卫不够？那我便让一干兄弟送骆长老回去好了。”尤扬突然道。

“有劳尤长老费心了，我只是突然觉得有一点小事犹未办妥，这才返回城中，此刻既然尤长老代我处理了，我也就可以安心地回去了。”帝恨并不敢有太多的情绪，干笑了一声道。

“如此甚好，那就恕我不送了。”尤扬淡然一笑，又向身边之人吩咐道，“去将轩辕公子扶过来，我们也该走了。”

帝恨心中恨极，但他却无能为力，这是君子国的地盘，而且只要他稍有动作，便立刻会成为数十支劲箭的攻击目标。此刻他又不是与轩辕站在同一条阵线上，否则的话，他或多或少还有点依凭。只是帝恨却很难明白轩辕怎会如此神通广大，连尤扬也帮着他，帝恨更不明白，何时轩辕已与君子国连成一气？但眼前的事让他不得不认栽，是以，他狠狠地瞪了轩辕一眼，但却发现轩辕似笑非笑地望着他，眼神之中，更有一丝揶揄之色。

“长老，下次再见！”轩辕轻轻地抹去嘴角的血迹，向帝恨意味深长地道了一声，然后才在斗鹏的扶持下向尤扬行去。

“谢谢长老及时相救！”轩辕感激地道。

“你先不要谢得这么快，也许，我并不是真的救了你，只是将你从一个火坑拉到了另外一个火坑中而已。”尤扬淡然道。

“哦。”轩辕微感意外，反问道，“我们之间似乎并无甚利益冲突吧？”

“或许没有，或许有，但你能告诉我你来君子国不是为了即将开花的薰华草吗？”尤扬淡淡地不带任何感情地反问道。

轩辕一呆，不由自顾自地笑了笑，道：“你认为我有这个能力夺得薰华草吗？”

“任何小看你的人，都会吃亏上当的，我不想去作这样的估计，但我却知道绝对不能对你松神！”说到这里，尤扬也不由得笑了，轩辕亦坦然地笑了笑，有些不置可否。

“谢谢你这么看得起我，但愿我能照你说的那么有能耐……”

“也许，你比我想象的更有能耐，竟然能够击败乐极七代那大魔头，甚至让渠瘦杀手们也铩羽而归。以你的武功，在我们君子国之中也不多见。是以，任何小看你的人都会吃亏的，这只是实话实说而已。”尤扬打断轩辕的话，淡淡地道。

“你都看到了?”轩辕一惊，若是尤扬未看到他与乐极七代交手，又怎知自己打败了乐极七代?

“在君子国中，并没有多少事情可以真正地瞒过我们的耳目，何况这正是草木皆兵的时期。”尤扬自信地道。

轩辕不由得哑然，半晌才问道：“那你要带我去哪里?”

“养伤!”尤扬并不含糊地道。

斗鹏心头再松一口气，但此刻尤扬却下令道：“请你们带这位朋友去别院休息!”

轩辕微感意外，却也无可奈何，此刻只能是听凭尤扬的安排了。

轩辕居然是住在君子宫之中，一个偏僻的角落。不过，轩辕绝没有半丝欣喜之意，正如尤扬所说，他可能只是由一个火坑跳到另一个火坑，因为在他的住处之外，竟被安下了几处哨口，名为保护，实为监视。

轩辕不明白尤扬为什么要这样做，不过，他暂时没有必要去想太多，因为他的伤仍很严重，就算是有什么打算，也只能等到伤势全好之后才能真的有所行动。

当然，轩辕不急，至少，尤扬为他准备了极为丰盛的晚餐，甚至还有美酒。这让他并不是很郁闷，唯一的担心便是跂燕的下落，他根本就不知道跂燕被渠瘦人带到哪里去了。不过，他绝对不敢轻忽渠瘦人的存在，他也不知道渠瘦族中究竟有多少如同乐极七代这般的高手，或者更可怕的人物。不过，他却明白，在君子国中处处藏着凶险，包括九黎族的高手。到目前为止，九黎族的厉害人物尚只出现了一个帝恨而已。他隐隐感觉到，在君子国中，九黎族高手除帝恨之外，定有更厉害的人物存在。否则的话，帝恨也不敢如此大胆地撤出君子国，独留那妖女一人在君子宫中。

此刻已过子夜，轩辕并没有睡太久，也许只是打个盹便醒了过来。不过，自夜空之中的月亮来看，应该是已过了子夜，四周空寂，似乎有些百无聊赖。

轩辕很享受这种静寂，似乎又回到了从前独自坐于姬水河畔，坐于神山天台之上，或是在神潭边看那数股飞泉，那种感觉是多么的清幽。

望着天空中那闪烁的繁星和皓月，轩辕从来都没有像这一刻如此想念自己的亲人、族人，包括姬水河畔的一草一木，一切的一切都是那么熟悉，那么让人留恋。

“黑豆他们还好吗？哑叔和朱婶呢？雁菲菲呢？他们也在想我吗？也会怀念我吗？他们是否都当我已经死了呢……”轩辕双目痴痴地盯着天空中的半圆之月，嗅着那淡淡的香草味，心神一下子飞越到数千里之外的家乡去了。

是啊，家乡的一切都是那么美，他此刻竟不再想跟蛟龙斗气了，也不再恼恨蛟梦，对蛟幽亦多了一丝歉疚之意。是的，如果不是他刻意安排陷害地祭司的计划，蛟幽也就不会死了。可是蛟幽毕竟是死了，这是他心中永远的痛！

生命，总如过眼云烟，一晃便是一年了，又接近姬水河神的祭天之日了，真快！一切便像是发生在昨天，这个世界真奇妙。

细想这一年之中所发生的一切，便恍如做了一场难醒的梦。抑或，一年前的自己真的已经死了，此刻只是得到了一次重生而已，这就是那不可捉摸的命运。

如果说，每颗星星代表着一个生命逝后的灵魂，那自己又究竟是哪颗星辰？究竟要如何定位自己呢？

轩辕静思间，突然眼角暗影微闪，显然是有人快速地掠走，而且速度惊人至极，以轩辕的目力，竟然未能看清掠过之人的身形。虽然，轩辕只是在静思，但也不能不说明这夜行人的速度之快。

轩辕当然不会心生出去一探的想法，此刻他身受别人的监视，已不是自由之身。何况，他的伤势并没有完全恢复，最多也不过恢复了六七成而已。所以，还必须经过一段时间的休整，否则他别想再去面对帝恨这般的对手。当然，如果轩辕没有在那坍塌小屋强行发招的话，此刻也不会恢复得如此慢，就因为那一下子，使他伤上加伤。

嘭嘭……几下急促的敲门之声再次打断了轩辕的思路。

“轩辕公子，轩辕公子……”是守在屋外的剑士在叫。

“进来吧，我没闩门。”轩辕淡淡地道。

那剑士推开门踏入房中，见轩辕立在窗边眺望着天空，不由得松了口气。

“有什么事吗?”轩辕见对方的表情，其实也猜到了些什么。

那剑士松了口气道：“待会儿可能会发生一些事情，请轩辕公子不要理会，只管好好休息就是。”

“发生什么事?”轩辕心知肚明，不过口中仍不经意地问道。同时，他也明白这群人定是怀疑那夜行人就是他。

“至于会发生什么事情，我也不太清楚，我是说可能。这几夜，宫里都不太安宁，谁也不知道究竟会发生什么样的意外事情。”那剑士似乎并不愿意说太多。

“你放心吧，我为什么不好好地睡觉，要去管那么多闲事呢?只要你们替我把好大门就行。”轩辕揶揄道。

那剑士脸微红，干笑道：“公子明白就好，我先出去了，不打扰公子休息。”

轩辕不再答话，仍然将目光投向夜空。

一夜无事，翌日清晨，轩辕只感精神大振。昨夜并未如他所想，会发生一些意外，或许是已经发生了，只是在他的视线无法达到的地方。

当然，这一切与轩辕不会有太大的干系，他所在意的，只是能够及时恢复功力，以应付一切可能突然发生的变故。

吃过早餐，尤扬竟亲临轩辕的住处，说要带他去一个好地方。此刻的轩辕伤势已经好得七七八八，恢复速度之快实在是超出常人的十倍，使得轩辕不得不感激那颗龙丹改变了他的体质，甚至，那颗龙丹也是他重生的资本。

尤扬并没有蒙住轩辕的眼睛，但轩辕也没有四处张望，因为这对他的意义并不大。他其实根本就不需要仔细看就能够记清一路走过的地貌。

这是君子宫的一角，一路之上，树木成荫，立于小道两边，实让人生出一种幽深而苍奇的感觉。不过，这个世间大概已经没有什么地方会让轩辕畏怯。尤扬并不知道轩辕的伤势已经好得差不多了，轩辕也并不想让对方知道，所以，这一路上，他依然显出萎靡不堪的样子。

尤扬并不奇怪轩辕的表现，一个受伤如此之重的人，如果能够如此迅速地恢复体力，那才是一件怪事。虽然尤扬知道轩辕了得，但却仍低估了轩辕那异于世人的体质。

“不知长老要带我去哪里呢?”轩辕漫不经心地问道。

“就快到了，我只是想带你去欣赏一点东西而已。”尤扬神色淡漠地道。

轩辕知道尤扬的口风极紧，若是他不想早早地说出来，便是逼他也没用，也就没有再加询问。不过，他竟听到了剑啸之声。

剑啸之声并不是自很远处传来，轩辕清晰地感觉出那剑啸之声来自一间极大的院子。厚厚的院门呈深褐色，沧桑感十足，而且尤扬正是带着他向那大院走去。

走入大院，轩辕才发现院内已经有了许多人，更是剑气森森，寒光闪烁。

“好，好剑法!”有人鼓掌赞道。

轩辕心中吃了一惊，他竟发现了那假冒的圣女也在西边的一排人之中，而鼓掌赞赏的人正是端坐于圣女身边的一位老者。

的确，舞剑之人的剑法的确是不错，轩辕也是个用剑的高手，自然能够看出这名剑手的剑法不俗。不过，却只是在一个人表演。

尤扬领着轩辕在东侧坐下，斜对着圣女的那一排座位。场中的所有人似乎都只是集中在那舞剑之人的身上，并没有谁在意轩辕和尤扬的到来。

轩辕倒暗暗松了口气，当然，他心中仍有些忐忑不安，他不知道假圣女身边的人是否来自九黎族，或许便是九黎族的高手，这样的话，对方应该已认出了他。他有些不明白尤扬如此做的意图，不过，他隐隐地感觉到，那鼓掌的老者似乎偷偷地打量了他一眼，这是一种直觉，很实在的直觉，而且他可以肯定，那老者一定很在意他的到来，甚至有些意外或情绪的波动。如果轩辕的感觉没错的话，这老者一定是认识他，只是轩辕无法想起这老者究竟是什么身份，或者，压根他就从未见过对方。

轩辕猜不透尤扬葫芦里卖的是什么药，但却注意到另外一个中年男子，正坐在与他相邻的看台之上，而那是院子大堂的正门方向。

这个中年男子神色冷静得让人心惊，沉稳如山地坐着，剑眉虎目，挺直的鼻梁犹如笔架峰一般高耸。青须白面，威严之中透着几分儒雅的神韵，此人衣着华贵，手指白皙修长，骨感十足。

轩辕可以肯定，这中年汉子是个用剑高手，只从他那双手便可以清晰辨别出来。一双惯用于剑的手，绝对与众不同。擅用剑者，更擅保养自己的手，手便是他第二生命的主宰。是以，这些人对手的爱惜绝不下于对眼睛的爱惜。

剑手的手不仅要保养好，更要具备强劲的力道，具有极其敏锐的触觉。而这中年汉子的手白皙光滑，且修长结实，完全具备一个剑手所应有的条件。不仅如此，就自他身上的气势来看，这人也绝对是一个极为可怕的剑手。

其实，在这个院子之中，并不只那中年汉子是个可怕的剑手，便是分别立在中年汉子身边的两个面目和善的汉子也是了不起的剑手。只看他们挺立的架势，便若一柄插天而起的利剑，使人绝不会怀疑他们的剑术。

当然，在君子国之中，会使剑的高手很多，这并不值得惊讶和奇怪，君子国的每个人都能够耍几手剑招，包括八岁小孩，何况此刻还是在君子宫之中？

“对面的那个老头便是护送圣女回国的两位长老之一童旦！”尤扬小声地介绍道，但他却目不转睛地注视着场中舞剑的汉子。

“另一个是帝恨。”轩辕吃了一惊，旋即又肯定地道，也如尤扬一样，不动声色。

“我不知道那人是不是帝恨，但你没有说错，童旦的手下还有几个极为厉害的人物，而他自己的武功也难以揣测，往后相遇小心些就是。”尤扬道。

“这个我明白。”轩辕并无感激，因为，他却明白尤扬此举的用意并非是为了他好，而是为了柳洪，尤扬只是想让自己成为柳洪夺得王位的牺牲品。

轩辕当然不傻，自然明白此次见面乃是尤扬故意安排的，因为他与九黎族有仇在先，假圣女一发现自己，自然便要想方设法除掉自己，那时候自己不得不去应付九黎人一波又一波的暗杀，而尤扬则可趁此机会大捡便宜。不过，虽然轩辕很明白这一点，但他此刻已是身不由己，必须如此走下去。

“那正堂门口的人是我们的圣王，立在他左边的是左护法思过，右边是右护法跂恩。圣王身后的四名剑手，乃是神剑四卫，自左至右依次是白、黑、紫、青四剑，舞剑者乃是八煞之一的虎煞！”尤扬迅速将院子之中的诸人介绍了一遍。

轩辕将之一一记在心里，不过，对那圣王倒是多打量了几眼，因为这个人很可能就是跂燕的父亲跂通。同时，轩辕对跂通那非凡的气势倒有几分赞许。

虎煞骤然停剑，转身向圣王行了一礼，又抱剑向圣女行了一礼，再向尤扬所在的方向行了抱剑之礼，这才不声不响地退下。

童旦开口赞道：“君子国之中真是人才济济，虎煞的剑法已达炉火纯青之境，最难得的是他如此年轻。”

虎煞并不为之所动，表情冷漠如故，似乎没有什么东西可以让他为之心动，或是让他情绪有所波动，更似乎童旦的称赞并非针对他而发。

“童长老过奖了。”圣王淡淡地回应了一句，却将目光移到与尤扬一起进入大院的轩辕身上。

尤扬立身而起，拉起轩辕走至场中，与圣王跂通相距两丈。

尤扬首先行了一礼，道：“我为圣王介绍一位年轻俊杰。”

跂通微讶，不过，他平时对尤扬倒是极为信任，此刻见尤扬如此举动隆重地介绍一位陌生年轻人，倒也没有太多意外。

“轩辕见过圣王！”轩辕快步上前恭敬地道。

“这位便是力杀八名渠瘦杀手，再大败乐极七代的轩辕公子！”尤扬向轩辕指了指道。

跂通见轩辕如此有礼，再听尤扬介绍，不由得吃了一惊，问道：“你就是击败乐极七代的轩辕？”

“晚辈能击败乐极七代纯属侥幸所至。”轩辕似乎没有想到跂通也知道他击败乐极七代的事。

这次不仅跂通惊讶，便连其左右护法和神剑四卫也有些惊讶，假圣女与童旦的脸色更是有些难看。

尤扬的目光一丝不漏地捕捉到了所有人的表情，不过，他并没有半点表示，只是继续补充道：“据我所知，轩辕公子不仅仅只有这些逸事，他还曾闹得九黎族损兵折将，元气大伤，便是花蟆凶人中的吸血鬼也是死在轩辕公子的手下。”

跂通定定地注视着轩辕，似乎意欲看穿他的思想和灵魂，但却发现轩辕的内心锁得很紧，根本就无法看透其内心的秘密。

思过和跂恩却同时赞赏地笑了笑道：“想不到轩辕公子如此年轻，却能够让这许多的高手铩羽而归，真是难得。”

跂恩继续道：“这便是年轻有为，看来，我们这帮人都老了。”

“护法何用如此说？这个世界便像是一个大舞台，总需要人去演，我只能充当我的角色，而护法的角色永远都不可能有人代替。对于人世间的争斗来说，我们永远都不可能言老，只能说护法已经看得更透，明白得更多一些。”轩辕坦然而无忌地道，他并不介意自己的语调是否有些傲气。

“好，说得好！”跂通带头鼓掌赞道，跂恩和思过也大感受用，对轩辕的印象也更有改观。

“没想到轩辕公子的武功超卓，连说话也迥异于流俗，真让老夫佩服，真想找个机会向公子请教请教。”童旦突然插口道。

“童长老言重了，晚辈可担当不起，事实上，我所有的言论只是总结了先人的经验，而我自身的经验中有九成是自如前辈一般的智者身上学得的。仅有一成是我自己在这有生的十多年中所得。因此，如果童长老如此说我，实是在讥讽晚辈了。”轩辕虽然明知对方没安好心，但仍装作若无其事地答道。

“能而不骄，谦而不恭，年轻，有个性！”跂通赞道。

“谢谢圣王的夸奖！”轩辕又鞠一躬道。

“你是自死亡沼泽之中来的？”思过突然问道。

“是的。”轩辕并没有否认。

跂通也有些讶异，淡然问道：“能告诉我，你来自哪个部落吗？”

“当然可以，我来自龙族！”轩辕爽快地道。

“龙族？”众人不由得全都为之愍然，因为他们以前从没有听说过有这样一个部落的存在。当然，世界如此之大，也并不是每个部落都有人听说过，是以，并没有多少人追问。

轩辕感觉到有道灼热的目光在注视着他，虽然他背对着那道目光，但是却可以肯定，这道目光是来自假圣女。轩辕并没有感到意外，因为这才是合乎常理的，他自然也不会在意，事实上，他也很想与这个假圣女斗斗法。当然，这个想法既具诱惑力，也是极危险的，因为眼下的局面让他感到有些棘手，这种演变出乎他的意料之外，而且，一切都变得被动起来，这一切自然是因为尤扬的出现，但他能怪尤扬吗？

轩辕自是对尤扬这个人深具戒心，这的确是个难缠的人物，竟能在如此短的时间内，将他的一切打听得如此清楚。在君子国中，除了跂燕外，便只有九黎族的极少数人知道这些，可是尤扬却在一天之间，查得了这许多消息，更一下子将他推到了矛盾的尖端。只从这一点，就不难看出尤扬的可怕。是以，虽然此时尤扬与他并肩而立，但谁也不知道，尤扬心里想着什么鬼点子。因此，轩辕绝不会小看尤扬，当然，他也绝对不会错过尤扬给他所创造的机会。

轩辕天生便有判断机会的敏锐直觉，是以，他总能够准确地把握机会。

尤扬并没有说错，轩辕很可能是由一个火坑之中跳到另一个火坑之中。当然，对于轩辕来说，活着总有希望，只要生命犹在，便会有转败为胜的机会。是以，轩辕对尤扬自箭口上救回了自己多少仍有一丝丝的感激。

“这倒是一个没有听说过的部落，以轩辕公子的能耐，想必龙族之中定是高手如云了。”假圣女愣了半晌才笑了笑问道。

“那倒不一定，如果真是高手如云，又怎会无人听说呢?”轩辕似笑非笑地反问道。

“我倒真想见识一下来自龙族的武学，只不知轩辕公子可肯赏脸给圣王和大家露上两手呢?”童旦意味深长地问道。

“只怕会让童长老失望了，因为这里并没有我的敌人，而我从来都只对敌人出手。因此，还请童长老见谅。”轩辕淡然回绝道。

“武学本是拿来切磋的，就如人在练武时一样，没有敌人和对手也同样能够出招。你这分明是在推辞嘛!”假圣女似乎故意给轩辕制造乱子，毫不客气地指责道。

轩辕并不慌乱，只是悠然笑了笑，道：“圣女有所不知，武学之中所说的‘武’有两种类别，而这两种类别是不能够混为一谈的。”

“哦，武学可分为哪两种类别呢?”这下子便连跂通的兴趣也被吊了起来。

思过和跂恩及院中所有的人都将目光聚于轩辕的身上，皆等待着轩辕说出一些惊人之语，这使得大院之内变得宁静了起来。

“武学确有两种类别，其实诸位也知道，说出来便会显得很简单。一，那是一种由一招一式或是某些连贯如行云流水般的动作所组成的正统武学，这是一种儒雅、赏心悦目而绝不失风度的武学，正如刚才虎煞所演练的剑法。这类武学正大而温和，杀性不重，招式之间杂有仁念。而另一种却是无招无式，应手而生，应心而出，没有任何规律可寻，这是一种只求目的，不求美观的攻击方式。说它是武学，是因为它与武学有渊源，说它不是武学，你可只当它是屠鸡杀狗式。因为它只注重杀生，出手必杀，不求花巧。当然，这是一种只求实效的搏击方式，没有任何欣赏的价值。而这类武学的练习方式也不同于前一类，这只能在残酷的搏杀之中总结经验，从而得出实用之招。而我，所练正是第二种武学。因此，无法如虎煞一般与大家切磋，望勿怪。”轩辕似是而非地解释道。其实，他也不清楚该如何将这些解释清楚，只好信口胡诌，只要别人找不出太大的破绽和漏洞就行。

事实上，轩辕所说的也并非全没道理，只是往日从没有人想过而已。今日突然自轩辕口中道来，倒的确有些让人震撼，包括跂通都在深思。

“一种自实战之中所得到的经验?”思过自言自语了一遍，欣赏地望着轩辕道：“将这种经验也称之为武功的，你还是第一个。”

“经验便是经验，并不是武功，轩辕公子此语之中其实有错。其实，武功之中不能缺少经验，但若是将经验与武学混为一谈的话，那实是说不过去的。没有武功作为基础，再好的经验都没有办法得到灵活的运用，这是不争的事实。正如一个人明知道自己的拳速再快一点便可击死对手，可是他功力不够，根本就无法使拳速再快一点。因此，我认为轩辕公子不能如此辩解。”童旦想了想，出言相辩道。

轩辕暗呼厉害，但却并不慌乱。

“长老所言极是有理。”假圣女附和道。

思过和跂通诸人不语，只是再将目光投到轩辕的身上。显然，他们也认同了童旦的观点。不过，他们见轩辕没有半丝慌乱之意，知道其定是胸有成竹，也就不出言相问。

“童长老此言极是，长老对武学的见解自是比晚辈要高，但晚辈并没有说这经验之中不杂有一些武学的基本功。只不过，这些基本功已经被我们完全简化，甚至是取其极端。如此一来，也便迥异于平常正统的习练法则。”轩辕淡然道。

“哦，我倒想知道轩辕公子是如何将武学的基本功简化的。”童旦揶揄地道，因为他算定轩辕是在胡诌。

第六十三章　刃下无情

轩辕毫不在意地环视了周围的众人一眼，自信地道：“众所周之，武学之道万变不离其宗，其根本就在于快、准、狠。只有这三者都达到了极端，其武功才具有最强的杀伤力。有人在这三字根本之上或许再多加了一些变数，比如奇、诡、巧。不过，这加上去的东西只能起到一个迷惑人的作用，其最终还是会回到快、准、狠的根本上去。因此，我们练功也只是在意快、准、狠，将之与经验相结合，然后便会成为只求达到杀人目的的招式。因此，如果童长老真的要我演试的话，我也只能站站桩、瞪瞪眼、伸伸手、跑跑步而已。因为返璞归真之后，这些才是最为基础的。”

尤扬和思过诸人不由得笑了起来，跂通也为之莞尔，事实上，轩辕所说也是顺理成章的，根本就无从反驳。

童旦脸有些红，显然轩辕最后那几句对他嘲讽的话使之恼怒，不过他乃是人老成精，自然不会发作。

“我能知道轩辕公子的这一身绝世武功是如何练成的吗？”假圣女突然娇声问道，那声音柔媚得犹如夏日的凉风，直叫人骨酥肉痒。

轩辕其实早就心惊于这假圣女的美丽，虽然没有凤妮那种超凡脱俗，但其美也犹如暗夜的明月，让人感到有一种宁静而而又幽远的神韵，与其语调中的柔媚相结合，简直是一种魔异的诱惑。那绝无半点瑕疵如白玉雕琢的俏脸之上，每一颦一笑都生动得如一幅绝美的画卷，而且表情的妩媚与宁静幽远、高不可攀的气质几成一种矛盾的对立，更使人为之神魂颠倒。不过，轩辕并不会受其诱惑。

轩辕的心神自一走进这间大院后，便锁得很紧，此刻的他，也是一个控制情绪的高手。闻听假圣女之言，轩辕只是笑了笑，道："这是我练功的秘密，我并不想将之公开，如果圣女真的想知道的话，有机会便去我龙族看一下就全明白了。"

尤扬也为之愕然，事实上，他也很想知道轩辕究竟是如何修炼的，不过，轩辕却已经拒绝了回答，倒让他感到有些失望。当然，他也并不想让轩辕的底细暴露于童旦诸人面前，那对他来说，绝对没有丝毫好处。

"听轩辕公子这么一说，在下倒是手痒至极，真想向轩辕公子讨教几招，请圣王和圣女批准。"圣女身后一名剑士突然上前，向跂通和假圣女行了一礼道。

"哦，既然这样，那大家可要点到为止。实不相瞒，我也真想看看轩辕公子那惊世骇俗的武功。"假圣女抢先道。

尤扬脸色微变，他知道轩辕有伤在身，不宜搏斗，正要出言阻止，跂通也开口道："如此甚好，不过，还请轩辕公子多多留情哦。"

跂通一开口，尤扬便无法再说下去了，只好无可奈何地望了轩辕一眼，事情发展得也有些出乎他的意料之外。不过，仍不忘提醒轩辕道："这剑士是与童旦一起护送圣女前来的护卫，并非我君子国中人。"

尤扬的声音极小，只有轩辕才能勉强听清，不过他并不在意，只是表情有些冷硬："对不起，若非敌人，我不会出兵刃的，因为出兵刃定会见血，我的兵刃只会用来杀人，而非用来表演。"

轩辕此话一出，四下皆讶，那挑战的剑士似乎有些不屑："你大可将我当成敌人。"

"那样对你并没有任何好处，我会控制不住自己的刀，若是伤了你，我无法向圣王和圣女交代。因此，我不想比试。"轩辕肯定而自信地道。

众人的脸色再变，轩辕的语气之中傲意凛然，似乎并没有将那名剑士放在心上。是以，这让除尤扬之外的所有人都有些不满。

"刀剑相对，受伤总是难免，如果是谁有所损伤，那只能怪他学艺不精！"那剑士沉声道，轩辕的话简直是对他的藐视。作为一个武人，他自然会发怒。

轩辕淡淡一笑，道："在这里，我们所需要的并不是刀光剑影，而是一种欢快的氛围，我想谁受了伤都不会是件好事，我看还请阁下三思为佳。"

"请不要推辞！"那剑士向轩辕逼上五步，与轩辕相对五丈而立，沉声道。

轩辕将目光投向假圣女，那假圣女如花般笑了笑道："公子就接受他的要求吧，便当是一次挑战好了，就算你伤了他，也是他学艺不精，绝不怪你！"

轩辕心中暗笑，他知道这假圣女定是认为自己重伤犹未好，因此才想借机除掉他这个棘手的对头，不过他仍将头扭向跂通，似乎在询问该如何做。

跂通望了轩辕一眼，又望了望那剑士，再看了看假圣女，这才悠然笑道："我看他是铁了心，公子也便满足他一次愿望吧。万一伤了他，也不能怪公子，不过，我希望公子能尽量手下留情。"

"如此，轩辕便只好出手了！"轩辕自言自语道。

那剑士露出一丝异样的笑容，淡漠地道："我叫帝野！"

"帝野？很好，那我就记住你吧，如果你真的有什么不测的话，我会为你坟上添一把土的。"轩辕淡漠而悠闲地道，语调之中带着几分冷酷。

轩辕此语一出，四下哗然，他的表现太狂了，便连跂通也为之皱眉。尤扬却不明白为什么轩辕要表现得这样张狂，他不觉得这样会对轩辕有什么好处。

帝野不禁怒笑起来，道："好，果然有个性，与众不同！"

"如果你这样想，那你就错了，你此刻是我的对手，不管是真是假，我都会当你是我的敌人。而对于敌人，我只有一个目的，那便是击倒对方，不管用什么方法什么手段。因此，我的话语之中也会有故意激怒你的成分存在，如果你被击怒了，那么你就要小心了！"轩辕意味深长地提醒道。

众人再次哗然，轩辕的表现的确让人大感意外，一言一行都使人有种高深莫测之感。不过，众人也明白轩辕刚才那张狂的话只是一种对敌的手段，并非真的那么狂，也就释然。而轩辕又将自己的意图告诉对手，这种行为的确让人感到有趣至极。

“公子真是个有趣的人。”假圣女不由对轩辕的表现赞了一句。

“谢圣女的夸奖!”轩辕淡淡地回应了一声，这才扭头正对着帝野笑道，“你应该当我是你的大仇人，甚至不共戴天。这样，你才能将杀气凝于巅峰，才能将战意凝于巅峰。恨，便是一种力量，而你此刻所做的仍不够，如果你以这种状态与我交手，定然没有一点生存的希望!”

四下再惊，轩辕的话平淡无奇，却有一种足以让人震撼的力量，那平实的语调之中更似孕育着血腥的狂野。

“恨就是力量，好！这是我听过最好的一句话！果然是后生可畏!”跂通忍不住再一次咀嚼轩辕的话，忍不住赞道。

思过和跂恩及那神剑四卫也显得极为入神，似是在思索轩辕刚才那一句话中的道理。

“公子果然非常人，帝野受教了!”帝野表情有些古怪，心中升起一种连他自己也无法明白的情绪，但语调却显得极为诚恳。

“明白就好，其实，你心中已经有杀我之意，何不将它再次提升？这样一来，你的气势也就会暴涨!”轩辕便像是老师教徒弟一样，语调极为平静，但又有着一种无法抗拒的气势。

帝野神色再变，眸子里凶芒暴闪，似乎轩辕完全看穿了他的心思，这种感觉让他惊惶，也让他疯狂。

童旦和假圣女也为轩辕的语气所惊，虽然他们并没有感到轩辕任何气势的存在，但是那种漫不经心的镇定实已完全压倒了帝野，便像无浪的深海，宁静而深邃，让人无可揣测。那是一种无形的气势，一种任何人都无法压抑的气势。

帝野的杀机狂炽，似一头蓄势的猛禽，而轩辕正是他的猎物。

轩辕没有动，依然宁静如深海，甚至面部仍带着一种让人心惊的微笑。

微笑竟让人心惊，的确，当一个人面对着死亡之时，仍能够笑，那么，这种感觉的确是应该让人心惊了。

帝野的手搭在腰间的剑柄上，竟良久未敢动一根手指，虽然他的气势已蓄足，可是，他却感到一阵从未有过的虚弱，似是面对着一座高山，一片汪洋。他无法找到一个可以攻击之点，便如同对着一群正在蠕动的蜂虫，只要他一动，便可能招来最为残酷而狂野的攻击。又像是在面对一个将要决堤的大坝，只要他一出手，大坝便会决堤，到时他更会被洪水完全吞没。是以，他不敢动，静立如一尊石雕。不过，他并没有轩辕那么轻松，打一开始，他的心神便已被轩辕所钳制，一直处于一种极度紧张的状态。或许，是由于轩辕表现得太过轻松，或许是因轩辕身上本就存在着那种让人无法捉摸而又确实存在的气势。

那是霸气，不！是王者之气，透自骨子里的坦然和洒脱使得那种气质更为实在，更为沉重，而这，便是帝野打心底慌乱的原因。

这种局面很有意思，但是任谁都可以看得出谁优谁劣。或许，这便是一种经验，对敌的经验。不可否认，轩辕在对敌的表现上，是那么自若、洒脱，绝对没有半丝惊惶和不安。对敌，便像喝茶、饮酒，那杀人呢？会不会像是炒菜吃饭？没有人知道，在未知的结局中，谁也不愿意妄下判断。

尤扬很惊讶轩辕的表现，只有他知道昨天轩辕伤得有多重，也许帝恨也知道，或许假圣女亦已知道了这些，但轩辕此刻所表现出来的却是那么沉着，那么悠闲。难道，轩辕其实一点都未曾受伤？这是不可能的！那轩辕又是凭什么如此有信心地战胜眼前的帝野呢？也许，只有轩辕自己才知道。

轩辕轻轻一笑，似乎在笑帝野的怯懦，也似在笑这个局面的有趣，或者是在笑帝野那古怪的表情。不可否认，轩辕笑得是那么轻松，那么洒脱，便像是在指点江山，观云赏月。而此时，轩辕缓缓地向前跨了一步，直逼帝野。这一步，便如一个弈者下定一步棋子一般，果断而沉重，但也有种说不出的儒雅。

轩辕竟然先行挑衅，这是一个意外，何况轩辕还是含笑逼近，那种气势，那种洒脱，那种坦然，不能不让人惊叹。

轩辕这一步并没有打破僵局，帝野竟然退了一步，与轩辕那一步相反，帝野退一步的表现极为生硬，甚至额头都渗出了细密的汗珠，而轩辕的目光依然稳稳地罩定在他的身上。

这种情况不仅仅令童旦和假圣女感到惊骇莫名，便是跂通和尤扬诸人也大为惊讶，神剑四卫更是看得心神俱震。这种别开生面的比试的确让他们有种无法言喻的兴奋，也似乎对他们有一种莫大的鼓舞。

是的，轩辕根本就未曾出手，根本就没有触过兵刃，可是他却能将对手逼退，这是一种怎样的境界？这又是怎样的一种比斗？是轩辕的气势太强？抑或……没有人知道。

一直以来，轩辕都保持着一种异常的平静，根本就没有任何对人紧逼的举措，可是此刻的表现，实在令人有些不可思议。

轩辕再逼上一步，帝野再退，搭住剑柄的手竟有青筋暴起，但是他却不敢出剑，甚至不敢攻击。

轩辕轻笑一声，以比风还快的速度倒退五丈。

帝野几乎立不稳足，向前小迈一步，这才定下身来，这一切只看得四周众人目瞪口呆。

“你败了！”轩辕依然悠闲自若，似乎一切都没有发生过，只是淡漠地道。

帝野愣愣地呆立着，便像是做了一场难醒的梦，脸上显出一丝惭愧之色。是的，他的确是输了，在别人的眼里，也许他输得有些莫名其妙，但是他却深深地明白，轩辕有一百零一次杀他的机会，至少有十次可以毫不受损地诛杀他，但是轩辕没有那样做。

帝野并不是一个没有自知之明的人，是以，他深知自己绝不是轩辕的对手。当然，轩辕能够轻松杀他这是一种直觉，作为一个剑手来说，判断能力等于生命。何况轩辕的目光和气机已经指出了他的致命之处，这一点帝野心里十分明白。

“多谢手下留情!”帝野不能不这么说，当然，这也是他的真心话。

“精彩，精彩，这是我所见最有趣的一场比斗。”跂通忍不住赞道，同时，他对轩辕的看法再也不是最初那般轻忽了。

帝野黯然地退到假圣女身边，表情很是古怪。

尤扬对轩辕不得不重新估计，轩辕这般交手法正好避免了伤势的影响，他不能不为轩辕叫好。不战而屈人之兵，的确是出人意料之外。

大院之中的君子国人无不对轩辕刮目相看，更多了许多尊敬。在这个年代，没有人会不尊敬强者，尊重英雄，而轩辕的表现，无论是言语还是刚才的交手，都表现出了一种让人心服的气度和雍容，何况君子国中的人本就谦让有礼，轩辕这种不战而服人的战术确是让人叫绝。

“实在遗憾，我们仍未能见到轩辕公子出手，如果轩辕公子出手，那将会是怎样一种场面呢?”童旦故作遗憾地道。

“是啊，我觉得轩辕公子赢得有些莫名其妙，我真想看看轩辕公子出手。”假圣女意味十足地望着轩辕款款地道。

“我看公子又配刀又配剑，不知公子是擅用刀呢还是擅用剑?”童旦突然改变语锋问道。

“看了刚才公子与帝野之战，在下也斗胆向轩辕公子讨教几招，刚才我实在是看不明白，这回还请公子真刀真剑地出手。”童旦身后的一名中年汉子也抢步而出，语气毫不客气。

众人微愕，这人语气之中明显怀疑轩辕刚才取胜的真实性，更暗示轩辕是使了什么手段。

轩辕也有些好笑和惊讶，淡漠地望了那人一眼，冷笑道：“你可知道我出刀必见血?”

“自然知道，其实我也有与公子同样的规矩。”那汉子竟针锋相对地道。

“哦，看来我是找到知音了，只是不知道，圣王允不允许我们流血相见?”轩辕高深莫测地笑了笑道。

“我刚才根本就没有看到你出手，你便赢了，这似乎一点意思也没有。既然人家向你挑战，你也应该出招才对呀，刚才那一场不算，现在再来!”假圣女娇声不依地道。

跂通见自己的“女儿”都这样说了，也就点头笑道：“轩辕公子就露两手让大家看看吧，否则他们不会死心的。”

“轩辕公子，既然圣王都这么说了，这回你可别依然一招都不出哦。”童旦仿佛是在提醒什么似的道。

轩辕坦然一笑，道：“那只好恭敬不如从命了。”说完扭头向面对自己两丈而立的汉子笑道，“别留情哦，在我的兵刃下，你绝对不要有半丝侥幸之心。”

“你放心好了，我童宽也从不是靠侥幸生存之人，如果我有个三长两短，只能怨自己学艺不精!”那汉子狠声道，言语之中充满了火药味。

“不错，你已经将我当成了敌人，相信你不会让大家失望!”轩辕漫不经心地笑了笑道。

童宽不置可否地冷哼一声，他似乎并不愿与轩辕有过多的言语，因为轩辕的话会让他在不知不觉之中坠入由轩辕所控制的局势当中，以至于会被磨消锐气。在童宽的理解之中，帝野之所以败，是因为帝野一开始便陷入了轩辕言语的圈套之中。

轩辕并没有任何不快的表情，依然是极为悠闲地望着童宽，笑道：“你该出手了。”

“那我就不客气了!”童宽的话音未落，剑已经攻到了轩辕的面门之处，速度快极，招式也狠辣至极。

一旁的人不由得暗为轩辕捏了一把汗，不过，也对这童宽刮目相看，单只这一剑便足以让人心惊叫好了。

不过，童宽的剑刺空了，轩辕的头便像是风中的弱柳，摇晃成一片虚影，所以童宽的剑落空。

啸……童宽的剑再次划过一道诡异的弧迹，斜掠而下，他不相信轩辕身子的每一部分都有这样的能力。

砰……童宽的剑斜掠而下之时，陡觉手腕处传来一股重劲，却是轩辕的左手以比他剑式更快的速度击出，阻止了童宽变招，不仅如此，轩辕的右掌更如巨刀一般横劈而下。

轩辕的脚步奇诡至极，更快得难以想象，是以，在闪过童宽的剑招之后，立刻以最快的速度抢入作近身相搏。

童宽骇然而退，剑斜带，轩辕的灵活和速度及运招之奇确实是出乎他的意料之外，他也没有想到轩辕竟弃兵刃不用而作近身肉搏，这样一来，使得他的剑招大打折扣。

轩辕一声冷笑，在童宽回剑之际，斩空的右掌之上竟蓦然间多了一柄刀。

没有人看清轩辕的刀是自哪里来的，这简直是在变戏法一般。

这柄刀出现之突然，便是童宽做梦也想不到的。而这柄刀并非轩辕肩头所背之物，他肩头的刀依然在肩头，便是剑也没动，但这柄刀却是确实存在的，当然这是一柄短刀。

是刀便行，无论长刀短刀，能够杀人的刀就是好刀。是的，轩辕的刀是杀人的刀，在童宽犹未能明白刀是自何处而出之时，这柄短刀已经割断了他的咽喉。

童宽没有惨叫，只是瞪大的眼睛把最后的恐惧以夸张的手法表现出来，在瞳孔的扩大之中，生命也离他远去。

轩辕静立，手中的短刀闪烁着森寒的光彩，那是一柄银质的小刀，没有沾半点血渍，但谁都知道，正是它杀死了童宽。

“我说过，出刀必见血，你不能怪我！”轩辕似乎有些怜悯。

场中所有人都呆住了，他们为轩辕那轻巧奇诡的杀人方式所震撼。的确，轩辕杀人真的像是炒菜吃饭，那般潇洒利落，没有任何多余的花巧，一切都是那么朴质而有效，也许，这便是轩辕所说的经验。

在君子国之中，的确很少有人见到这种杀人的方法，在安逸的环境中，永远都无法磨砺出顶尖的杀手。君子国人虽人人练武，但真正的实战经验却并不是很多，在招式的狠辣和简洁上，绝对不能与轩辕相比。因此，见到轩辕如此霸烈的杀招，他们不由得全给镇住了。

童宽的躯体在一阵风下轰然而倒，像是一截枯朽的木头。

“你杀了他？”童旦的脸都变绿了，声音冰冷至极地问道。

轩辕缓缓地将那八寸刀锋的短刀插入靴中，淡淡地道：“是的，我杀了他，我说过，出刀必见血，我也无法控制此刀的招数。”

“可是你却并非用背上的刀剑！”童旦气势汹汹地逼问道。

“杀人者，无所不用其极，根本就没有任何章法规律可讲，能杀人，便是最大的成功。我说过，对敌人，我没有办法手下留情，他是挑战者，那我只能将他当作敌人看待。既然大家想欣赏杀人的招法，我也便只好遵命而为。”轩辕淡漠地道。

童旦无言以对，他们或许是太低估轩辕了，而轩辕所做的一切，的确是很狡猾，便连尤扬也不能不承认这一点。事实上，以轩辕的武功，本不能在如此短的时间之中杀死童宽，但一开始，轩辕便让童宽的注意力放在他背上的刀、剑之上，从而忽视了轩辕的其他兵刃，这也是轩辕为何能够以短刀奇袭成功的主要原因。

当然，这并不能说轩辕便是投机取巧，也许正如轩辕所说，杀人者，只求目的，不择手段。只要能杀人，其他的自是可以无所不用其极，杀人并不是只能凭借蛮力，更重要的是用脑子。

其实，轩辕这几个动作并不能代表他的真正实力，只能使得他的实力更显神秘莫测。这一切所表现的，只是一个侧面，一个强者的侧面。

“轩辕失手，真的是让大家扫兴，若是圣王要责怪的话，我也无话可说！”轩辕不再搭理童旦，只是将目光转向跂通，诚恳地道。

“这并不能怪你，刀剑相见，难免有所损伤，你们在出手之前便已说好。因此，你并没有什么过错。”跂通对眼下的轩辕似乎更是看好，语气之中稍有袒护之意。

帝野的脸色一直都很难看，他在庆幸自己刚才没有抢先出手，否则的话，他只可能与童宽一样的下场。其实，他知道便是他不出手，轩辕都拥有足够的力量杀他，可是轩辕并没有这么做。他不明白这是为什么，自轩辕的言语之中，并不似不明白他们的敌对关系。可是，轩辕却放过了他。这是意外？或许是轩辕有意放他一马？就算轩辕刚才杀了他，他也无话可说，别人也无话可说……帝野的心比脸色更为复杂，只怕他也不知道那是怎样的一种心情，他不知道是否应该再仇恨轩辕，不知道是否应该以其他的形式面对轩辕。

尤扬不禁佩服起轩辕来，至少，在此刻轩辕是他的代表。事实上，他已经有些相信轩辕的话了，因为帝恨竟与渠瘦人搅和在一起，这使得他对轩辕的话多了几分信任，而帝恨欲置轩辕于死地，定不是没有原因的。结合轩辕所说的一切，尤扬更相信轩辕的话。是以，他对轩辕的佩服也是由衷的。

轩辕巧妙地以小巧的打法避免与敌硬击而迸裂肩头的伤口，而且把一切都掩饰得天衣无缝，这种聪慧和机敏实让人不得不服，这之中并不需要花太大的力气。事实上，这也是一种极为明智的保存实力和隐藏实力的做法。

童宽的尸体很快便被人拖走，童旦的脸色很难看，假圣女的脸色同样难看，但是这里并不是他们做主，而是跂通，否则的话，他们定要将轩辕撕成碎片。不过，他们的心中仍有些疑惑，因为他们根本就找不到轩辕受伤的痕迹，甚至无法揣测轩辕真正的实力。

“轩辕公子的表演真是精彩，实在是让人耳目一新。”尤扬带头赞道。

思过和跂恩也有同感，不过，却有些不以为然：“只是以这样的方式杀人的确是太过狠辣了一些。”

“轩辕公子便是以这些杀死吸血鬼的?”跂通惊奇地问道。

“像这样的招式还不足以杀死吸血鬼。事实上，我所有的招式并不能称之为招，我心中本无招，一切的一切只是顺自然应运而生的攻击方式。有招的武功反而落入下乘，因为天下间没有不能破解的招式。但心中无招，则敌人万无能破之理。我杀死吸血鬼其实只是以无招胜之有招。”轩辕淡然道。

“心中无招，万无能破之理！好，好个无招胜之有招！听公子一席话，倒让我跂通大感汗颜，虽我痴长数十岁，却仍赶不上公子的觉悟，真是英雄出少年！”跂通恳切地道。

“圣王过奖了，轩辕只是就事论事而已。”轩辕谦虚地道。

“今日算是遇到高人了，好了，现在我们可以领大家去看一点东西，好让众位为我解除一些疑虑。”跂通长身而起，表情一肃，深深地吸了口气道。

场中除尤扬和两大护法之外，余人全都一呆，对跂通的语意无法明了，他们根本就不知道跂通葫芦里卖的是什么药。不过，却没有人开口询问，谁都知道，不该自己问的东西少问为好，反正很快便会知道。

尸体。

跂通带轩辕诸人所来的地方，竟是陈列尸体的地方，而跂通让轩辕看的，也正是尸体。

尸体新死，面目如生，唯神情怪异，显然死前都存在着一些外人所无法想象的变故。

“圣王让我们看的便是这些?”轩辕不由疑惑地问道。

“不错，我要你们看的正是这些。”跂通的语气有些沉重。

虎煞的脸色极为阴沉，表情之中似乎有许多的愤懑和悲憾。

“父王让我们看这些尸体干什么?”假圣女不解地问道。

“这些尸体应该是昨夜死亡，从皮肉僵硬度和色泽来看，应该是在三更之后才死亡的。”轩辕伸手摸了一下尸体那冰凉的手，淡淡地道。

“公子的判断果然精准无比，犹如亲见，实让人佩服。”跂通讶然，但语气却显得很诚恳。

思过和跂恩也轻轻地点了点头，证明轩辕的估计并没有错。

轩辕绕着八具尸体走了一圈，眉头微皱，惊讶地道：“这八人应该是死于两个人之手。”说着轩辕指着右边的四具尸体道，“这四具尸体全为眉心一点剑伤，只余一线微红，而且每个人的眉心中剑部位一模一样，由此可见，四人可能死于同一人之手。而这人的剑术实已达到了极高的境界，可是自四人死前的表情来看，却很平静，由此可推知，敌人杀死他们之时有两种可能！”

“哪两种可能？”尤扬问道。

“第一，敌人是偷袭，他们根本就没有作出反应便已经死去，甚至是连表情也来不及变化；第二，死者是在熟睡中被杀，而当敌人杀死他们的一刹那，他们睁开了眼。但自他们身上仍佩着兵刃、衣着整齐来看，第一种可能性比较大。”轩辕分析道。

“如果当时这四人是在一起巡逻呢？”思过突然问道。

“一起巡逻？”轩辕骇然，半晌才道，“如果是这样的话，这个敌人的剑法之快已达到了难以想象的地步！”说到这里，轩辕倏地想到了满苍夷，如果以满苍夷的速度和剑式，想来若要做到这一点并不是一件很难的事。

“是的，这个敌人的剑法的确已经快到了无可想象的地步，如果是面对这样的敌人，不知道公子可有什么样的经验以对？”跂通吸了一口气，询问道，显然这是一个连他自己也无法解决的问题。

轩辕不由苦笑了笑，道：“如果面对一个速度快至如斯的人，我唯一的一个办法那就是装死！”

“装死？”所有人都禁不住同时惊问，更觉得好笑。

跂通愣了半晌，呆呆地望着轩辕，似乎对轩辕竟然说出这样一个办法感到惑然。

“是的，若是我，便只好装死以对。我实在是无法去抵抗那神出鬼没的速度，最好牵制他的方法便是以静制动。当你躺在地上之时，你所受攻击的面积和方位就已达到最低限度了。因此，我们可以更专注地去面对敌人，限制敌人攻击的方位。如果这样还是挡不住对方的攻击，便只好真的死一回了。”轩辕无可奈何地道。

所有的人都表示沉默，并非因为轩辕所说的没有道理，事实上，轩辕并没有讲错。众人都思忖着，如果是自己面对这样一个敌人之时又该如何去应付，难道也要倒地而战？对于轩辕来说，这或许并不能算什么，但是对于讲究风度的君子国来说，却显得有些大失身份了。

“装死，只是无赖才做的事情，我辈岂屑为之?”童旦讥讽道，对于轩辕，他的确是恨得牙痒痒，但在这种情况下，他却不能够做作出实质的行动，只得在言语之中加以攻击。

轩辕并不动怒，甚至连反驳的意思也没有，只是不屑地笑了笑，以显示对童旦的最大轻蔑，使得童旦的脸色都气绿了。

“不知道童长老又有什么样的高见呢?”跂通扭头吸了口气，向童旦询问道。

童旦一时哑然，半晌才道：“在根本就没有与敌人见过面之时，我想任何的推断都是不符合实际的。如果这个敌人的速度真的快到了极致，那我们根本就不知道他什么时候出现，会在什么方位出现，作出怎样的攻击。因此，我们这一刻所研究的对策可能会到时候全都用不上，这很有可能。”

“长老说得也对。但谁能知道，这个敌人是什么身份呢?”跂通问道。

众人再次陷入了沉默之中，跂通的真正目的也许就是想找出这个凶手的真正来历，不用说也知道，这样一个隐藏在暗处的神秘敌人的确会让君子国人心难安。

“难道昨夜便没有人发现这个凶手的踪迹?”轩辕问道。

“或许有，或许也没有，因为昨夜潜入君子宫的并不止一批人，因此，我们也不知道所见之人是否就是真正的凶手。”跂通沉声道。

“而那四名死去的兄弟之中，有两名的剑术可跟虎煞相媲美，也是属于八煞中人，但是他们也在同一时间几乎没有作太大的挣扎，便死于敌人之手!”思过指了一下左边的四具尸体，声音沉郁地道。

“他们也是八煞中人?”众人顺着思过所指的方向望去，都掩饰不住内心的惊骇，刚才虎煞的武功他们是亲见的，如果说两个如同虎煞一般的高手，也在片刻间为敌所杀，那这个敌人实在是太可怕了。

“难道他们致命之处便是眉心那火焰的印记?”轩辕却找不到这四人身上的伤痕，但发现他们都有一个共同点，那就是眉心有一道火焰的印记，是以开口问道。

“是的，他们全身都找不到致命伤，甚至找不到半点伤痕，只是眉间有一道火焰的印记，我发现他们的脑中似乎受到了巨烈的震荡，这也是他们致命的原因。”跂通淡漠地道。

“如果我没有猜错的话，这种手段应该是火神祝融氏的杰作。”童旦突然道。

跂通似乎并没有感到很意外，轩辕却吃了一惊。

如果祝融氏也来了这里，不可否认也定是为了夺取薰华草，那样一来，这里的局面就会变得更乱了，也似乎更有趣。同时，轩辕仍有些不明白，为何跂通要带他们来看这些尸体?

难道就只是为了让人知道有高人入侵君子国吗?君子国有强敌来犯，告诉外人，这又有什么好处?这确实是让人费解之事。

轩辕并不想为这些事情想得太多，那似乎完全没有必要。在这一刻，他并不是自由之身，根本就不必为这些事分心。

在寄存尸体的地方，轩辕并没有停顿多久，让轩辕感到意外的却是假圣女竟然要与他切磋武功。

轩辕自然知道，假圣女的所谓切磋只是说给跂通听的，轩辕相信她不是傻子。

尤扬也为之色变，但跂通却同意了，他也有些无可奈何。不过，他却抬出了柳洪，声称柳洪极想见到轩辕，遗憾的却是跂通又一次为假圣女说话。不过，这也为轩辕做了一点好事，那便是在与假圣女切磋后还要去柳洪那里，这样至少是为轩辕多加了一个借口。

轩辕也就只好向尤扬无可奈何地笑了笑，在这个地方，他并没有太多自主的权利，便像是陷入了笼子之中的鸟雀。

思过和跂恩对轩辕的印象很好，至少轩辕的强干使他们生出欣赏之意。君子国之中，存在妒才心理的人很少，这里的每一个人不仅仅都修习武功，更在品行的修养上有很深厚的功底。是以，绝不会妒才，这也是君子国好让的原因所在。此刻假圣女要留轩辕指点武技，他们自然也好意地赞同了。

尤扬虽然心中懊恼，但却又不得不装出笑脸同意，道：“你安心地去吧，下午我让人来接你。”

“那就有劳长老了，另外，我朋友的事情还望长老多出力气。”轩辕心中已有主意，淡淡地应了一声，这才转头向假圣女道，“我们走吧。”

假圣女嫣然一笑，反问道：“你还有朋友在君子国吗？”

“自然是有。”轩辕并不否认。

尤扬自然知道轩辕指的是跂燕，但这的确是一件很棘手的事情，渠瘦人竟然出动乐极七代绑架跂燕，可见他们对轩辕和跂燕是多么重视，自己也不能肯定就可以救回跂燕，不由苦笑道：“我会尽力的。”

轩辕岂会不知道这件事情的难度？尤扬如此说反比肯定的回答让他心安，他也明白这件事情的难度，尤扬说他没有把握反而是一种真诚的说法。

第六十四章　圣女施媚

“知道为何我要将你留下吗？”假圣女漫不经心地问道。

“圣女难道不是要与轩辕切磋武功吗？”轩辕紧跟在童旦之后，故作不解地问道。

“你真是一个很有趣的人。”假圣女扑哧地笑出声来。

“其实，我只是一个笨人。”轩辕仍装作不知其意。

“哦，不会呀，我倒觉得你比狐狸还精。”童旦也笑道，语意之中多了几分愤懑和揶揄。

“那是长老过奖了，如果我真有这么精明的话，也不会弄成眼下这番模样了。”轩辕丝毫不在意地道。

“长老便留在外面吧，我想跟轩辕公子单独谈谈。”假圣女突然说出一句让轩辕和童旦都惊讶的话。

“圣女！”童旦大感意外，欲说什么，却被假圣女伸手制止。

轩辕悠然一笑，信步随假圣女行入一光线极为明亮的青砖瓦房，这是轩辕在君子国中所见最多的模式，他不明白这些砖和瓦是怎样炼制出来的，不过这种房子很整洁利落，整体之上极为美观。事实上，他在神谷中也见到过这种类似的房子结构。

屋子之中的结构也是极为整洁清雅，几张木几和木椅有序地陈列着，屋子中央的木几之上摆放着一个由虎骨拼搭的图型，看不出像什么，也并非很美，但却有着一种庄严、沉稳、霸烈的气势，与这屋子之中的布置有一种难得的协调感。由此可见，布置此屋之人，倒是独具匠心。

“坐吧！”假圣女淡淡地道。

轩辕洒脱地坐在距假圣女不远之处的虎皮大椅上，他倒想看看这个美丽的女人想玩什么花样。

“你今天的表现的确很碍眼。”假圣女淡漠地道。

“不应该用碍眼这个词吧？你应该说我今天表现很抢眼……”

“这又有何不同？”

“对于你来说，当然没什么不同，而对于我来说却有些区别。”轩辕耸耸肩道。

“那是为何？”

“因为我们的立场并不一样，甚至可以说，你与其他人的立场也都不一样，所以也就有了区别。”轩辕并不避讳。

假圣女脸色微变，冷然问道：“你这话是什么意思？”

“因为死的是你的护卫，而不是本身就生在君子国中的人，这就是区别。”轩辕一时之间并不想点破。

假圣女的脸色稍转，眼神古怪地对视着轩辕，淡漠地道：“你似乎说错了，他们自进入君子国后，便属于君子国的子民，这之间是不存在区别的。”

“那只是你说的，事实上谁心里都明白。”轩辕一时间也摸不清对方在想什么，不过，他只觉得在对方的眼里存在着一种勾魂摄魄的力量。当然，轩辕并不在意，他对对方的媚术并不是一无所知。至少，在桃红那里得到了许多经验，甚至他也已经懂得媚术的基本特征。因此，他根本就不在乎假圣女的媚眼，何况，假圣女并没有施展出真正的媚术。

“其实你根本没有必要这样的，你这般做法只会让人对你更加注意。我想，这样对你绝没有好处。”假圣女淡然道。

“那圣女认为怎样才对我有好处呢？”轩辕反问道。

“我想你来君子国的目的并不是为了出风头吧？”

“何以见得？”轩辕反问道。

假圣女故作神秘地笑了笑，道：“其实在我来君子国之前便已听说过你的大名。”

“这并不值得奇怪，我猜想圣女大概是自九黎族人的口中所探得的，不知我的猜测可对？”轩辕似笑非笑地望着假圣女，缓缓地道。

假圣女神色大变，犹如一只伺机而动的猛兽，冷冷地与轩辕对视着。

轩辕不作丝毫相让，神态潇洒地与假圣女对视。

半响，假圣女才突然道：“你果然比我想象的还要难缠！”

“也不见得，我只是运气较好而已，每次都是将死未死，只不过，比起你们来说，我就要差多了。”轩辕冷笑道。

“你都已知道……”说到这里，假圣女突然一顿，似乎恍然，笑了笑道，“我倒忘了即使我可以瞒得了任何人，却瞒不过你们。”

“其实你早应该知道，跂燕是不是你们派人掳走的？”轩辕冷然问道。

“就算告诉你也没有用，这件事情根本就与我不相干。不过，如果你真的很爱她的话，倒有一个方法可以让她重获自由。”假圣女笑靥如花地道。

“什么方法？”轩辕冷冷地逼视着对方问道。

“你成为我们的一员，在我们种族之中，也绝对不会亏待你这样的人才。我可以担保，没有人再会追究你过去对我们所造成的损失。”假圣女断然道。

“如果我不呢？”轩辕冷然反问道。

“你相不相信我完全可找个理由在君子宫中杀了你……”

“你相不相信我也有能力让你们身在君子宫中的人全军覆灭？包括童旦和你！”轩辕打断假圣女的话，狠绝地反问道。

假圣女一时给呆住了，轩辕的话让她很是惊讶和震惊，她不知道轩辕为何会如此肯定，如此自信，面对着轩辕那灼灼逼人的目光，她竟有些势弱之感。

“你以为你说话这里会有人相信吗？”假圣女反问道。

“至少柳洪不会放过任何机会。”轩辕淡然自若地笑道。

假圣女哑然，事实上，尤扬与轩辕同时出现之时，假圣女便已经意识到了这一点。是以，当轩辕此刻提出，她又不能不细思其中的可能性。

她不明白，轩辕是怎么和尤扬走到一起的，他们是如何认识的。虽然她在君子国中只待了那么几天时间，可是她却明白尤扬和柳洪的关系，也明白尤扬是君子国中举足轻重的人物。有时候，她又不得不佩服轩辕的能耐，竟然可以做到这么快便在君子国中有所行动。

“你知道这样做对你绝对没有好处……”

“可我知道不这么做的话，同样对我没有好处。”轩辕打断假圣女的话，冷然道。

“你们想达到的目的是根本不可能的，因为此刻她根本就不可能回到你的身边，你也根本没有谈条件的权利！”假圣女冷笑道，旋又道，“其实你的本意根本就不是送跂燕回君子国做圣女，而是为了薰华草，我可有说错？”

轩辕的神色并没有任何变化，假圣女知道这一点他并不感到很意外，因为自他知道桃红乃是假圣女的师妹之后，桃红所知道的她自然也会知道。是以，轩辕并不觉得意外，只是低低地笑了笑道：“你既然明白，那是再好不过了，我绝不会放过我可能会得到的利益。”

“哼，就算你得到了薰华草，就能解开你那些朋友的禁制吗？真是笑话，何况，在这众多高手之中，你根本就不可能有机会得到薰华草！”假圣女不屑地道。

“那是我的事，除非你们能够解除我那群兄弟的禁制，恢复他们的神志，否则的话，我们只能在未来的路上拼个你死我活！”轩辕冷然而坚决地道。

假圣女轻轻地摇了摇头，怜悯似的笑了笑，道：“我发现你很天真，就凭你这点力量，根本就不可能与我们相抗衡，便是倾你龙族所有力量，也不过只是薄弱得可怜。你可知道，你所面对的将不仅仅是九黎族的人，而是整个东夷族数以十万计的子民。而且，这之中的高手，你只是见识了其中最低层的人物，还有比你所见到的厉害十倍，甚至数十倍的可怕人物，你这样做，只是送死！”

轩辕虽然心头微惊，但嘴巴之上却绝不肯示弱，道：“生与死这是任何人都不可避免的，只不过是迟早问题，既然上天生我，我便不能浪费自己的生命，与其慢慢老死，何不选择轰轰烈烈地战死？轩辕从来只认自己的理，也不想去计较太多，这样才可能活得更有意义，难道你不这样认为吗？”

“如果我可以答应你的条件，你可否与我们合作呢？”假圣女语调突然一改，媚眼如丝地轻语道。

“你肯放掉跂燕和花猛他们？”轩辕微有些意外，问道。

“但你必须保证助我们夺得薰华草。”假圣女补充道。

“可谁又能保证你说的话能算数呢？”轩辕冷然反问道。

“至少，我可以在你助我之前兑现一半的承诺。”假圣女极为肯定地道。

“哦。”轩辕感到有些惊讶，但又问道，“你是说只是放了跂燕而已？”

“这仅是一半之中的一部分。”假圣女道。

“那你的这一半又是指什么？”

“我先不想说出来，只是想知道你是否有诚意合作，如果你真的有诚意合作的话，一切都好说。”假圣女露出一丝得意的神情。

轩辕冷冷地逼视着假圣女，蓦地发出一声轻笑，道：“你认为我怎样合作才算是真正的合作？”

“这很简单，你，领着你的那一群战士臣服于九黎，这一切便可以很轻易地解决，而眼下，你的任务便是与我们一起联手对付火神祝融氏和那群神秘的高手。”假圣女淡淡地陈述道。

轩辕不由得打了个冷战，要他去对付火神祝融氏，那的确是一件很艰难的事情，同时他也明白假圣女的意图，在眼下九黎族的高手之中，应该没有谁是火神祝融的对手，抑或，他们并没有对付火神祝融和那神秘剑手的把握。

轩辕当然知道那神秘的剑手很有可能是满苍夷，不过，他自问敌不过满苍夷，更别说祝融氏，眼下假圣女之所以与他谈和，只是想利用他去对付强敌而已。

“好了，我不想再在这个问题上与你多谈，没事的话，我想走了。”轩辕语气一转，极为冷漠地道。

轩辕的突然转变使得假圣女为之一呆，有些吃惊地望着轩辕，蓦地站起身来，冷冷地道：“我从来都不会去勉强一个人做他不愿意做的事情，你请吧！”

轩辕洒脱一笑，立身便头也不回地向屋外行去，他实在不想再在这里浪费太多的时间，所有的时间都是非常宝贵的。同时，他也明白，对方并不敢真的杀死歧燕，因为，他仍是九黎人或渠瘦人所要对付的大敌，而歧燕正是这群人身上的一个筹码。就算不是如此，轩辕也绝对不会向九黎族人屈服，他更不能让他的龙族兄弟也跟着自己屈服于九黎族，是以，他宁可拒绝。

门突然大开。

那曾是被假圣女紧闭的大门，在轩辕便要步至大门口之时突然大开。

风声突起，轩辕没有回头，他已知道在他与假圣女之间已经多出了四名高手，这些人来自哪里，他并不知道，也不想知道，他只是依旧以一种雍容至极的步子向敞开的大门逼去。

大门口，步入的是两名光头之人，光光的头皮上闪烁着一种油质的光彩，就如那黑亮的眸子之中冷厉而锋锐的目光。

轩辕冷冷地笑了笑，他自然知道这是怎么回事。是以，在他快要与对方接触之时，倏地后退。

轩辕的倏然后退，的确让人意外，至少那两名自门口步入的光头很意外，他们本估计轩辕会直闯门口。

轩辕动，光头自然跟着动，他们是飞扑而上，在他们扑身之时，轩辕发现了两柄古怪的兵刃，似剑非剑，似刀非刀，这使轩辕想起了白虎神将的古怪兵刃。

这两件兵刃有共同之处，却并非相同，皆因这两柄兵刃不长，而且在刃身之上更有着数个棱形的方孔，刃背上还有几根齿状之物，便像是鳄鱼的半张带齿之嘴。

“你怪不得我，是你逼我这么做的！”假圣女的声音之中显出了几分无奈和冷漠。

轩辕根本就不屑听她的废话，只是冷哼了一声，在身后的四件兵刃同时攻上来之时，他后退的身子突然以几乎不可能的方式逆冲向自门口逼近的光头。

轩辕的这一突然改变几乎是完全没有规则，甚至是有些不合情理的，但是他的确做到了由空中转向，而且是那么自然，那么轻松利落。

每个攻击轩辕的人都惊讶地发现，轩辕在一退一进之际，根本就未曾在虚空中有任何落足，也就是说，这一退一进本就是一个完整的动作，而这完全是一种违反常规的表现。但此刻没有人会去计较这些，所计较的只是如何挡开轩辕的回击。

光头的两件怪兵刃在轩辕的眼里似乎有很大的空隙。

事实上，这两件兵刃之间的确存在着极大的空隙，而这正是轩辕的策略，如果轩辕不先退引得这两人全力进攻的话，那么这两个光头定会全神贯注地防备轩辕闯门。那样，这两个人的防守几乎不会存在任何空隙和破绽，但轩辕一退再进，立刻使得两个光头阵脚大乱，不顾防守地抢攻，这样在两人攻击的招式之中就难免存在着破绽。因为他们根本就想不到轩辕是以退为进，而且在进退之间达到如此玄妙之境。是以，他们在攻击之时便难免会生出破绽，但当他们发现这一点时，已经有些迟了。

是的，的确有些迟了，轩辕的速度快得骇人，在他算准的一切程序之中，他绝对不会给对方任何机会。

砰……砰……轩辕并未撤出刀剑，只是出拳，从两个玄奥刁钻至极的角度出拳，在那两件怪刃将要合并之时，重重地击在两个光头的胸口。

“呀……”光头硕大的身躯身不由己地向门外狂跌而出。

轩辕低啸一声，脚尖一点，速度再增，犹如射出的怒箭一般掠过两个光头的躯体，向大门外投去。

门外的空气沉闷得骇人，那是一种如死般沉寂的压力，又像是深植入人心的大山。

当然，那是一种感觉，心被大山压伏着的感觉，而这一切，只是因为一只拳头。

是的，一只拳头，一只戴着一颗蓝色宝石的拳头。宝石的光彩便若地狱中阴森的幽光，有着无与伦比的诡异。

在轩辕破门而出的一刹那，那只拳头由小变大，然后几乎塞满了轩辕所有的视线。

轩辕着实吃了一惊，自一出大门，他的精神便为这守候在门外的一拳给封锁了，这是他自刑月的独龙拳之后见过的最为可怕的一拳。

这其实是一个早就设计好的杀局，轩辕心中怒极，这群人竟然要不顾一切地击杀他，而且敢在君子宫中下手，这的确有些出乎他的意料之外。不过，他也明白，假圣女不得不孤注一掷。只是因为他的威胁性太大，而此刻他更明白，他所代表的已不只是自己的命运，跂燕的命运也是与他紧密相连，只要他一死，跂燕的利用价值也便没有了。而假圣女完全可以编出一堆要杀他的理由，到时候虽会引起柳洪和尤扬的攻击，但是那时的威胁比起轩辕活着的威胁要小多了。而且，谁拥有轩辕这样一个敌人都不会睡得安稳，没有人会未卜先知轩辕下一刻会有什么样的计划来对付他们。

九黎族与轩辕交手并不是一天两天的事，虽然他们在人力物力上都占了绝对的优势，可是每每在轩辕的手中铩羽而归，这并不是说轩辕的武功多么可怕，而是轩辕这个人的脑子实在不是一般人可以揣度的。是以，童旦和假圣女决心要杀掉轩辕。

一直以来，幸运之神似乎一直都伴随着轩辕，每每让轩辕得以死里逃生，这是一种运道。当然，这对于轩辕的敌人来说，这也是一种压力——宿命的压力。这也成了他们不能不杀轩辕的理由。

出手的人是童旦，居然劳动童旦亲自出手，可见这群人是多么看得起轩辕。

轩辕此时才真正见识了童旦的可怕，这是一个比帝恨更为可怕的老头，只看这一拳便可知道帝恨与童旦之间的差距。

一拳必杀，这里毕竟不是九黎人的地盘，是以童旦这一拳便成了必杀的一拳，不管是不是他小看了轩辕抑或是其他的原因，他都想以最短的时间置轩辕于死地。

锵……轩辕刀未拔而自动破鞘而出，像是被一只无形的大手所操纵，幻出千万道光影，然后轩辕出手了。

轩辕出手，只是紧握住刀柄，浑身便如吸血的水蛭般胀大起来，刀芒更盛。

四下皆暗，只因轩辕一刀在手，刀夺天光，日月无华，只有一道流彩自轩辕那膨胀的身体之中涌出，游过刀身，使得刀身透出红色，发出炽热的气焰之时，他已撞向了那只遮掩了天空的拳头。

这是轩辕自己也未曾想象到的一刀，更脱出了他往日对刀的想象，他只感到在对方那让人窒息的压力之下，体内似乎有某种难以言喻的东西在复活，在奔涌，在骚动，然后他背上的刀便因此而飞了出来。

这是从来都未曾有过的事，他感到自己的刀似乎在刹那间拥有了生命，拥有了灵魂，而且似乎明白主人的心意脱鞘而出。

这种感觉舒畅至极，就像是一个剧烈运动之后的人在接受全身按摩，而这种感觉，轩辕在面对刑月那一拳之时也曾有过。只是，这一刻比那一次要强烈多了，而且他的承受能力比那一次更强。是以，不再有那一次略微痛苦的感觉，反而有种难以言说的舒畅。

轩辕的刀，让所有人都心惊，但心惊并不能阻碍这一刀的攻击力。

轰……轩辕犹如触了电般倒撞而回，犹如怒潮般的气劲在刀锋上爆开，他几乎无法把持自己手中的刀，等他反应过来时，身子已经撞塌了一堵青砖所筑的厚墙，再一次退回了大屋之中。

最吃惊的却是童旦，他竟也无法控制地跌退八步之多，拳背之上竟出现了几颗细微的血珠，这是他从未曾发生过的事情，他感受到了来自刀锋上那充满爆炸性的冲击力，几乎要将他的身体撕裂。

如果说这股力量是来自轩辕的身上，那这个人实在是太可怕了。童旦来不及细想，便听到一阵掌声自院外传来。

“好，好精彩的一击，简直是妙极！世上居然有如此好的刀式，还有如此好的拳法，真叫我尤扬大开眼界了！”尤扬的身体不知何时已经出现在院墙之上，与之并排的还有一位神色冷峻的年轻人，神态倨傲，一双闪烁着幽光的眸子在童旦身上扫了一眼，又落在迅速自那破墙洞中行出的轩辕身上，神色间却变得缓和与欣慰。

“小王子！”童旦和那几名护卫一见那年轻人，忙恭敬地呼了一声。

来者正是尤扬和柳洪，只是众人没有想到他们竟然不走正门，而选择翻墙而入。

轩辕心头微松，冷冷地向身边小心戒备的四名高手瞪了一眼，漠然道：“演练结束，你们好好地保护圣女吧！”

假圣女这时也自屋中款款地行了出来，风情无限地望了柳洪一眼，温和地叫了声：“洪弟，怎的亲自过来呢？”

“我是过来给姐姐请安，当然也是想来请轩辕公子过去指点我几招武功，因此，我自然得亲自来了。”柳洪说话间自院墙上飘落，并不再看假圣女，反而径直行到轩辕的身前，在童旦和假圣女大感尴尬之时，笑着道：“轩辕公子果然名不虚传，世间竟有如此好的刀招，真是难得，你可一定不能藏私哦。”

轩辕望了童旦一眼，悠然一笑道：“童长老，我们今天只好到此为止了，下一次我们再好好地切磋切磋！”

童旦居然脸也不红一下，很自然地笑了笑道：“正合我意。”

轩辕也不得不佩服童旦的脸皮厚和镇定，在这种情况下，居然能够不动声色。当然，那假圣女的表情也是若无其事，可见这个女人也是个极不简单的人物。不过，至少暂时轩辕不用去面对这几个阴狠的敌人，不由暗赞尤扬来得及时，同时伸手在这初次见面的柳洪肩头轻拍了一下。他对这个年龄与自己相差无几、英俊飘逸的年轻人倒是多了许多好感，至少，在这一刻，这个年轻人表现得很好。

“好吧，我们可以走了。”尤扬目光轻蔑地扫了那两个呕着血水自地上爬起来的光头一眼，淡淡地道。

“不送了!”假圣女淡漠地道，她却发现童旦的拳头再一次握紧。

轩辕傲然一笑，与柳洪并肩向院子的大门之外行去，连眼角也没有瞟一眼童旦。

“我等会儿再让工匠来为圣女将这破洞修补好。”尤扬淡然说了声，扭头也跟在轩辕之后行了出去。

院子之外有许多闻声赶来的君子国剑手，或许是因轩辕和童旦刚才那一击的爆炸力道太强，是以惊动了许多人。不过，此刻全被柳洪和尤扬给喝止了。片刻之间，这里又由热闹化为寂静，仅留下童旦和假圣女诸人在愣着发呆，也没有人能够感受到他们心中的沮丧。

“你的朋友有了下落。”尤扬突然道。

轩辕一喜，道：“这么快，在哪里?”

“我们一发现渠瘦和花蟆人，就已经派人封住了那里的所有路口。”尤扬道。

“太好了!”轩辕也感到有些意外，尤扬办事的效率的确很高，这让轩辕不能不感激，由此可见，尤扬并不是在自己让他去帮忙之时才行动，而是在很早的时候就已开始查探跂燕的行踪。这是一个有心人，是以，轩辕对尤扬的印象稍有改观。

“那妖女没敢拿你怎样吧?”柳洪突然问道。

轩辕一愣，他听出了柳洪语气之中的杀机和冷漠，显然尤扬已经将一切都跟柳洪说了。而柳洪在那院子之中竟然表现得如此冷静，由此可见柳洪也是个极为深沉之人。对眼下的这个年轻人，轩辕真的收起了轻视之心，道：“她想对付我，还不是一件容易的事情，毕竟这里乃是君子宫。”

“你要小心童旦这个人，这老头的武功一直都深藏不露，功力之高绝便是圣王都不敢轻忽。”尤扬提醒道。

“但我知道，刚才那一拳，他尽了全力!”柳洪肯定地道。

“不错，他应该是尽了全力，我能够不死只是靠一些侥幸。”轩辕由衷地道。

“可是你却与他硬拼了一招！”尤扬似对轩辕极有信心。

轩辕不由得微微苦笑，他也不知道自己是否每一次出刀都能够激发出体内的潜力。那是一件很难说清的事，而他在这几月之中，也只是偶尔能够激发出自己体内潜在的力量，那必须是在一种密闭强大的压力或是强霸的气势下，方能够完全激发出体内潜在的能量，抑或是局部的能量。但今日这一招，轩辕根本就没有占到半丝便宜，甚至被震得气血翻涌，难以把持，而童旦只是以空拳对刀锋，这之间的差距显而易见。那日轩辕与刑月交手，还可将刑月震得吐血而去，相比之下，童旦比刑月不知道厉害多少，可是这童旦究竟是什么人呢？

“不错，轩辕公子的那一刀的确是惊天地、泣鬼神，没想到天下间居然能有人将刀法练到这种境界！”柳洪由衷地道。

“只是仍然比童老儿逊色一筹，别忘了，他并没有动用任何兵刃！”轩辕叹了一口气，提醒道。

尤扬此刻才似乎想起了这样一个大问题，凭轩辕刚才那几乎无坚不摧的一刀，竟然被童旦以肉拳挡了下来，这实在是太不可思议了，而这个问题也的确很难说。那么，童旦如果出兵刃呢，那他的兵刃又是什么？

“也许，他根本就不会动用其他的兵刃也说不定。”柳洪猜测道。

轩辕苦笑道：“但愿如王子所猜，那样我们又多了几分胜算！”

尤扬和柳洪也为之哑然，事实上，谁都知道，猜测永远都只是猜测，不可能是最后的结果。

“不知尤长老是如何发现我朋友下落的？”轩辕转换话题问道。

“你忘了乐极七代的极乐神弓吗？”尤扬反问道。

“啊，那张奇弓现在哪里？”轩辕也陡地想起那张可怕的弓来，如果那张弓再回到乐极七代的手中，只怕他再战乐极七代之时便有困难了。不过，如果能自己得到这张神弓之助的话，也会省去许多的力气，是以他才会有此一问。

尤扬苦笑道：“我也不知道那张弓现在落于谁的手中，不过，我知道自己和乐极七代一样，被一个神秘的对手给耍了。”

“我记起来了，极乐神弓应该是在那废墟之下。”轩辕记得昨日自己自那屋子之下爬出来时，并没有带出那张弓。

“我早就知道，但是却被人捷足先登了。”尤扬苦笑道。

“被人捷足先登了？”轩辕惑然问道，他记得昨日尤扬带他和斗鹏离开之时，还留下了一批人在废墟中，难道这群人不是在废墟中发掘神弓？只是，他并没有把这个疑惑说出来。

“说起来也惭愧，当时，我的确是派人去翻开废墟，可是却根本找不到神弓的影子。”尤扬无可奈何地道，他知道轩辕怀疑他所说的话。

“哦。”轩辕依然不信。

“因为早有人自地底下取走了神弓，当我们发现废墟之下并无神弓之时，却发现了一个地洞。因此，我猜想定是有人借地洞取走了神弓。”尤扬道。

“借地洞取走了神弓？”轩辕没有理由不相信尤扬的话，尤扬的话语和表情都绝无可怀疑之处，但他却在猜测这究竟是什么人所为，谁又能够将地洞挖得这么准呢？除非是吸血鬼再生，可是这可能吗？轩辕不由得也有些迷茫。

“这是一个很奇怪的地道，像是一只巨大的爬行虫自地底下爬过。地道不仅不明显，更显得有些淤塞，真的很难想象有什么人从中爬来爬去。”尤扬摇头道。

轩辕不由得更惊，连他也有些怀疑是吸血鬼所为，但青丘人却说吸血鬼已被自己杀死，难道真的是这样？那这个拿走极乐神弓之人又会是谁呢？

“会不会是花蟆人干的？”轩辕问道。

“我想应该不会，花蟆人中除了吸血鬼有这个本领外，其余的人应当没有这个能耐，而且，就算吸血鬼也不可能做到让我们毫无所觉，因为这之中的时间很短。”尤扬肯定地道。

“哦，可是，我发现几乎所有花蟆人都能够做到借土而遁，这又是怎么回事？”轩辕不由得惑然问道。

“这群人只不过是能够借土而伏而已，并不是真的能借土而遁。”尤扬解释道。

“我看不出这之中的区别。”轩辕道。

“区别自然是有的，吸血鬼可以自地面之下迅速远遁，而其他人却没有这个能耐。”柳洪道。

“哦，可是，这个世上还会有谁身具这种异能呢?”轩辕惑然不解。

“是以，我们都被这个人给耍了。”尤扬无可奈何地苦笑道。

“不过，渠瘦人也因此而暴露了行踪，我们是跟踪那几个寻找神弓之人才发现他们的所在。”柳洪道。

“哦。”轩辕这才恍然，不过，他也并不想花太多的时间去细想这之中的许多问题。毕竟，此刻君子国中南来北往的高人太多，他已经没有闲暇去深思极乐神弓的事了，目前最为重要的仍是跂燕的下落。

虽然，有些时候这个小女人也很有用处，可惜此刻这个小女人却成了极大的累赘，当然，轩辕绝不会这么想。否则，他也便不叫轩辕了。

老宅，君子国中人口最为密集的地方。选择这样一个据点，让轩辕有些惑然和不解，但他自不会怀疑尤扬。

至少，在他仍有极大利用价值之时，尤扬不会害他。

今日的天气似乎特别热，这有些异常，当然天气并不影响人的心情，更不会影响一件事情的本质。

老宅，依然是不清静，这里也是各商贩叫卖的好场所，就因为这里人口密集，便像是一个集市。这里比之共工集似乎都有过之而无不及，其实，这里的交易很简单，也很直接，总有那么一群人来来往往，各得所需而去。

轩辕自是不敢轻视这群交易者，甚至很警惕这群人，事实上，在君子国之中，除了跂燕他不用提防外，其他的任何人都很有可能置他于死地，包括这里的交易者。

谁也不能保证，这群人之中没有渠瘦杀手，没有花蟆杀手，没有九黎杀手，因此，不由得轩辕不提防、不小心。

尤扬和柳洪似乎早就想好了这些因素，因为他们也不能够肯定这许多交易的人中没有渠瘦人或是九黎人。所以，他们一开始便准备了几顶深檐宽边的帽子，将其面容的一大半给掩在帽子之中。

老宅周围的道路并不是很宽阔，特别是被交易者堵塞之后，这一刻更是如此，因为此刻正有两个人横在道路之间争吵。

“我一定要退货，这张虎皮都破了五个洞，却还要我那块美玉交换。你现在把玉还给我，我不交易了。”

“嘿，谁叫你当时没有看清楚？当时我就叫你选好，现在又跑回来退货，没这回事，谁知这几个洞是不是你弄破的？”

“你放屁，这几个破洞边的虎毛都有些微焦，明显是被火烧破的，谁都可以看得出不是新痕。”

“你敢骂人？”

“骂人又怎样？”

“简直是找死，竟敢骂我！”两人竟推扭起来。

“怎么，你打人了，你敢打人……”此刻一旁交易的人群之中立刻站出了十多人，显然是那个以美玉交换虎皮之人的同伴。此刻同伴有事，他们自然全都来帮忙。

“你们想以多欺少，兄弟，你别怕……”立刻又有一帮人冲了出来，这些人有的手中拿着木棍、扁担，也有的拿着铁器。

片刻之间便结成了对立的两伙人，更是将道路堵塞得水泄不通。

轩辕不由得向尤扬望了一眼，柳洪也感到意外。不过，这种场面并不是很意外，以前也曾发生过，只是很少有这么两伙人闹起来。

“他娘的，这群人竟然敢在君子国中闹事！”尤扬气愤地低骂道。

“我去叫护卫来……”

“不要，我们不能惊动敌人！”柳洪阻止尤扬道。

“就让我去分开他们好了。”轩辕眉头一扬，沉声道。

“你去分开他们？”尤扬反问了一句。

“那样我们还不是会暴露身份？我看我们还是绕道过去吧。”柳洪道。

轩辕正要回答，那两群缠斗的人全都游动起来，向他们立身之处移动。

“看来是不制止他们不行了。”尤扬也为之大恼。

轩辕有些想笑，场面越闹越乱，这群人打架很快便殃及其他做交易的人，使得众人纷纷收拾东西回避，有的来不及收拾，物品被踩踏得一塌糊涂，于是这群人一怒之下，也加入了打架的行列了。

轩辕三人还来不及抽身而退，这群殴斗的人流便已如漫涨的潮水般卷了过来。

轩辕和尤扬三人当然有能力躲开，但是他们却不想太过暴露自己的武功，是以，他们并没作出什么快速的反应。

“打死你这贼种……竟踩了我的东西！”

“呀，他娘的……打老子腰……他娘的，不要打老子脸……”

这条不宽的街道顿时乱作一团，棍棒夹击，一片混乱，叫嚷声、打骂声、痛呼声、棍棒交击声、货物翻倒声、杂乱的脚步声……杂在一起组成了一阵让人汗毛直竖的喧嚣。

砰……一根没头没脑的大棍横向飞往轩辕，这群人全都打红了眼，竟然根本不顾被打的目标是谁。

木棍在轩辕的手腕上震成了三截，那人一愣之际，轩辕已在他的肚皮上踹了一脚。

“呀……”那汉子来不及反应，硕大的身躯倒跌而出，竟一连撞倒了三名大汉，更撞断了一根扁担。

第六十五章　无火自燃

那汉子身边的另一人一惊，扭头发现轩辕正在拍着手腕上的灰尘，不由怒吼道：“他娘的，敢下这样的重手打我兄弟，老子送你上西天！”说话间手中的扁担没头没脑地向轩辕脑袋上砸到。

嘭……一声碎响，那汉子倏然间发现自己手中的粗竹扁担被轩辕抓个正着，而且又突然裂开，像是两条活蛇一般向两头劈分而开。

那汉子正在大惊之时，他所握之处突地弹开，一股强大的力道使得分开的扁担头犹如两支竹鞭抽在那汉子的手掌上。

“哟……”那汉子犹如被毒蛇咬了一般，惊得匆忙倒退，而在此同时，他的肩头也挨了一记闷棍。

尤扬和柳洪眉头大皱，他们自然也遭到了同样的尴尬。不过，他们出手比轩辕就要狠多了，但却没有轩辕的那份利落和直接。

轩辕的身子犹如一个无坚不摧的钻子，一边自人群中横穿而过，一边将身边不分是非的家伙狠狠抛开，根本就没有人可以挡得住他的一招半式。不过，轩辕并没有下狠手，毕竟这些人跟他无仇无恨，只是此刻挡路之举有些讨厌而已。

走出这群人堆，轩辕已经击断了八根粗木棍，四根扁担，当他再回头之时，却发现来路之上的人群倒下了一大片，尤扬和柳洪也跟在轩辕之后冲了出来。

“他娘的……”有人禁不住大骂，挥舞着手中的断棍，竟带着二三十人向轩辕、尤扬和柳洪追来。

此刻本来相互交战的双方竟全停了下来，更似乎找到了共同的敌人，一致向轩辕三人看齐。本来凌乱不堪的交战场面突然静了下来，所有人全都挥舞着兵器，向轩辕三人飞扑而来。

这一变故倒是让轩辕有些意外，不过他很快想到，可能是因为刚才自己见人就打，把双方都给得罪了，从而使得两伙人同仇敌忾攻击他们。

尤扬和柳洪大恼，锵地出剑，杀机顿时使得大道上气氛顿时绷紧，强大的气势也使准备来攻的人流顿住了脚步。毕竟这群人不是傻子，自然也知道危险，知道形势不对头。

轩辕伸手拍了拍尤扬和柳洪的肩头，转身向老宅深处走去。

尤扬和柳洪也知道不宜张扬，也便还剑入鞘，与轩辕一起大步而去。

那群相斗之人望了望轩辕三人的背影，又面面相觑，然后不知道谁最先爆出一句：“打……”霎时，这群人又一次乱打起来。

守在老宅的剑士老远便迎了上来，轩辕看到了他们额角的汗珠。这似乎有些意外。作为一名剑士，以他们的修为应该不会因为今日的闷热而汗显额头。

天气的确很闷热，但太阳的照射并不很恶毒，甚至有些温和，可就是这样的天气却闷得让人难以忍受。这股热气似乎是自地底蒸腾而起，犹如在地面之上燃起了一团火焰。

“里面竟然没有一点动静。”一名剑士抹了一下额角的汗珠道，脸上更显出一丝茫然。

尤扬也感到有些异样，扭头向不远处的一座木楼望去，紧接着缓步向那边移去。

轩辕又看到了另外几人的存在，或许只是封锁这一条路的剑士。很意外，轩辕发现他们的额头都有汗迹。

越靠近木楼，似乎越热，这种感觉很清晰，便是轩辕和尤扬都清晰地感觉到了。

这种情况只有两种可能，一种是这里本身就比别的地方更热，另一种可能便是在这片刻之间温度又升高了。不过，轩辕倒觉得今天有点邪门。此际虽已近六月，但在这北方的天气中，却如此异常的闷热，这让他有些不适。

轩辕自是不惧寒热，可是这种闷热对人的心情会有许多影响。

“一直都没有人出入，甚至感觉不到有人存在。”一名剑士惑然报告道。

“你们一直都守在这里吗？”尤扬冷然问道。

“不错，我们还去问了其他几组兄弟，他们也说没有发现任何情况。”那剑士答道。

“不，里面有人，一定有！”轩辕突然肯定地道。

那剑士讶异地望了轩辕一眼，不明白轩辕为何如此肯定，甚至对轩辕这个人也很陌生。

“你怎能这样肯定？”柳洪惊讶地问道。

尤扬也奇怪地望着轩辕，似乎在等待轩辕的答复。

轩辕弯腰摸了摸地面，那带沙质的地面很炽热，然后抬头向那木楼望了望，道：“我感应到了那高手的存在，也许，这将是我们所遇见的敌人中最可怕的一个！”

那立在一旁的几名剑士讶然地望了望轩辕，自柳洪对轩辕的语气之中，他们知道眼前的这个年轻人很不简单。但是，他们觉得轩辕的话有些危言耸听。

“哦，你感觉到了他？”尤扬有些心惊地望了望轩辕，他对轩辕所说的高手竟没有一点感应，而轩辕说话的那种神态和语调绝不是在做作，因此他有些诧异。

柳洪也有些不相信轩辕所说的话，对于轩辕的了解，他比尤扬可就要少多了。

“有没有觉得这个地方比别处更热？”轩辕反问道。

“嗯，是的，这里的确要热多了，难道这与木楼有什么关系？”尤扬点头道。

柳洪立身于一个暗角，望了木楼一眼，他感觉不出这之间有什么联系，除非是将木楼点燃，那样大火烤起来可能真的会使温度升高，可是此刻小楼一点变化也没有，但他却认为轩辕所说的定有道理。

“我怀疑这正是那楼中高人弄的鬼！”轩辕猜测道。

“这怎么可能？”一名剑士插嘴道。

“那楼中究竟有多少人呢？”尤扬并不是不相信轩辕，可是轩辕所说的确很玄乎，让他也有些不敢相信。

“或许我们都受骗了，我的那位朋友不会在这座木楼之中，而且这木楼之中应该不会超过两人。”轩辕肯定地道。

“这更不可能！因为我们亲眼见到五人入楼，却一直都未曾出来！”一名剑士急道。

“轩辕公子可以肯定其中不会超过两人？”尤扬再次疑惑地问道。

“也许我的感觉并不是很准确，不过，我相信里面绝不会是你们所讲的四五个人，要么他们已经变成了死人，但我可以肯定，我的朋友不会在木楼之中！”轩辕吸了口气，坚定地道。

众人变得沉默，不仅仅是对这难解的僵局表示沉默，也是对轩辕的猜断表示沉默，便连尤扬也怀疑轩辕是不是在说傻话，抑或轩辕想要什么样的花招。

轩辕突然叹了一口气，道：“那人已经感觉到了我在试探他。”

“他发现了我们的存在？”尤扬反问道。

“他早就已经知道我们的存在，只是他以为我们无法觉察到他的存在，因此一直没有动静。”轩辕肯定地道。

此话一出，众人着实吃了一惊，若非尤扬和柳洪知道轩辕绝对不是疯子，还真会当轩辕是在说傻话、梦话，不过，如果轩辕所说之话是真的，那么存于楼中的人也实在是太可怕了，这怎叫众人不惊？

“快看，那木楼竟在冒烟！”一名剑士突然指着不远处的木楼低呼道。

“天哪，这是怎么回事？那木楼的楼柱竟无火而着！”另一名剑士惊骇地道。

尤扬和柳洪全都为眼前的变故吃了一惊，便是轩辕也不例外。因为那木楼并不是因为里面烧火才燃起来，而是那些外层的木板和木柱自然冒起了青烟，似乎是被阳光烤着一般，而且青烟越来越浓，到最后竟然有一层小火苗蹿起。

“怎么会这样?”尤扬和柳洪也目瞪口呆。

“不知道，但我想定与楼中人有关系，他一定是感觉到我们发现了他。”轩辕道。

“可是，他难道会引火自焚吗?”柳洪不以为然地反问道。

“也许会有这种可能，但他一定不会死!”轩辕肯定地道。

“你真的认为楼中有人?”尤扬再次问道。

“很快便会有结果!”轩辕似乎并不想回答尤扬的话，是以，他只是很平静地道。

尤扬和柳洪都不明白轩辕为何会如此有信心，但如果连轩辕也不着急自己的同伴，他们便自然没有理由不静观其变。

“起火了!”有人看到了那木板和木柱闪起了幽蓝色的火苗，而整个木楼也全都被一层青色的烟雾所笼罩，四周的气温仍在升高。

“会不会是地火?”柳洪像是突然想起了什么似的，惊奇地问道。

尤扬的脸色也为之大变，地火，这的确是一个让他心惊的名词。听到柳洪这么一问，忙伸手摸了一下地面略带沙质的泥土，心头微松了一口气，道：“应该不会是地火。”

此刻监守在另外几条路口的剑士纷纷向这边赶来，显然他们也被这突如其来的变故给弄慌了手脚，不知道该如何行动，是以全都派人过来请示。

木楼附近的居民也纷纷自屋中探头外望，有的甚至自家中担水出来准备灭火。但尤扬立刻吩咐属下的剑士封锁各路口，不允许闲杂之人进入，那些自家里赶出来的居民又被叫回屋中。为了不让火势蔓延，尤扬当然要吩咐人去最近的河中运水来，这里毕竟是人口密集之地，所幸这座木楼与周围的建筑尚有数丈的距离，只要稍加控制，便不怕火势会殃及其他住户。不过，也有些人在担心，但是他们自不能不听尤扬的话。在君子国中，尤扬的名字本就具备权威，更受到君子国子民的尊敬。

木楼之中竟仍没有半点动静，真的像是没有生命存在一般。木楼四面都起了火，却仍没见有人自楼中逃出，这使得尤扬和众剑士的手心都在冒汗。

事实上，楼上或许真如轩辕所说，不会超过两个活人，或许是楼中的人早已死亡，或许是……柳洪和尤扬心中不停地猜测着，可是他们找不到任何理由证明一个活人面对着无情的大火而不退避，除非他们没有行动能力，没有生命，是真的想死抑或早就死了。但至少，只要有人还活着，置身于如此大火之中，他们也会惨叫，也会在烈火的焚烧之下挣扎，可如今这木楼已经全部着火了，却仍然无法令人感觉到楼中生机的存在。

尤扬和柳洪的目光禁不住又投向了轩辕，此刻他们希望这个似乎在说傻话的人再说出一段让他们满意的傻话。

轩辕的脸色比任何一刻都凝重，连尤扬也吃了一惊，他没有发现轩辕的脸色是何时改变的，但轩辕的脸色着实改变了很多……

“怎么了？”柳洪也发现了轩辕的变化，不由得问道。

“真奇怪。”轩辕自言自语地道，目光却定定地盯着那燃烧的木楼。

“有什么奇怪？”尤扬也问道。

“我感觉到了他，楼中只有一个活人，但他竟然无惧这大火的焚烧，一点动静也没有。”

“会不会是他动不了，抑或是个瘸子什么的？”柳洪听轩辕一说，想当然地问道。

“不，我们绝不能小看这个人。也许，这真的是我见过的最强的敌人。他不动只是因为他不想动，如果他真的想走的话，大概此刻我们根本就挡不住他！”轩辕惊疑地道。

“你怎会知道？”尤扬不解地问道。

“气机，一个高手的气机，他们拥有比常人强大十倍甚至百倍的生命磁场，那是一种看不见的东西，便像是精神和灵魂一样，存在又可说是不存在的。而我正是感受到了他那存在于这每一寸空间的气机，这是我往日从未有过的感觉。”轩辕煞有介事地说道。

尤扬似乎明白，但又有些不明白。

“你看这火，因为火的存在，所以他周围那一圈无火的虚空中也生出了炽热之感，而人的生命便如这一堆燃烧的火焰，但他们的生机却并不是以热来表现的。那是一个连我也无法解释清楚的境界！”轩辕知道尤扬不明白自己所说的话，是以，他加以解释，但他的目光依然注视着那燃起的木楼。

尤扬顿时明白了，柳洪也明白了，如果轩辕这般解释他们还不明白的话，那真是蠢物。不过，听到轩辕如此解释，他们竟有些惊羡起轩辕来，羡慕轩辕的特异，轩辕能够感受到对方的存在而自己却无法感觉到，相比之下，自然是输了一筹。对于比自己更厉害的人，人们总会多少怀着一些惊羡和嫉妒之情，尤扬和柳洪也不例外。只是那些剑士们深感自己没有嫉妒的资格，所以他们心中只有惊羡和讶异，讶异轩辕竟能拥有如此异能。

当然，事实是否如轩辕所说，还存在一些争议。那是因为说这里没有人能够阻拦木楼之中的神秘人物，这不免使得尤扬和柳洪有些不服气，虽然他们好让不争，但绝对不会承认自己的能力比别人差。

烈火依旧，而且越来越旺，远处站立的人也都感觉到了那种烈焰的热力，或许今天的天气本就极热，在这样一个大热天里又围着一个大火堆，自然不是一件好事，而此刻提水的人纷纷回来。

“看，那是怎么回事?”一名剑士惊呼道。

轩辕的脸色变得更为凝重，柳洪发现轩辕的手已经搭在了他几乎不怎么用的刀的柄上。

这的确是个异数，对于轩辕来说，是一个异数，对于所有人来说，都显得有些莫名其妙。

尤扬也发现了轩辕手搭刀柄的动作，他从来没有想到轩辕也会有紧张的时刻。在他眼里，轩辕总显得有些高深莫测，可是这一刻，他竟发现轩辕与常人并没有什么区别，同样有这样或那样的情绪。

尤扬其实心中也惊骇无比，他很理解轩辕的那种紧张，抑或，他根本就不了解轩辕的紧张，根本就无法感受轩辕此刻的情绪，因为他根本就无法进入轩辕的那种精神层次，无法感觉到木楼之中那神秘高手的存在。

木楼燃起的烈焰竟似乎活了过来，一张一吸，犹如一只巨大的火兽在呼吸着空气，又像是在木楼之中存放着一个巨大的风箱，在风箱的一张一弛中，那熊熊的烈焰便横向在虚空之中狂舞。

呼呼……之声不绝于耳，那火苗一时被吸进木楼之内，一时又被喷射而出，张弛之间竟达数丈的差距，这怎能让人不惊？

那燃烧的木楼似乎在刹那之间活了过来，化成了张狂嚣乱的异兽，只让所有人都看得目瞪口呆。

尤扬的手心竟渗出了汗珠，冷冷的汗珠，或许是因为空气的炽热，或许是由于心情的激动，抑或只是因为别的某些事情。但他的手心渗出了汗珠这是不可否认的事实，不仅仅是他的手心，连额角也不例外。

其实，也不仅仅是尤扬如此，柳洪也同样如此，还有那些剑士，他们的目光全被这怪异的现象所迷惑，半天回不过神来，有些人提着水都忘了要泼洒出去。

“怎么会这样？”尤扬喃喃自语道。

“小心保护王子！”轩辕冷静至极地提醒道，这一刻他仍保持着绝对的清醒，使得尤扬心神稍安了一些。

尤扬扭头望了望额角渗出汗珠的柳洪，又望了望神色冷静至极、目光始终盯着木楼的轩辕，只在这一点之间，他看出了差距，但他庆幸有这个差距。

“保护王子！”尤扬低喝声中，那群剑士才回过神来，迅速组织起一道人墙，将柳洪与那燃起的木楼隔开。他们也隐隐地感觉到事情可能已经发生了异变，在那烈焰的张狂之中，他们似乎敏感地嗅到了一种危险。

这一切全都来自那莫名其妙的木楼，来自这场无名的大火……

空气不仅仅是热，更有些压抑，像是暴风雨欲来一般，使得每个人的喘息都变得压迫和急促，甚至有些沉重。

由于火焰的伸缩使得火更烈，燃烧更旺，木楼燃烧得更快，飞溅的火星隐有附上附近房屋之势。

木头被烧得发出一阵阵毕剥之声，但是除此之外，四周竟显得异常的安静，所有人都不出声，只是静静地望着这一场烧得莫名其妙的怪火，竟有些迷茫。

尤扬的心神已经完全清醒过来，可是他同样感到茫然，不知道怎会这样。事实上，这木楼起火本就显得有些莫名其妙，而此刻木楼的火焰更是怪异莫名，他不由得将求助般的目光投向轩辕，或许只有轩辕才知道这究竟是怎么回事。

当然，如果说这场怪火是人为的，而且说这个人还在已面目全非的木楼之中，那实在是让人难以相信，可是又有什么更好的解释呢？

事实或许有些荒谬，但这个世间荒谬的事情并不少，再多一件也无所谓。

轩辕的脸并没有对着尤扬，尤扬看到的几乎只是轩辕的后脑勺，但轩辕似乎知道尤扬在注视着他，甚至知道尤扬想问他什么。不过，轩辕依然没有回头，只是道："他就要出现了。"说到这里，轩辕竟轻轻地叹了一口气，自言自语道："世间大概只有他才能做到这些了。"

"谁？难道木楼之中真的还有东西？"尤扬不敢肯定木楼之中是个什么东西，但他绝不敢想象在楼中的是个人。因此，他最大限度地把那东西想成一个自死亡沼泽中逃出的怪物或是怪兽。

轩辕吸了口气道："不是什么东西，应当说是一个活生生的人，与我们没有分别的人。"

"人？你怎会知道……"问到这里，柳洪突然顿住，他知道自己所问的完全是废话，不由得顿了顿又道，"你说的那个人是谁？"

"是呀，这样的大火里怎会还有人呢？"尤扬也有些不敢相信。

"我感觉到他的气机在不断地膨胀，他的精神力也在不断地壮大，他简直已与烈火融为一体了。"轩辕回答道。

"他与火融为一体了？"柳洪和尤扬同时低声又惊奇地问道，"他究竟是谁?”

“如果我没有猜错的话，他便是火神——祝融。”轩辕声音沉缓地道。

“火神祝融?!”所有人都为之大惊。

轰……轩辕和尤扬诸人的话音刚落，那燃烧的木楼便传来了一声巨响。

“哈哈……”一个巨大的火球带着一阵尖厉的狂笑破空划过，直向轩辕和尤扬的方向飞来。

天空之中，火屑四射，那燃起的木楼犹如炸开的巨大火山，在坍塌之余带着浓烈的火舌向虚空中卷舒而舞，而那飞射而出的巨大火球更似乎暴涨着一股强大的生命力，夹着火焰、青烟，似有无坚不摧的气势。

尤扬大惊，柳洪大惊，事实上这也确实是一件值得震惊的事。

那一字排开的君子国剑手同时出剑，他们也感觉到了来自大火球的威胁，是以同时出剑迎向飞射而来的大火球，他们似乎毫不畏怯。

柳洪对这群君子国的剑士很欣赏，欣赏他们的忠心，欣赏他们的勇敢，这群人心中的原则便是为保护君子国的利益勇于献身一切，包括生命。

十多柄利剑在虚空中织成密密的剑网，剑气如棱，映着太阳的光辉犹如一层无法解开的云彩。

“哈哈……”火球之中的笑声更狂，犹如海潮撞击礁石一般铿锵而暴烈，又像是万马齐啸，只让人气血翻涌，心神摇曳，闻者无不色变心摇。

火球竟似乎无视虚空之中密布的剑网，犹如一只盘旋的火鸟，又似燃烧的陨石自天外坠来直撞向那一层密织的剑网。

尤扬出剑，直觉告诉他，这十多名剑士的剑网并不能阻止这火球的进袭。此刻，他已不再怀疑这火球乃是一个活物，甚至正如轩辕所说，是火神祝融。不过，他已经没有时间去细想轩辕刚才一席话的对错，也来不及佩服轩辕的猜测。

如果这火球真的便是火神祝融氏的话，那么尤扬的出手并没有错。至少，君子宫内的四名剑士很可能便是死在火神祝融氏的手中，而那四名剑士之中包括已算一流好手的八煞之二。因此可以说，火神祝融氏就是君子国的敌人，何况祝融此刻已经向他们逼来，他又怎能不迎击而上?

轩辕第一次看尤扬出剑，事实上，尤扬出剑的攻击方式很绝，也很玄奇，不过，轩辕并没有心情去欣赏尤扬那精绝奇奥的一剑，他知道，这里没有任何人能够挡得住火神祝融氏，包括他在内。

事实上，轩辕完全可以袖手旁观，因为这个人只是君子国的敌人，他根本就犯不着与火神祝融氏作对。不过，此刻的形势似乎有些不同，他必须利用柳洪来对付假圣女，对付童旦和帝恨。在这种情况下，他已经与尤扬、柳洪站在同一条阵线上，所以他又不能不出手。他自是不能将双方好不容易甚至可以说是侥幸才建立起来的合作关系就此中断。

轩辕并没有见过火神祝融氏出手，但是他看见过那四具尸体。他完全可以感受到祝融氏攻击的狂野和霸烈，一个不损人外形却将对手震得五脏俱伤、脑内破裂的对手，的确是让人不能不心惊。

轰……巨大的火球撞上了剑网，一道道烈焰如巨蛇之舌四处溅射而出，那十多名剑手连剑一起竟被巨大的火球给吞没。

轰……那十多名剑手的身形又陡地自巨大火球之中弹出，但每个人都似成了一道火舌，自火球之中喷出，根本就辨不出人形来。他们手中的剑竟全都化成了废铁残片自火球之中洒落，成了一阵火雨。

惊呼、惨叫、怒吼和那惊心动魄的狂笑声在虚空中交织成一片。

尤扬心中的惊骇是无与伦比的，他怎么也没有想到这十多名剑手在这火球的面前竟如此不堪一击，甚至有些沮丧，但他却知道绝对不能有半点犹豫。事实上，尤扬比谁都清楚此刻的境况，那燃烧得让人心惊的火球已经向他的面门扑到，那在火球之中涌动的生机犹如一只饥饿的巨兽要吞噬所有的生命，而他便是将要被吞噬的食物。

尤扬的剑没有太多的花巧，直接而利落，他便是要刺穿这巨大的火球，于是他的身子和剑一起化成了一支怒射的劲箭没入火球之中。

尤扬自然知道如此做的危险，但他此刻已经相信轩辕的话，这里没有人能够阻止火神祝融氏。因此，他将避无可避，躲无可躲，只能孤注一掷。

这自然是一种无奈，其实，这个世上又有多少事情是可任意而为的？

“不要……”柳洪似乎已经明白尤扬要做什么，不由得惊呼，同时他也按捺不住地出剑了。不过，在他出剑的一刹那，他突然发现一道亮丽而奇诡的光弧破空而落，顿使天空大亮。

天空之中狂风突起，似乎是伴着这道光弧而舞，又似是为这场奇特而诡异的战场增添了几分凄惨的韵调。不过，这一阵狂风更为这亮丽而奇诡的光弧增添了几分惨烈和野性。

出手的人是轩辕，柳洪知道。虽然此刻轩辕的身形已经被吞没在那亮丽的光弧之中而生出开天劈地的霸杀之气，但直觉告诉柳洪，这道光弧便是轩辕的杰作。而且，这应该是刀弧，只有刀才能够生出如此霸烈的气势。

轩辕一出手便镇住了所有在一旁着急的人，因为刀势的霸烈，也因为刀势的狂野和奇诡，更因为那开天劈地、一往无回的强大气势。

轰……尤扬连人带剑平射入了那巨大的火球，汹涌的剑气激得火舌四射，那巨大的火球突然之间竟生出一个大大的旋涡，以尤扬的剑为中心内缩，几欲将尤扬完全吞入其中。

“看刀!”轩辕犹如雷鸣一般狂喝道，双手持着一柄已化为巨大光弧的刀，刀锋直向火球斩去。

“啊……”一旁有人在惊叫，在惊叹，轩辕的刀竟然显得那般巨大而修长，甚至拖着近丈长的尾芒，整个刀身和手掌全都化成了一片鸿蒙的雾气。

风啸、惊呼、火跃之间，尤扬的身子陡地倒弹而回，那青衫之上布满了点点火星，须发焦煳，神情极为狼狈，而那颗巨大的火球改横掠为上冲，直撞向轩辕及轩辕的刀锋。

尤扬虽然在退，但是他却并没有忽视身边的场面，他看见了轩辕和轩辕的刀，更明白，若非轩辕分散了祝融氏的注意力，此刻他也可能如那十多名剑士一样化为一团烈火。他没有死，甚至没有受伤，这只是因为轩辕的气机和气势完全并入了祝融氏的气机中，使得祝融氏感觉到了来自轩辕的威胁。因此，祝融氏不想为伤尤扬而冒险让自己付出代价。

尤扬知道自己的武功比起火神祝融氏来，着实相差甚远，他被弹了出来，几乎是身不由己的，而自己的全力一击竟然不能够将火神祝融氏阻拦片刻，还让祝融氏改变方向迎向轩辕。

轰……

没有人能够想象这一击的瑰丽和霸烈，虚空之中似乎每一寸空间都有烈火在舞动，火星犹如雨一般洒落，灿烂得犹如有一片晚霞横临头顶，而狂风和刀气却将这一片晚霞撕成无数的碎片，使之散飘于每一寸空间，混淆了所有人的视线。

天空嚣乱得如有成千上万的火鸦在舞、在叫、在落……

那巨大的火球竟一分为二，而轩辕的身子也化为一团烈火射出，他手中的刀亦化成了千万点火星飘散而出。

火球一分为二，自其中却飞掠出一道火红的影子，直扑向惊愕呆立的柳洪。速度之快，如一道幻影破空，根本就没有人能够看清楚其真面目。

"小心!"尤扬惊呼之声提醒了柳洪，但这一切似乎都无济于事，事实上便是柳洪全神戒备也不可能躲得开这神秘人的攻击。

尤扬欲救不及，那群剑士们也被天上狂飞四射的火焰给逼得阵脚大乱，而轩辕此刻已化成了一团烈火，更是无能为力，这一切，便只能靠柳洪自己如何施为了。

此刻，尤扬和柳洪才真的相信了轩辕的猜测，这里根本就没有人能够阻拦火神祝融氏，更没有人是火神祝融氏的对手。不过，此刻他们知道这一点似乎有些迟了。

祝融氏一声怪笑，柳洪的剑在他的眼里便跟儿戏一般，根本就不堪一击。

柳洪甚至感觉到了一丝绝望，但在此刻祝融氏突地一声怪叫，身子蓦地倒飞而出，柳洪的剑在他的手下化成了碎片，但他却并没有伤害柳洪。

啸……两缕幽芒自柳洪的身边擦过，却是两柄泛着异彩的短剑。

噗……化成一团烈火的轩辕此刻在虚空之中突然炸开，那团烈火便如溃散的鳞片四射而去，而轩辕的躯体重重地坠落地上，皮肤焦黑，面目焦黑，头皮也是黑的，他的衣衫已化为了灰烬，但轩辕并没有死。

轩辕没死，他竟发出了一声惊呼："御剑术！"

这的确是轩辕的声音，只是没有人能够看出轩辕的表情，因为他身上的每一寸肌肤都似沾上了一层灰末，所以没有人能够看清他的表情是惊讶还是什么……不过，他的声音之中充满了惊讶的韵调。

注意轩辕的人并不多，因为所有的目光全都系在火神祝融氏和那在虚空之中以任意角度遨翔且紧紧追袭祝融氏的剑身之上。

那是两柄很奇特也很美丽的剑，却又像是两个活着的精灵，翩翩而舞，翩翩而动。

祝融氏依然是一团红色的幻影，那是因为他身上穿着一件火红的大袍，连头发也是棕红之色。他也随着那两柄紧追的剑而舞，舞成一团火焰。四周地面上仍有火星在烧，那木楼的火并未灭去，四下一片狼藉。

"娘！"柳洪神魂未定，终于叫了一声。

祝融氏在击出几掌并未阻住那飞旋的短剑后，怪啸一声，转身投入那木楼的大火之中，那两柄短剑也随后射入烈焰中，但祝融氏却带着一团烈火自另一条通道飞速逸去，那紧追的两柄短剑无力地折返而回。

"参见女王！"四周的剑士全都跪下，恭敬地唤道，便连尤扬也不例外。

轩辕依然怪模怪样地立着，但他已及时地自一名剑士的身上剥下一件衣衫系在腰间，以免春光大泄。

柳洪惭愧地低下头来，叫了声："娘！"

轩辕有点不自在，就是因为自己赤着身子，当然，若不是面对着陌生的美女，他也不会有不自在之感。

那两柄剑的主人正是君子国的女王柳静，据估计柳静至少已是四十上下的妇人，可是看上去却不过二十左右的少妇而已，那美艳得让人心颤的脸上嵌着两只闪着冷厉寒芒的凤眼，发髻高束，步摇坠金，一袭轻纱似的拖地白裙，让人几疑不是世间凡人。

轩辕并没有看到刚才那两柄剑，但他却深感散自这女人身上的剑气。

柳静的身后相伴着两名绝色俏婢，也同样为一袭长裙，这种打扮让人怀疑她们怎能够出手对敌。不过，刚才惊走火神祝融氏那是不争的事实。何况单凭君子国女王这一身份便足以让世间所有人收拾起小觑之心。

轩辕心惊的是这个女人的驻颜之术，因为他很难想象这个女人与柳洪是母子关系，若不知情的人定以为他们是姐弟。

柳静缓步向轩辕行来，却只是向跪于地上的剑士们挥挥手，示意他们免礼，甚至连柳洪也未曾搭理。

轩辕眼见这美艳至极的女王向自己走来，不由得心神微震，也被柳静那冷艳高贵的气质所慑，不自觉地鞠躬道："轩辕见过女王！"

"你没有受伤吗？"柳静竟难得地以温和的语气问道。

此刻，轩辕才感觉到皮肤有股火灼之感，五脏皆不适，气息也不顺。不过，他并没有感到什么太大的痛苦，或许，他是受了一些伤，但却没有想象的那么重，不由答道："谢谢女王关心，应该不会有太大的问题。"

柳静凝视着浑身焦黑的轩辕，眸子里闪过一丝慈母般的温柔，她也深深地感到眼前这个年轻人的不简单。虽然她刚才在对付火神祝融氏，但也注意到了轩辕以真气震散罩于身体上的火焰，从而自己解救了自己，单凭这份功力和能耐，便已远超出他年龄的限制。

"你就是轩辕吗？"柳静问得很温柔也很慈和，她身后的两名俏婢各捧一柄古朴的连鞘剑，也以一种似笑非笑的眼神打量着轩辕。

尤扬回过神来，立刻指挥救火，而柳洪则也赶到柳静的身边静立，脸现惭愧之色，也有些沮丧。不过，他不敢说话，在这个看上去比自己大不了多少的母亲面前，他从来都是显得很拘谨，一言一行都极有分寸。

轩辕想不到这女王所问的竟是这样一个多此一举的问题，不由笑了笑道："当然是！"

"嗯，很好。"柳静轻轻点头赞了一句，不知何时手中多了一颗透明而莹润的药丸，伸手递给轩辕道，"这是本王亲自酿制的冰晶丸，可以清除体内的火毒，你服下吧。"

轩辕望了那颗透明的药丸一眼，笑道："多谢女王的好意，轩辕并无大碍，我看还是将之给需要用它的兄弟吧。"

“轩辕公子，女王给你的你就收下吧。”尤扬在一旁打眼色道。

“你怕这是毒药?”柳静并不生气，淡笑着反问道。

轩辕坦然笑道：“我从来都没有怕过毒物，我只是觉得浪费如此圣物实在可惜。”说话间，轩辕毫不犹豫地接过药丸纳入口中，顿时只觉得一股清凉之意自心底升起，再传达四肢百脉，使得身体的火灼之痛大减。

众人望着轩辕毫不犹豫地服下那颗药丸，不由得露出稍许的笑意。不过，轩辕的样子极怪，这副形状确有些不雅，当然，谁都为轩辕庆幸，居然能与火神祝融氏硬拼一记而未死，这已是傲人的成就。

那十多名最先阻住火神祝融氏的剑手全都面目全非，死状极惨，这些人首先活生生被震死，然后再受火烧，事实上，也没有人知道他们是被震死的还是被烧死的，但尸体已经面目全非这是不争的事实。

“百合，带轩辕公子去沐浴更衣!”柳静向身边的一个婢女吩咐道，事实上，轩辕此刻最想做的事情便是这些。

轩辕感觉到有些累，火神祝融氏的确太可怕了，刚才若非祝融氏的目标是柳洪而选择继续追击的话，轩辕必死无疑，抑或若轩辕不是体质特异的话，也同样已经命丧九泉，祝融氏的确是个可怕至极的敌人，在轩辕见到的所有高手之中，大概只有歧富、鬼三和青云可以与之相比，其他人都要差一筹或是许多。

当然，轩辕也惊于柳静的御剑之术，这只是在传说中才会出现的神秘莫测的剑道修为，此刻却出现在轩辕的眼里，的确让轩辕震惊，何况柳静看上去如此年轻。

柳静的话似乎有种无可抗拒的气势，她的态度总是那么自然，但又是那么坚决，自有一种让人无法反抗的压力。

轩辕并没有想到要反抗柳静的吩咐，是以他跟在那个名为百合的绝色美婢之后行去，在行过尤扬身边时，尤扬向他说了声：“谢谢你出手相救。”不过，这似乎不再重要，至少轩辕不觉得这很重要。此刻，他只想洗个澡，然后舒舒服服地休息一阵子，虽然他只与祝融氏交手一招，可是他却感到犹如打了一场仗般劳累。

第六十六章　御剑之术

君子国中全体加强戒备，所有人都进入了一种紧张的状态。

这不仅仅是因为有火神祝融氏这样的高手存在，更因为今日的天气异常怪异。

是的，在君子国，已经有好多年没有出现过如此反常的天气了，这种灼热的确很反常，竟有许多树枯死，甚至连河水中的鱼也受不了高温而死亡。如果说这是因为火神祝融氏，那自然是说不过去，因为没有任何人力能够达到这种境界。

君子国居民们显得很慌乱，几乎没有人想出门走动，田地间的禾苗在一天之中，竟变得干枯，如此实例，着实很多。这使得人心更是惶惶不安，许多人都不知道究竟发生了什么事，于是各种猜测都存在。所幸，君子国的子民们都是自幼练功，每个人的抗热能力极好，因此并未出现大的问题。不过，如果天气这样持久下去，只怕也终会有人受不了。

轩辕也感觉到了水的热力，不过，这却是一种药水，专为轩辕而熬制的药水，虽然轩辕的体质特异，但也逃不过被灼伤的命运。

火神祝融氏的武功的确很诡异，功力之深实已达到了不可揣度的地步，不过，轩辕却知道，事实上火神祝融氏的伤势并未全好。

轩辕曾听柔水说过，火神祝融氏练功走火入魔，需要得到水神真诀或是练过水神真诀的元阴之体方能修复，而此际祝融氏自然无法获得柔水的元阴之体，而想自水神手中得到水神真诀，那更不可能。即使火神未曾走火入魔，他的武功也只与水神在伯仲之间，何况此际他走火入魔，功力大打折扣？

火神祝融氏的功力大打折扣仍是如此可怕，如果让其功力恢复，那又将是何种境界呢？轩辕在这一刻才深深感到自己武功的不足。

的确，自童旦、火神、满苍夷，还有柳静、青云、青天等人的出现，轩辕已经深感自身武功的不足，而往日他所感到的是人单势孤，但有了龙族战士之后，他更不敢忽视自身的提高。在这个世界上生存，许多时候仍得凭借自己的实力去把握一切，没有任何人可以帮你。

当然，集体的力量与自身的强大同样重要，在这个弱肉强食的时代，正如当年神族几乎吞没了整个大江南北，就是因为它的强大，但最终因盘古氏的衰落使得神族四分五裂，而这个世间的相互吞并并未曾中止。部落、种族之间的仇恨冲突，使得这个世界每天都会有许多人在战争中死去，每天都有部落的消失和部落的壮大，而这一切只因为各部落强弱有别。

也是因为如此，部落联盟，氏族组合，地域的联合……这一切便在这个时代越来越成为主调，因为谁都知道，集体的实力是多么的重要。经过数百年甚至上千年的历程，早已让各部落和氏族尝到了势力单薄的苦处，于是氏族与部落相互通婚，这便在无形之中慢慢改变了这个世界的格局。

轩辕从小便看惯了这种弱肉强食的掠夺和战争，也看惯了部落的联盟和氏族的没落。这绝对不是某一个人的力量可以改变的，但某一个人的力量却能够支配这种格局的形成。而轩辕自小便有左右格局的志向，是以，他更懂得要奋斗，要充实自己。只有在逆流中不断进步，方有可能达成自己的愿望，此刻再次回想起来，有侨族那姬水河畔那块地方是多么狭小，在那种环境之中永远都难知道生命的意义，永远都不能深刻地体会到人心的险恶。

自从杀死木艾的那一刻起，轩辕便隐隐感觉到自己的命运将要改变。其实，在他杀死木艾，决定对付地祭司之时，他的命运便已在无形中改变了，他甚至想到了死，因为不成功很可能就会死，就算不死，他也打算从此远走高飞。只是后来事情的发展很出乎他的意料之外，这是一种侥幸，但也是一种不幸。不过，他的命运的确从此改变。

轩辕有时候真的很深切地思念自己的亲人、爱人和朋友。

雁菲菲不知怎样了，是否嫁给了蛟龙呢？而黑豆和哑叔又怎样了呢？还有朱婶和木青夫妇，甚至还有蛟梦，如果有一天自己能够重回姬水河畔，那又会是怎样一种情形呢？他又想到了蛟幽，想到了死去的母亲，那可怜的母亲却一直都不肯告诉自己的生父是谁。又快到为母亲上坟的时节了，也快到姬水河神的祭天了，今年不知是祭谁？

恍然之中，轩辕想了很多很多，在这温热的药水之中，他感到一阵舒畅，一阵轻松，半醒半梦之中，往日的一切犹如流水般在他的脑际涌现，让他感慨，让他心酸，也让他心忧。

也不知道过了多长时间，轩辕觉得自己的疲惫尽去，再睁开眼之时，发现浴桶中的药水已经变成了黑色，不由得一笑之下跃入另外一桶早已准备好的清水之中。洗去身上的药末，本来焦黑的皮肤竟再一次变成嫩红色，而且所有毛孔都已张开，吸收着清水的冰凉，浑身舒泰至极。

百合拿衣进来之时，也吃了一惊，因为此刻的轩辕与刚才如黑炭一般的轩辕完全不一样，身上的肌肤犹如初生婴儿一般粉嫩，整个人犹如蜕了一层黑壳般。

“你是谁？”百合第一句话竟然这么问，倒让轩辕有些哭笑不得。

“当然是轩辕了，你以为我是谁？”轩辕沉入水中，很享受这种沐浴的滋味，好笑地答道。

“你是轩辕？”百合也感到好笑，望了望轩辕那光秃秃的脑袋，仍有些疑惑。

“自然是！”轩辕摸了一下那头发全被火烧掉的光头，懒散地道。

百合的眸子里闪过一丝惊讶和异样的神采，将衣衫放下道：“这是为你准备的衣衫，你先换上！”说完深深地打量了轩辕一眼，转身娉婷地行了出去。

轩辕呆呆地望着这美人儿行出去，心中涌起一种极为荒唐的感觉。

轩辕整整沐浴了近两个时辰，不过，一出浴室，便被百合带着穿堂越室地赶到了君子宫的圣心殿。

圣心殿乃是女王柳静的休养之处，更是君子宫的重地，非绝对有身份之人绝对不能够进入，而圣心殿的守卫也极多。

轩辕当然不知道圣心殿的重要性，不过自这群守卫们的表情上可以看出此殿的重要。

柳静正坐在堂上沉思，犹如一尊冰雕玉琢、栩栩如生的神女像，让人忍不住想顶礼膜拜。

殿中柳静的身后有她的另一位绝色婢女，除此之外便再无他人。宁静之中，整个圣心殿显得很空旷。

百合没敢惊扰柳静的沉思，只是示意轩辕在一旁立着。

轩辕竟没有丝毫反感，对于柳静，他有一种莫名的尊敬，这个女人便像是一个智者，冰冷而沉静，犹如不可揣测的深海，宁静得让人舒坦，也让人心寒。那高不可攀的气质犹如悬于晴朗夜空中的皓月，无时无刻不透着一种清冷的优雅。

面对着柳静，轩辕心中显得极为平静。她那冰雕玉琢美丽得让人心颤的脸庞像是能将轩辕引入一片深邃而宁静的天地，让他的心不自觉地平静下来。

没有人知道柳静在想什么，也没有人敢问。

半晌，柳静才幽幽地吸了一口气，道：“请坐！”

轩辕知道对方是叫他，不过，柳静对他如此客气倒让他有些受宠若惊之感，他不明白为何柳静似乎对他极为看重。不过，他不想故作矫情，是以很平静地坐了下来，但却不知道该说些什么，因为柳静似乎又陷入了另一种沉思之中。

“青山可还好？”柳静突然莫名其妙地问道。

轩辕一怔，不由得有些莫名其妙，因为他知道柳静是在问他，可是他……蓦地，他记起了青云所说的关于神山鬼剑的传说，而青云的二弟不就是青山吗？而且自己手中的含沙剑正是青山留给木孟的，再由木孟传给木青，难道说柳静所问的便是他？

“为何不回答我？”柳静的声音恬静之中带着一种莫可抗拒的压力。

“我不知道女王所问的是否正是我所知道的那人。”轩辕想了想，回答道。

“难道他没有跟你说起过一些往事吗?”柳静吸了口气，淡然问道。

“在晚辈稍懂事之时，青山前辈便已去世，是以，我所知之事也不过是别人口中的一些闲杂之语，不过，晚辈有一疑问。”

柳静面上的表情显得有些复杂难明，但仍是以很平静的语调道：“你问吧。”

“不知前辈与神族剑宗有何关系?”轩辕试探着问道。

“没有关系!”柳静很直接也很平静地答道。

“没有关系?”轩辕愕然，起先他猜测君子国大概与神族的剑宗极有渊源，是以柳静才询问青山，而且剑术已达到通神之境，可是却没想到柳静居然一口否认，这使得他一时不知该从何问起了。

“你手中的剑是谁传给你的?”柳静悠然问道。

“自然是得自青山前辈。”轩辕也不想作过多的解释，于是省去其中的许多解释环节。

“很好!”柳静突然坐正身形，双眉微张之际，双臂轻振。

轩辕正不解之际，蓦见两缕绚丽的光芒向他袭来，这次他完全看清了两剑的色调，一红一绿。

“御剑术!”轩辕大惊之中，身子倒翻而出，但他忽略了这两柄剑的速度。

哧……红剑在轩辕的头皮上划下了一点血迹，而绿剑却斩下了轩辕的一幅袖子。

轩辕根本就没有时间去细想怎么回事，那一红一绿两剑已如催命之鬼般折射而回，交错穿插犹如一对相缠的虺蛇，速度快绝且角度刁钻至极。

轩辕旋步疾退，身子连连转换了三十六个方位，但这两柄剑犹似有灵性一般，紧追不舍，以比轩辕速度更快的速度进袭。

轩辕惊怒至极，他怎么也没有想到柳静说打就打，一点征兆也没有，而且下手如此之狠，一击手便是要置他于死地。而此刻身在君子宫禁地，他唯有听凭宰杀，除非他能杀出去。只是到目前为止，他仍有些糊涂，不知道这一切是为什么。

“呀……”轩辕一声暴喝，他终于愤怒出剑了。

剑出，带着一阵龙吟之声，也牵着澎湃的气劲疯狂地划出。

简简单单的一剑，却是含愤而出，在虚空之中幻出一道亮丽而奇诡的弧迹，直斩向那一红一绿两柄短剑。

轩辕也明白，自己的速度不可能比这两柄要命的剑更快，在面对这剑术之中最具神话色彩的御剑术之前，便是满苍夷的速度也会为之黯然，而这一次却是轩辕第一次正面面对这神话般的御剑术。

叮……轩辕的剑准确地斩在绿剑之上，他的身子禁不住狂震，而红剑此刻已乘隙而入。

当……红剑准确地刺在轩辕的胸口上，但却犹如击在金铁之上。

红剑一击即退，而绿剑被激飞之后又再次掉头袭来，竟不依不饶地纠缠着轩辕。

百合发现轩辕左手之中多了一柄银质的短刀——这正是杀死童宽的凶器，而此刻却救了轩辕一命，但轩辕却惊出了一身冷汗。

的确，这一红一绿两柄剑不仅诡异快速，同时这两柄剑上更似乎充盈着莫可匹御的强霸劲道，与柳静亲手握剑并无二致，只是比以手握更快捷更诡异更灵活。

轩辕突地不动，犹如一尊木雕般凝立，双目死死地盯着那一红一绿两柄剑，他在刹那间恢复了绝对的镇定。他知道，如果此时他再有半点慌乱的话，那么，他所能获得的东西便只有死亡。

轩辕不想死，他知道与敌交手需要什么，在千百次与敌交手中，他已经学会了在生死之间捕捉那半丝镇定，而这一刻尤是如此。

轩辕感谢百合给了他两个时辰的沐浴之机，在那药水和凉水的浸泡下，轩辕已经浸去所有的疲惫，精力已经达到了巅峰。是以，当他灵台一片清明之时，竟能够看清那一红一绿两柄短剑行走的轨迹，甚至他感到了两柄剑的速度并不是那么快绝，并非配合得那么完美。

两丈、一丈、半尺……轩辕出剑扭身，以一种新的方式踏出神风诀中的捕风步，而奇迹便在这刹那之间出现。

轩辕躲过了红剑的袭击，以一个极为潇洒的动作和角度出剑，准确至极地刺在绿剑的剑锷之上。

含沙剑犹如浪中弱草，幻出一串波浪形的弧迹，竟然让绿色短剑顿在空中，并掉过头去，而轩辕的左手飞速地抓向剑柄。

“好！”柳静一声轻呼，绿剑蓦地脱开含沙剑的束缚，快速冲开，而轩辕左手也抓空。

红剑和绿剑迅速在空中会合，在轩辕的头顶盘旋了几圈，又飞回了柳静的袖间。

轩辕蓦地转身，怒视柳静，冷冷地问道：“女王这是什么意思？”

柳静悠然坐下，神情极为安详，只是对轩辕淡淡地笑了笑道：“公子的剑术果然高绝，只不过，你仍不能将神山鬼剑发挥至极致，否则的话，你便不会出现任何惊险了。”

“如果只是拿我的命来试探这一些的话，难道你不觉得很过分吗？”轩辕丝毫没有半点畏怯地质问道。

“放肆！”柳静身后的另一名婢女怒叱道。

“哼！”轩辕不屑地嗤之以鼻，漠然道，“大丈夫行事，是就是，言由心生，何为放肆？虽然此刻我轩辕身在虎穴，但却也非阶下之囚，人说君子国好让不争，而我此刻所见却是草菅人命，难道这便是君子国的待客之道吗？”

轩辕的确很怒，刚才若非他仍有那柄小刀的后招，此刻他已经不能够站着说话了。生死是那么接近，这让他怎能不怒？怎会不气？而在这个时候他也顾不了这么多。其实他也不明白，为什么对柳静刚才的试探那般生气，若是以他往日的性格，绝不会表现得如此冲动。

百合似乎想说些什么，但却被柳静制止，柳静深深地望了轩辕那冰冷的脸庞一眼，优雅地道：“骂得好，也许，对于别人来说，我的试探是过分了一些。但，对于你来说，我相信还难不倒你，天下间，如果能有在一招之间便置你于死地的人，那一定不是我！除非神族八圣抑或五帝重生，否则天下间根本就找不到能在一招间杀你的人！”

轩辕镇住了，柳静说得这么绝对和肯定，那是对他的信任，可是同时也告诉了他，这个世间竟能有在一招之间将他杀死的高手，这是多么不可思议。柳静的剑道已可与青云媲美，已至深不可测之境，可是她却坦然承认自己的武功最多在这个世间只能排在第十四位，或许，与柳静在伯仲之间的人也多不胜数。那样看来，这个世上的高手实在是多得让人心寒。

一时之间，轩辕竟不知道该说什么，他本以为天下间也就如此，虽然他比不上火神祝融氏，比不上柳静，比不上青云，甚至连童旦也要稍胜他一筹，可是当今天下间的高手他几乎全都会过，他仍有追赶的机会……可是此刻看来，他的武功实在是低得可怜。

或许"低得可怜"这个词说得过分了一些，但轩辕的武功只能算是一等一的高手，可是还有超级高手，绝世高手，单只这一群未知的人，足够让所有武人追赶一辈子，这使得轩辕也有些心灰意冷。

事实上，比柳静和青云更厉害的高手轩辕并不是没有见过，至少，歧富和鬼三两人那惊天地、泣鬼神的武功便不会比柳静、青云逊色，可是轩辕却自柔水口中探得，歧富只不过是一个叫广成子之人的仆人，仅得广成子三四成真传而已，抑或更少，那这个广成子岂不是天下无敌?

轩辕愕了半晌，才道："你也太抬举我了。"

"我从来都不会抬举任何人，你能与火神祝融氏硬拼一招而不死，就有资格化解我的一记杀招，而能在火神烈火神功全力一击中未受损伤的人中，你是最年轻的一个！所以，我相信你有方法化解我这一招！"柳静肯定地道。

轩辕再次不语，他也不知道自己该说什么。

"你所学很杂，不过，你很聪明，竟能将如此博杂的武功灵活运用，可见你慧根极深，将来的前途定会超越本王，如果你不气馁的话，便是神族八圣也不是不可能逾越的！"柳静淡然道，语调变得慈和而优雅。

轩辕心中稍稍释怀，他知道，能让柳静如此说，已经很不容易了。此刻他也知道，柳静刚才实不是有意要杀他，但是他却对那从未见过面的神族八圣生出极大的兴趣。

百合也感到有些惊讶，她很少见到女王柳静以如此态度对待一名男子，竟然有如此的耐心，就是对柳洪，对跂通都很少有这样的表现。在君子国中，女王是至高无上的，绝对地拥有生杀大权。当然，这也是因为女王也同样拥有君子国中最为可怕的剑术。在这个崇尚武力和英雄的年代，任何人没有理由不信服柳静，不服从强者。因此，此刻柳静这异常的态度是百合从未见过的。

君子国之中更有女子为尊的风气，而轩辕只不过是个外来男子而已。

“女王让轩辕来此，应不只是为了此事吧？若有什么吩咐，便请直说好了。”轩辕强压住心头想询问神族八圣的冲动，语气放得很平缓。

“很好！”柳静缓缓地立身而起，自那太椅上踱步而下，在背对轩辕时突然问道，“你来君子国可是为了薰华草？”

这次轮到轩辕吃惊了，他微一思忖，坦然点头道：“不错，我的确是想夺得一株薰华草。”

“你知道薰华草有什么功用吗？”柳静对轩辕坦然的回答并不感到惊讶，反而极为平静地反问道。

“不是很清楚，我唯一知道的便是它能够使人恢复神志，找回本性！”

“哦，它能使人恢复神志找回本性我倒没听说过，不过，我却可以给你一株薰华草！”柳静认真地道。

“给我一株薰华草？”轩辕做梦也没有想到柳静会如此说，如此慷慨，但他又觉得事情绝对不会如此简单，不由得又不语，他知道柳静一定会有下文。

“但是你也需要答应我一个条件！”

果然如轩辕所料，这绝对不会是一件很便宜的事情。

“不知道女王的条件是什么？”轩辕问道。

“我要你成为君子国的新一代圣王！”

“我?!”轩辕一惊，事情竟变得有些荒谬起来，他怎么也没有想到柳静的条件竟是如此一件事情，是以，他感到很有趣，更有些荒唐。

“这个条件你满意吗？”柳静凤眼微眯，淡淡地问道。

“我不是不满意，事实上任何人都不会拒绝。但是，我却不明白女王怎会看得起我，更不明白这件事情对君子国有什么好处？”轩辕耸耸肩，有些好笑地道。

百合和另外一名婢女也都有些惊讶，柳静所说的话的确很出人意料，甚至有些高深莫测。

“我可以先不说这些，但这便是我的条件，你可以选择不答应！”柳静淡然道。

轩辕沉吟了一下，事实让他感到很是荒唐，但这个条件却是不亏，至于当了圣王之后又要受到哪些约束他却不知道，若只权宜之计那倒是人财两得的美事，可是这件事情有这么简单吗?

“是了!”轩辕心中打了个突，倏地想到了那假圣女，这定是那假圣女的诡计。如果他成了新一代圣王，便是名正言顺的圣女之夫。他自然得毫无保留地相助圣女，那样一来，就等于自己迎头与柳洪对干，成为柳洪的大敌。而假圣女这恶毒的女人自然可以兵不血刃地破坏他与柳洪之间的和谐关系，还将自己置于了不义之地，到时候便成了两头难做人。

当然，如果这个圣女不是假的，抑或不是九黎族的奸细，不是狐姬的弟子，那他并不在意夹入这权利之争中，问题关键在于这圣女是假的，而且他与假圣女之间更存在着极大的矛盾甚至是仇恨，这并不是真的要让他成为新圣王，而是要陷他进入一个圈套之中。想到这里，轩辕不由得暗惊。

“我想知道这是你个人的意见，还是圣女的意见?”轩辕依然问道。

“我的意见便是她的意见，这没有什么分别。”柳静肯定地道。

“她的意见却不是你的意见。”轩辕笑道。

“当然。”

“那你怎知她是如何想的?如果她根本就不喜欢我，而勉强让两个毫无感情的人生活在一起，恐怕这世上是没有比这更痛苦的事情了。”轩辕道。

“感情是慢慢培养起来的，这个不是问题。”柳静似乎有些专横。

“那就是说圣女完全不知道这回事了?”轩辕问道。

“不错，我并没有跟她说，但这却是由不得她的。”柳静道。

轩辕更糊涂，如此说来，并不是那假圣女的主意了，可是这仍有些荒谬。

“我真不明白，如此好事，女王竟会选择了我这样一个外人，一个完全陌生的人，若是君子国民众有知，真不知道他们会怎样想。”轩辕敷衍地道。

“这个不应该是你想的问题。”

“可是，我已经有了女人，这对你是不公平的。”轩辕突然道。

“抛弃她们，离开她们，如果你做不到，我可以让人去杀了她们！”柳静果断而冷酷地道。

轩辕竟激灵灵地打了一个寒战，脸色变得极为难看，注视着柳静，声音更是变得冷漠：“难道你不觉得这么做太残忍，也太自私了吗？”

“这个时代本就是弱肉强食、强存劣汰的世界，而且爱本身就是自私的，一切的一切都合乎情理，顺乎自然，何为残忍？何为自私？人活着若是太注重细节的话，岂不是太累了吗？”柳静冷冷地逼视着轩辕，淡漠地道，同时身子又优雅地转回自己的太椅上。

“说得好，但如果活在这个世上连一点人性和感情也不要的话，那这个人与兽又有何异？如果如女王所说，那轩辕选择不答应你的条件。”

“你不考虑一下？”

“根本就没有考虑的必要。”轩辕断然道。

“如果你成为新一代圣王，便有机会攀上剑道的另一高峰，更能修习御剑之术……”

“任何好处都不会对我有效，一个人若到了绝情绝义之境，他永远都不会明白生命的意义，更不可能真正地达到武学的巅峰领悟最高深的境界！”轩辕肯定地道。

“呵……”柳静不由笑了起来，像看一个极有趣的小丑一般望着轩辕，淡然道，“你根本就不明白何为武道，根本就无法触摸武道的最高境界，竟敢大言不惭地妄下断言，若非知道你是个聪明人，定还当你是个疯子在说痴话、傻话。而你在我面前妄谈生命的意义，更是笑话，试问生命的意义是什么？”顿了一顿，柳静又接着道，“生命的意义是对无知和未知的事物无休止的追求，是对自身价值的一个开发和发挥的过程，我比你更清楚这些。我吃过的盐比你吃过的饭还多，在我面前谈生命的意义，你还是第一个以这种口吻教训我的人！”

“我是没有触摸到武道的最高境界，也许我真的不明武道的真谛，但我却知道，一切顺乎自然，若是逆天而行，人永远都无法真正地在这个世界胜天胜地。天意仁义，自然之神更是博爱无边，这才衍生万物，演化真知，使这个世界生机盎然。所谓的武本是自自然之中演化而来，若是去其根本，变其性质，就算你武功再高深莫测，终会不得天助而自取败亡之道。真正的武学最高境界虽不是我所能触摸的，但我却知道，那是一种顺乎天心、得助自然的武学，只有将我们自己完全融入天地、自然，纳天地之浩然正气，取天地日月之精华，夺天工造化之力，那时，我即是天地，天地即是我，试问谁可胜天？因此，只有顺乎天意成之仁义方能得天之道，晋入武学最高之境！”轩辕正气凛然地辩道，稍顿一会儿，又出言继续道，“你所说生命的意义的确有理，但对无知和未知事物的追求并不是目的，也如你所说，这种追求本身就是对自己价值的开发和发挥，既然你知道重在过程，那么，我们便必须享受这个过程。如果不去享受，人生何乐可言？正如一群观风赏景之人，他们去某山，有人一路匆匆行走，赶到某山却大叹风景不过如此，唏嘘此行有虚；但有人一路走来一路欣赏，还未到某山便已感不虚此行，再上某山，亦无悔矣。生命亦是如此，一个无情无义之人只是生命的过客，生命匆匆而来，又匆匆而去，这一生只是在孤独和寂寞中求索，当他终于找到终点之时，却发现自己其实错过了很多很多！”

轩辕的一席话只让所有人都听得目瞪口呆，但他的话中的确存在着一些难以辩驳的道理，而且很值得人深思。

“谁说天地有情？谁说自然博爱？你看那洪水猛兽，你看那弱肉强食无休无止的战争，天灾，人祸，这个世界上处处充满了险恶，处处充满了死亡，这是天地的仁义，这是自然的博爱吗？武学之道，由心而定，绝情绝义方能专其心志，不为世情所牵，不为俗事所绊，这才是武道更上一层楼的最好方式。真是无知小辈！”柳静冷笑道。

轩辕突然冷冷地笑了笑道：“我不觉得这之中有争论的必要，因为我已经放弃了获得女王赠送薰华草的机会！”

“你不后悔？”柳静又问道。

“我从不觉得有后悔的必要！”轩辕坚决地道。

“可是你想过拒绝的后果没有？”

“生死有命，该来的总会来，我又何不坦然以对？但如果让轩辕拿自己的灵魂和良心去换得苟且偷生，这做不到！”轩辕断然道。

“很好，你过关了！”柳静突然说出一句莫名其妙的话来，使得轩辕惊愕得半天没有回过神来。

“还不谢谢女王，你已顺利地成为了新一代圣王！”柳静身后的那名婢女突然提醒道。

这一句话更把轩辕给蒙住了，而柳静似笑非笑地望着他，证明那婢女所说的并非虚言。可是刚才明明柳静极为反对他的意见，而此刻又突然转变，实叫人摸不着头脑。不过，轩辕毕竟是聪明人，立刻明白刚才柳静不过是在考验他而已，而刚才他的答话让柳静很是满意，但这个结果确实使他有些手足无措，一时无法适应。

“你放心，没有任何人敢反对你成为君子国的圣王。”柳静肯定地道。

“眼下君子国正是多事之秋，女王岂能为这点小事而分神？何况，轩辕仍有一位朋友落入渠瘦人的手中，我必须救出她之后才能够答复女王的决定。”轩辕委婉地推拒道，他可不想因此事而失去柳洪这个强有力的支持。虽然，他若是答应柳静的要求，便能够得到柳静的支持，但那时他将被夹在假圣女、柳洪之间难以做人，甚至还可能得罪跂通，而这三股实力任何一股都不好惹。而在君子国之中，这三股实力几乎便代表了所有君子国的实力。而此刻柳静定会因外敌而忙得焦头烂额，根本就没有时间去理他的琐事。因此，他不想一开始便将自己送入一片绝地之中。

柳静突然叹了一口气，抬头向窗外定定地望了一眼，淡淡地道：“君子国不仅仅处于多事之秋，更是处于一种前所未有的恶劣环境中，甚至已经濒临绝境。”

“还不至于这么严重吧？”轩辕骇然反问道，那两个婢女却只是静静地听着。

柳静一时未答，只是发出一声淡淡的苦笑，而这一缕苦涩的笑意自然是无法逃过轩辕的眼睛。

“我不认为这些外敌能够动摇君子国的根本，以女王的武功加上君子国的高手，便是九黎族或是渠瘦人全部出动都不可能占到便宜，女王何必长他人志气灭自己威风呢?”轩辕对柳静夸大其词的说法并不赞同。

柳静神色间又露出了一丝傲意，悠然道：“对于这些人，我还根本未将之放在心上，但正如你刚才所说，人无法胜天，自然无常，天要我君子国毁于一旦，这是天意。”

“女王何以如此说?”轩辕自然听出了柳静语气之中的无奈，不由惊奇地问道。

“今天的天气显得异常闷热，相信你也清楚地感觉到了，这是东山口将要毁灭的前兆。”柳静深深地吸了口气，无可奈何地道。

“怎会这样?”

“明天会更热，河水将会干涸，树木将会枯死，地面将会裂开，这一切已经不远了，等到薰华草开花之时，这里就是一片荒凉酷热的死域，此乃不可违逆的命运，也是天意!”柳静神情略带一丝病态的伤感，使得那冷艳的容颜更多了几分楚楚动人的温柔。

轩辕不由得呆住了，他不明白这又与薰华草有何关系，的确，他也深切地感受到这天气的炎热。不过，他对炎热并不是很在意，连火神祝融氏的烈火神功都未能对他造成损伤，何况是这天气的变化?

“现在只不过是已经到了夏天而已，天气热起来是很正常的，女王何须如此担心？也许过两天，温度便会降下去……”

“这并不是天气的原因，这股热力是来自地下。东山口本是一座火山，而薰华草便只是在火山喷发的前一天才会开花，因为薰华草乃是天下至阴之物，它的存在可以镇压火山的爆发，将那无与伦比的热力中和，但当热力超过它们的负荷时，它们便会开花，然后朝生夕死。在地火喷发之时，它们便化为灰烬，只余种子无法毁去。在地火过去之后，它们就会再次重生。而且每一次地火的破坏力与薰华草所开的花成正比。四百八十多年前，薰华草曾开过八朵花，也是那一年，君子城夷为平地，神族众高手死伤无数，方圆百里人畜皆亡，植木化为焦炭。而后每次薰华草开花都只有一两朵而已，所以这四百多年来，虽然君子国每隔六十年有一次灾难，但都不足以造成太大的损失，而这一次大概是有史以来，最大的一次灾难。”柳静伤感且忧心忡忡地道。

“这一次薰华草开花或许也只有一两朵也说不定呢。”轩辕安慰道。

“据初步估计，这次薰华草至少不会比四百八十年前少，甚至会是十朵以上，因为已经有了九个花骨朵，也就是说，至少会开上九朵花。”柳静深深地吸了口气。

轩辕不由得倒抽了一口凉气，好半晌说不出话来。也就是说，到时东山口方圆百余里将变成一片焦土，人畜皆亡，这是多么可怕的一件事。而这君子城则首当其冲，变成一片死域，这的确是一件极度可怕的事情。

“那你们为何要选择这一片地方居住？何不迁徙到一个水草丰茂之地？那样，以君子国的力量足以开辟出一片天地，休生养息之后，绝对可以盛极一方。”轩辕不解地问道。

“这是命运，是宿命的安排，君子国只为薰华草而存在，我们倾尽所有的力量便是为了守护这几株圣草不为邪灵所获，也是为了不让这座火山造成更大的危害。”柳静叹了口气道。

“那你们也不必这样死守着这片危险之地呀，只待薰华草快开花之时再派人前来守护不就行了吗？”轩辕不解地问道。

“你说的方法我们也曾试过，但就是那一次留下一个祸患，薰华之花竟被人偷走了一朵，以致天下间起了一场大祸。从此有熊族一分为二，四散而去，我们后悔已是不及，更感有愧女娲娘娘所托。从此，我们便定居于东山口。”柳静不胜唏嘘地道。

轩辕终于明白，君子国之所以苦守东山口乃是奉了女娲娘娘之命，但事关有熊氏的大事，他不由问道：“那朵薰华花究竟是被什么人盗去了呢？”

“魔帝蚩尤！”柳静无可奈何地道。

“魔帝蚩尤？”轩辕吃了一惊。

“不错，蚩尤食下七瓣花叶，便不敢吞食花蕊，而花心却被鬼方十族的荤育王给抢去服食，从此东夷自有熊分裂而出，荤育部成为鬼方十族之首，也就因此掀起了神族的众神之战，天下高手从此没落！”柳静慨然道。

“薰华之花竟有如此之神妙？”轩辕感到难以置信。

“薰华之花又叫地火圣莲，吸纳天地阴阳两气而开花，集天下至热与至寒于一身，乃是任何武人梦寐以求的瑰宝，自是拥有无法想象的功效，这才是为何众多高手全都聚集东山口的原因。有这么多敌人来犯并不是第一次，但他们是不会得逞的!”柳静极有信心地道。

“可是我却不明白为何你要我成为君子国的圣王，这有何目的？有何意义呢？这样不是会将君子国的实力闹得四分五裂吗?”轩辕越发不解，如果君子国真如柳静所说，将面临前所未有的灾难，那他这个半路杀出的圣王更不该存在，而且柳静根本没有理由钟情于他这样一个外族之人。

“自然有目的，自明天开始，君子国的子民便要迁徙而出，而你，便是最好的带路人。”柳静语破天惊地道。

“我?”轩辕已经不止一次地惊讶和感到荒唐，不由得又补充道，“而我只不过是一个外人。”

“不错，你是个外人，可是你却是神族的传人，更是属于女娲娘娘一支，对于整个君子国来说，你已经不是外人，而你手中的剑就是最好的证明!”柳静一本正经地道。

“我还是不明白，君子国中有如此多高手，任何人带路都可以，比如由女王自己，或由圣王、尤长老，抑或两位护法，甚至由王子带路都可以……”

“一切到时你自会明白的，我不想解释太多，因为这不单单是一个迁徙的问题，而是关系到神魔之间的争斗，也许在君子国之中有许多人都能胜任迁徙，但却没有人能够担起除魔卫道的重任。你的事，我听说过，我相信，除魔卫道的重任只有你挑得起来。因此，我要你成为新一代圣王!”柳静断然道。

轩辕一时竟不知道该怎么回答，只是悻悻地笑了笑，如果事实真是如此，那的确是一件难得的好事，这只会比他预期的结果更好。他并不是一个甘于寂寞的人，若得到整个君子国的相助，他并不是没有与九黎族一拼之力，那时候，龙族战士便再也不用躲躲藏藏了。当然，轩辕也知道，君子国的力量并不会很容易与龙族战士融合，因为他对君子国的力量根本就不熟悉，包括一些人或事。

正当轩辕想得入神之时，外面突然传来一阵脚步声，又是一名美艳的婢女走了进来，恭声道：“禀报女王，圣女在外求见。”

“传她进来！”柳静微微有些讶异，但依然平静地道。

轩辕却感到有些尴尬，在这种场合之下见到假圣女的确是有些不知该如何应付。不过，就在他还没来得及想到应对之策时，假圣女便已经步入了圣心殿。

“雅倩参见母亲！”假圣女并没有多看轩辕一眼，只是大步来到柳静座前，恭敬地道。

“嗯！”柳静似乎对这个女儿很满意，慈和地点了点头，道，“倩儿有何事要跟我说呢？”

轩辕心中暗忖道：“原来这妖女叫雅倩，倒不知是姓柳还是姓跂。”

雅倩扭头向轩辕望了一眼，目光之中有些狠意，道：“母亲，这个人杀死了女儿的一名护卫，他来我们君子国是没安好心的。”

轩辕不由冷然一笑，心中忖道：“你这妖女想说我坏话，只怕你做梦也想不到我将成为你的夫婿吧？到时候我看你这妖女能怎样！”不过，他对雅倩的话保持沉默，因为他知道这些事情根本就不用他开口。

“哦。”柳静只是淡然地应了一声，显然并不是很在意她这个女儿的话，不过仍向轩辕问了声：“是吗？”

“是的！”轩辕并没有否认，只是又补充道，“当时圣王和两位护法及尤长老都在场，圣女也同意她的护卫向我挑战，死伤不论！”

“倩儿，有这回事吗？”柳静又扭头向雅倩问道。

第六十七章　圣王轩辕

假圣女一时无语，只好点了点头，恨恨地瞪了轩辕一眼，显出她对轩辕的仇视心态。

轩辕则是投以高深莫测的一笑。

“如果是这样的话，那就算了，倩儿还有其他的事情吗?”柳静道。

雅倩也已经听出了柳静的口气，只听这些话，便知道柳静是不会责怪轩辕的，甚至她已感受到柳静对轩辕深具好感，才会心生袒护之意。她有些惊异轩辕的能力，居然可以在这么短的时间内，不仅与柳洪结成一派，更能得到柳静的袒护，单凭这一点就足以让人心惊，她也感到了前所未有的威胁，来自轩辕的威胁。

轩辕竟会成为君子国的新一代圣王，这在君子国之中的确是件轰动之事，也大大出乎所有人的意料之外。

君子国居然选择一个外人作为圣王，这本就是一件十分轰动的大事。当然，只要是女王柳静宣布的事情，便会成为现实。在君子国中，女王柳静身具无上的权利。

君子国有四大护法，两男两女，八大长老也有四席是女人，而这些长老和护法绝对听从柳静的话，也是柳静最为忠实的支持者。

在君子国中，圣王跂通的权利是无法与柳静相比的，虽然他也是一人之下千人之上，但女王柳静决定的事情便连他也没有反驳的权利。

君子国，依然保持着母系氏族的作风，在所有人眼里，这一切都是那么顺理成章。

轩辕在君子国之中只不过是数天时间，但他却在最短的时间内名声鹊起。当轩辕与柳相生诸人交手之时，便已被君子国的子民所见，于是他那几式利落奇诡的武功便被人传开了。然而，当轩辕大战乐极七代时，也未曾瞒过君子国子民的耳目，再到轩辕在君子宫中的表现，在老宅的表现，足以将他的形象刻入君子国子民的心中。

当然，这之中不能不感激尤扬，如果不是尤扬的话，这些传闻绝对无法传播得如此快，更不可能让君子国的子民们对轩辕近日的事情了解得这么多，这么详细，而尤扬的这个做法自不是想为轩辕成为圣王作铺垫，而是想把轩辕的形象竖立起来，最后将之拿去做渠瘦与九黎及花蟆人的挡箭牌，他要让轩辕吸引大部分渠瘦和九黎杀手的注意力。当轩辕成为众矢之敌时，从君子国的角度来讲，自然是会轻松许多。

尤扬是一个十分厉害的人物，他不会错过任何一颗有用的棋子，而轩辕便是他最好的棋子。当他将轩辕的名气抬到最高之时，那他对假圣女所施加的压力也将会达到最高点，轩辕与童旦之间存着矛盾，这显而易见。尤扬并不在意圣女是真是假，但他却知道，任何人都不希望自己的对手和敌人强大起来。因此，他极力捧轩辕，极力为轩辕造势，这便使得童旦他们有些坐立不安了，事实上似乎也是这样的。

在尤扬看来，童旦和圣女已有些乱了阵脚，于是派人挑战轩辕，甚至要亲自出手杀掉轩辕，这种感觉的确很有意思，这也更增添了尤扬抬捧轩辕的热情。是以，轩辕能在短短的时间内成为君子国的一个外来风云人物。只是尤扬怎么也没有想到，这种造势竟对轩辕成为新一代圣王起到了无可估量的作用，如果尤扬早知结果，他肯定不会选择这种方式对敌。

现在尤扬有些后悔，他无论如何也没有料到，柳静会看中这个外来之人作为君子国的新一代圣王。这对尤扬来说，有种搬石头砸自己脚的感觉。不过，他已经没有后悔的机会，柳静开口的事没有人能够改变，也没有谁敢改变，尤扬也不例外。

不过，尤扬始终是尤扬，他对轩辕成为圣王却极力赞成，他赞成的声势连柳洪也有些疑惑不解。若非柳洪清楚尤扬是真的忠心于他，他还当尤扬发疯了。

在护法长老会上，几乎没有什么人反对，柳洪本想反对，却为尤扬的眼色所阻。跂通面无表情，他也没有反对，但却没有人知道他在想什么，抑或他什么也没有想。

跂通一向都显得很深沉，不过，在轩辕杀死童宽的那一场较量上，他对这个年轻人很有好感。当然，那个时候轩辕与他之间没有什么利益之争，更没有任何冲突。但此刻，轩辕却将接替他的位置，虽然他的地位在君子国中仍然会十分尊崇，但他的权力却将分出一些。是以，没有人知道他内心怎么想，或许他乐意，或许他不乐意。不过，他没有出言反对，也就是说他出让权力将成为事实。

新一代圣王的产生，是需要通过长老和护法的赞同的，这虽是表面的形式，但护法长老们的意见的确能在众国民中起到一定的作用。

轩辕对自己能够顺利通过也感到极为惊讶，不过，他并没有感到很高兴，因为面对他的，将是一些更难的问题，他自然明白尤扬为什么在发呆一会儿后又极力赞成他为新圣王。轩辕是个极为聪明的人，如果与尤扬易身而处，他也同样会极力赞同这件事情。因为他与假圣女之间本身就存在着矛盾和仇恨，当一对充满仇恨和矛盾的人强行结合之时，究竟会发生什么样的变故谁也无法预料，这简直像是一个闹剧。

事实上，轩辕也不知道该如何去对付童旦诸人的诡计，当他成为圣王后，他将时刻面对最亲近之人的暗算，这会是一种怎样的折磨？尤扬也就是看透了这一点，当轩辕与圣女闹得不可开交之时，柳洪自是能轻易再得君子国的控制权。

尤扬只忠于自小在君子国长大的柳洪，这是毫无疑问的，对于半道上回来的圣女和轩辕这个外族圣王，他并不会有太多的忠心。不过，尤扬却明白轩辕的可怕，不仅仅是在武功上，更重要的是时刻充满生机活力的年轻人的生存和适应能力。他始终无法看透轩辕的潜力，甚至感到迷惑。轩辕的伤势恢复得让人心惊，这个人的存在，简直就像是一个奇迹。

有轩辕与圣女抗衡，尤扬的确会省去很多心事，当然，他也有自己的如意算盘。

轩辕的身份也让人心惊，他竟是神族的传人，而且是出自女娲娘娘一支，这使得那些长老和护法们心头振奋。这话是出自柳静之口，自然不会有人怀疑，何况轩辕还有神族十神器之一的含沙剑为证，自然更没有人怀疑。

轩辕也无可奈何，他只能将错就错，只有他才知道，自己根本就不属于神族之人，只是因为一些机缘巧合而已。不过，他还是得暗自感激木青，若非木青将这柄神剑给他，他绝不可能一而再、再而三地受到神族后人的照顾，更不可能自青云那里习得如此高深的剑道。

轩辕当然不想放过任何机会，眼下虽然可能会遇到极大的险阻，但却不能不承认这也是一个难得的机会。是以，轩辕便是硬着头皮也要将这个圣王做下去，大不了一发现形势不对，便溜之大吉。当然，轩辕心头也有牵挂，那便是跂燕。他心中暗忖道："如果这个圣女是跂燕而不是九黎妖女，那可就太妙了。"

事实当然不似人想象的那么简单，他此刻根本就不知道跂燕在什么地方，是生是死抑或是受到了什么迫害，这的确是一件揪心的事情，可事实上，他无暇分身去做这些，渠瘦人、九黎人、花蟆人，无不要置他于死地，而且对方高手如云，以他单薄的力量根本就没有可能顺利地救出跂燕，徒逞匹夫之勇于事无补，就算救出了跂燕，若不将之送到一个安全的地方，下次照样会失踪。因为在这种环境中，轩辕无力分身去保护跂燕。

君子国的势态完全超出轩辕的想象，也让他感到意外和无奈，他根本没有料到竟会有如此之多的高手汇集于此，如此多的力量交汇，他也是身不由己地被潮头推动，即使不想这样做都不行。

此刻，也只是孤注一掷，轩辕必须赌一把，这或许是他唯一的转机，唯有借君子国的力量来使自己充实起来，他方有可能在这场绝对劣势的斗争中取得胜利。

也许，君子国之中也存在着杀机，但相对于所能获得的帮助来说，这点危机，又算得了什么？是以，轩辕决定在这一条路上继续走下去。

轩辕真正成为君子国的新一代圣王是在晚上的全民野火会上。

这个野火会，女王柳静和圣王跂通及四大护法全都出席了。

君子国之中已经有很多年未曾有这么热闹的野火会，只不过，晚上的天气也很热，这使得气氛逊色了很多。当然，当数以千计的人热热闹闹地聚集在一起欢笑时，那种感觉又是好极了，更何况能够一睹女王和圣王的风姿也让人感到十分快慰。当轩辕和圣女双双出场时，在场的所有人全都眼睛一亮，那些女人们更是惊羡不已，特别是轩辕那发亮的光头，给她们留下了无法抹去的印象。

轩辕那高大而完美的体形在君子国中实难找出，更让人惊叹的是那躯体所散发出来的活力，犹如柔和的月光洒过，举手投足间无不流露出一种不灭的气势。

君子国的民众早已听闻了轩辕的逸事，是以，此刻对这个外来人更是神往。在这个尊崇英雄的时代，人们并不会太过介意你的出身。

野火会很晚才告一段落，这晚君子宫的戒备并不是很森严，但却并没有发生意外。

事实上，对于那些来去自如的绝世高手，这些戒备全都是无济于事的，正如火神祝融氏这类的高手，普通人物根本就不可能发现得了他的踪迹，而能成为火神祝融氏对手的人绝对不多。

在野火会上，柳静更宣布了另一件让人心惊的大事，那便是君子国准备向外迁徙，而且时间便是明天。这对在东山口居住了数十年的君子国子民不能说不是一个沉重的打击。但谁都明白，这也是迫不得已的做法，谁也不想在地火喷发之时成为焦炭，迁徙只是为了更好地生存。这是君子国数百年来难逃的劫难，也是无法回避的命运。是以，君子国的子民们虽然沸然，但却没有人抱怨。

新圣王宫是一间极为考究的青砖房，整个房间都铺上了一层厚厚的石板，那是经过精心雕琢打磨的青石板，这使得王宫中更显古朴清雅。

轩辕感到事情演变到这个程度的确是有些荒唐，也很好笑，当然，他并没忘记之中存在的凶险。不过，该面对的终还需面对，逃避并不是最好的办法。

圣女已成了他的女人，抑或是他已成了圣女的男人。当然，在正常情况下，这并无分别，但在君子国中却有着极大的分别。因为男人只是女人的附庸，也许这种说法有些过分，但事实上，在君子国中，女人是占主导地位的。当然，轩辕根本就不会在意这些，在他的眼里或心中，自有一套衡量的法则，他绝对不想也不会成为别人的附庸，他骨子里的那股傲气也绝不允许他成为别人的附庸。

轩辕挥退四名婢女，事情的发展的确超乎他的意料，但却并不是想象的那么坏。这一刻，他却只是单独面对这个敌对的女人，好笑的却是，这个女人竟成为了自己的妻子，一对敌对的夫妻。

柳静和跂通绝对想不到轩辕和圣女之间竟会存在着这些矛盾，这简直是一场好笑的闹剧。

此刻大概只有尤扬在笑，柳洪大概也在笑，但是，他们都不会将这个笑话告诉别人。

圣女坐在榻上，凤眼之中却是似笑非笑的眼神。

静静的房间，唯轩辕与之相对，灯火的光亮使得房中的一切似乎更显神秘。新房的布置极富情调，不过，轩辕却想笑，大笑一场。

当然，轩辕没有这么做，他是一个极有自制力的人，更知道如何控制自己的情绪。那是他自十年复仇计划中所学到的最大优点之一，知道如何隐忍，知道如何思考，更具有别人所难以想象的耐心。

轩辕并没有除掉自己身上的剑，柳静更为他准备了一柄刀。

轩辕的刀被火神祝融氏给击毁，所以柳静便为轩辕再准备了一柄刀，这自然显示出了柳静对轩辕的关怀和爱惜。

其实，轩辕已隐约感觉到柳静对他的关怀有些过分，这使得轩辕甚至怀疑当年青山与柳静之间是不是有某种难明的关系，这才使得柳静对他特别关爱。当然，青山已死，如果柳静不说的话，并没有人能明白其中的原因，而轩辕也不想去过问长辈之间的事。他只是惊讶于柳静的驻颜术，对于一个已经至少四五十岁的女人来说，这的确是很难得。也许，可以用奇迹来解释这件事。

轩辕缓步来到榻畔，与雅倩只距四尺而蹲，目光与之正对而视。

四目相对，两人皆久久不语，似乎是两只正在相斗的雄鸡，凝视，便成为这房内的永恒。

“你的摄魂术对我是没有用处的。”半晌，轩辕才似笑非笑地说了一句话，然后以极为清澈的眼神与之相视。

圣女突然笑了起来，犹如春天里百花突然一起绽放，竟有一种炫目的魅力。

“我根本就没有用过摄魂术!”

“你骗不了我。”轩辕傲然而自信地道，语调之中有一种难以掩饰的自负。

“我为什么要骗你？你现在是我的丈夫!”圣女悠然止住笑声，幽幽地反问道。

轩辕并不为所动，只是淡淡地笑了笑道：“但是，你所代表的并不是圣女的身份，你所想到的只是九黎族的利益，而我却是九黎族的头号大敌，你自然有一千个一万个理由骗我!”

“那你为什么要做我的丈夫?”圣女神情变得有些冷漠，更似乎有些生气，质问道。

“是因为你的美丽。”轩辕笑了笑道。

圣女不由得也笑了起来，反问道：“是吗?”但是她对轩辕的答话不置可否。

“那你认为我为什么要这么做?”轩辕也反问道。

“我不得不佩服你的神通广大，竟然连女王也被你打动了，还答应你这种无礼的要求。”圣女吸了口气道。

“是吗？不过，你猜错了，这并不是我的要求，而是女王的要求，我也是受害者。”轩辕耸耸肩，无可奈何地道。

“是女王的要求?”圣女吃了一惊，她一直以为是轩辕在弄鬼，还一直在猜测轩辕怎会有如此能耐，但却没想到这个提议却是柳静亲口提出来的。

“你知道事情为什么会这样吗?”轩辕淡漠地反问道。

“为什么?”圣女的脸色很难看，问道，她心中的确生出一丝阴影，虽然柳静在圣心殿向她解说了一些，但只是很少的一些。作为女王的威仪，对女儿也不例外，这使得圣女心中虽充满疑惑不满，却不敢说出来。而且，一直以来，她以为都是轩辕弄的鬼，可此刻意义却不同了。

“因为女王知道我是为了地火圣莲而来!”轩辕回答得似乎有些词不达意，但却又给人许多想象的空间，更容易让人产生错觉。

轩辕当然是想达到这样的效果，与这个女人之间，其实也是一场战争，也许比战争更残酷。

圣女脸色再变，轩辕没有直接回答，但却又有意无意地警告了她。不过，她仍镇定地道：“可这又关我什么事?这两件事完全无法拉到一块儿。”

“你错了，别忘了，仍有一个尤扬存在，尤扬是一个知道你的底细，也知道我的底细的人物，这个人在君子国更是举足轻重，只要他存在，这两件事便能凑到一块儿。”轩辕高深莫测地笑了笑道。

轩辕的话并不是无稽之谈，事实上也有这个可能，圣女也见到尤扬在长老会上极力赞同，而且轩辕与尤扬曾并肩作战过，关系很亲密，尤扬自然已自轩辕口中得知童旦和帝恨诸人的身份，但是却不敢肯定，因此想出这个让轩辕与雅倩相互牵制的办法也不无可能。

“哼，你休想吓唬我!”圣女冷冷地道。

“不错，我是想吓唬你，但我说的并不是没有可能，在这件事情上，我也觉得荒唐，觉得好笑，更感到有些无聊，可是这竟然是现实，一个荒谬而可笑的现实。反正，我已是孑然一身，索性我也就不拒绝你那所谓‘母亲’的要求，反正我们已是敌人，何不坦然面对?既然总得面对现实，我想，还是让我勇敢一些好了。”轩辕坦然道。

“那你将准备如何面对？”

“在君子国中，你是我的妻子，当然你得听我的。”轩辕似笑非笑地道。

“这里是女尊男卑，你只能听我的。”

“你忘了，我并没有必要遵守君子国的规定。”轩辕道。

“但你也别忘了这不是你一个人的事。”

“我更知道，这是一个充满武力的世界，强者为尊！”

“哼，你敢对我用强？”圣女冷笑着反问道。

“为什么不敢？如果童旦敢来管我的闲事，我立刻可让人重罚他，此刻我们之间的事情已经不是外人能够插手的，除非你们能让君子国消失！”说完轩辕猛地站起身来，浑身散发出一种强大的霸气。

圣女身子微缩，她感受到了来自轩辕身上的压力。

轩辕所说的没错，这个时候，一切的事情都变成了家事，连童旦和护卫们都变成了外人，这个变故的确很绝，也让轩辕大感痛快。终于在这个出人意料的结果中，他占到了明显的上风。不过，他隐约觉得事情可能不会像他所想象的那么简单，因为在今晚的野火会上，他竟没有见到童旦。

童旦究竟去了哪里？为什么这样的场合而不出场，而且竟没有人注意到这个重要人物的行踪？这本就是一种反常的现象。这个人绝对不简单，也定是有什么更重要的事或是阴谋在酝酿。

“你想怎样？”圣女神态依然很冷静。

“当然是要你履行妻子的义务了。”轩辕竟解下背上的刀和腰间的剑，身形再逼近一些。

“你以为你能够得逞吗？”圣女似笑非笑地反问道。

“别忘了，这是战争，胜者为王，你认为你有能力可以胜我？”轩辕自信地反问道，说话间再踏上一步，就已到圣女的身边。

“那可不一定！”话完，圣女的手指已经化成漫天的虚影直印向轩辕的胸腹。

轩辕早已有备，一声轻啸横掌一挡，以一种极为潇洒利落的姿式准确地截向圣女的手腕。

圣女处变不惊，竟然不变招，而是露出一丝难以觉察的笑意。

噗……轩辕一掌斩在圣女的腕间，但他顿觉有物破衣而入。

圣女惨哼一声，身子歪向一旁，但却迅速掠起，反而是轩辕在刹那间轰然倒下。

倒下的是轩辕，他的胸腹之间露出几尾细如牛毛的细针。

这自然是圣女的杰作，她在出手之时，早在指缝间夹着了细小的牛毛针。她真正攻击的武器不是手，而是针，这几乎是无影无形的细针。是以，轩辕也上了当。不过这个女人也的确够狠，竟敢用一只手来换取这个机会，全然不在意轩辕那一击足以废掉她的右手。

轩辕的眼里闪过一丝骇异和讶然，但却见圣女笑靥如花地行了过来，右腕起了一道瘀青的肿痕。

“我就知道你舍不得废了我的手!”

“你好阴险!”轩辕冷冷地道。

“对付你，我能不阴险一些吗？除非我是傻子，才会和你硬拼!”圣女妩媚地笑了笑，随即轻轻地蹲在轩辕的身边，伸手似乎极为爱惜地摸了摸轩辕那光光的秃头，又摸了摸那刀削一般刚毅而俊朗的脸庞，道，“你也许不知道，你表现得是如何可怕，真难想象，世间竟有你这样一个惹人怜爱的人才，我不能不说，你能活着是一个奇迹!”

“可是我还是栽在你的手里了!”轩辕不为所动。

“这没关系，因为我是你的妻子!”圣女似乎在刹那间变得柔顺而体贴，那双柔若无骨的手似带着一种销魂蚀骨的魔力，来回地抚摸着轩辕的脸庞。

“既然你也承认是我的妻子，为何仍要这样对我？还不拔下我身上的毒针？”轩辕揶揄道。

“好夫君，你别太急，我会拔下来的，但是此刻的你太危险，当我驯服了你之后，我一定会拔下它们，然后好好地爱你。也许，我还要为你生个儿子呢。”圣女媚眼如丝地以红唇在轩辕的脸上轻吻了一口，吐气如兰地软语道。顿了顿，又道：“我们一定要生一个像你一样聪明、俊朗，而且有男人气的小孩，那他将来一定会迷死许多美人。说实在的，本来我视天下男人都如粪土，可是我却不能控制自己心里对你生出的好感，你的确是一个很迷人的男人，你那强壮得让人心悸的体魄，如果能和你上床一定是一件很愉快的事情。所以，你别担心，我不会伤害你的，还会要你做我的好丈夫。”

“难得你居然不脸红。”轩辕啧啧地讽刺道。

“我为什么要脸红？你本来就是我的丈夫，自然必须履行丈夫的义务，我在我的男人面前说这些又有什么不对？别忘了，此刻是属于我们两个人的世界，谁也不能插进来。在两个人的世界里，我们不应该彼此之间存在着隔阂，夫妻之间没有什么话是不可以说的，难道你不这么认为吗？一个好的妻子，在床上，应该是丈夫的荡妇，这才叫有情调。”圣女轻声细语地在轩辕耳畔道，那种神态和语调确有让人骨化神消的魔力。若非轩辕此刻不能有丝毫的动作，只怕早已翻身而起，将圣女压倒在地了。

“与娘子说话倒是很有趣，这也是狐姬所传的绝招之一吗？”轩辕脸色有些发红，笑问道。

圣女一惊，定定地望了轩辕半晌，突然笑道：“原来那晚偷听的神秘人竟是你，真是了不起，我们还一直都小看了你！”说完圣女竟在轩辕脸上亲了一口，以腿搭住轩辕的脚，香躯半伏在轩辕胸膛，满脸欢快地道：“我为有你这么能干的丈夫而感到骄傲。”

轩辕给弄得哭笑不得，这个鬼女人明明是将他制住的敌人，偏偏又说得如此自然而多情，若不是处在敌对的位置，有这样一个妻子倒真的是妙趣横生，只不过轩辕此刻却没有这个心情。不过，他仍不得不由衷地夸道：“你真是一个动人的尤物！”

“谢谢夫君夸奖。”

“你想拿我怎样？”轩辕突然转换话题问道。

“不啊，我会拿你怎样？”圣女故作惊讶地反问道，那神态掩饰得似乎天衣无缝，让人不能不心服。

“哼，童旦去了哪里？不就是为了对付我吗？现在你们如愿以偿了，怎么处置，你说吧！”轩辕冷然道。

圣女再次笑了笑，拍了拍轩辕的脸，甚至再抛给轩辕几个媚眼，道：“你观察得真仔细，也真够细心的，居然留意到了长老，也难怪他们屡屡对付你都是徒劳，我现在发现自己越来越喜欢你的聪明了，有你这样一个可人儿，今后也不会寂寞了。”

“哼，那是因为他们太笨，笨得可怜，不过，我也有些笨。”

“那是因为你遇到了我。”圣女娇笑道。

“或许！”轩辕说着突然又问道，“童旦是不是去了东山口？”

圣女一呆，淡淡地望了轩辕一眼，道：“你这人真不简单，一猜便被你猜中。不过，幸亏你只是个阶下之囚，否则我们的计划全都泡汤了。”

“帝恨也溜进了君子宫？”轩辕又问道。

圣女不语，只是愣愣地望着轩辕，半晌才冷笑道：“你似乎没有必要问这么多，就算我将计划全都告诉你，你知道也是白搭，今天可是我们俩的大喜日子，你不觉得谈论这些无聊的话题很无趣吗？”

“是吗？这真是一个难忘的新婚之夜！”轩辕自嘲道。

圣女也被逗笑了，伏上轩辕的胸膛，将脸贴在其胸脯之上，道：“这只是开始，一切会好的，我会让你成为世上最幸福的男人。”

轩辕大感荒唐，此刻似乎有些本末倒置之感。不过，这也是一种另类的刺激，他禁不住跟着胡闹道：“一开始就让我如此狼狈，再下去还得了？小心我把你休掉，还不将针给我拔出来？”

“请夫君息怒，再等一盏茶时间就可以把它们拔出来了，先别急，大不了待会儿任由夫君处罚好了。”圣女装出一副楚楚可怜的惶恐样，表情生动得让人叫绝。若非轩辕早知她的底细，只怕也会怀疑自己真的怪错了人。

“如果你是我的好娇妻，那请告诉我你们的计划，告诉我童旦是不是去了东山口抑或帝恨是不是混入了君子宫？”轩辕开玩笑道。

“再请夫君息怒，好娇妻并不是对夫君百依百顺，夫妻间允许有些小秘密存在，这样才会显得更有情调和乐趣嘛。如果我们之间没有这一点点空间的存在，很容易便失去神秘感，就会少了许多刺激，也就是少了许多情调，不是吗?”圣女似乎是在撒娇，口风之中不透露半点讯息。

“我是无法息怒的，如果你不老实交代，为夫只好……”说到这里轩辕突然顿住。

“只好怎样?”圣女娇笑如花地凑近轩辕反问道，但她那笑容只持续了半刻便立刻僵住，因为她感到胸口一痛，全身竟然无法动弹。

“只好这样了!”轩辕说这话时悠然将圣女自身上翻开，然后坐了起来。

“你……怎么会这样?”圣女惊骇得连脸色都变了。

“那要怎样?”轩辕轻笑着自胸腹之间拔出那十多支细如牛毛的小针，反问道。

“你根本就未曾受制?”圣女由惊骇变为无奈，更有些惊讶，她很难相信，在如此短的距离之中她会失手，这几乎是不可能的事情。当然，事实是不容辩驳的，轩辕没有受制，这是不争的事实。

“你说呢?”轩辕将这些小针以两指捏在一起，对着鼻间，吹了口气道，圣女这才发现这些针尖之上没有一点血迹。

“哇，好锋利的家伙，不知道刺入体内会有什么样的结果?不过，这针尖之上似乎只是忘魂草汁，并没有什么大不了的毒性。”轩辕自言自语道，同时将细针向圣女身体上靠近。

圣女脸色变得极为难看，这一刻她才真的发现，自己实在是低估了轩辕，这是一个严重的失误，抑或不是自己的失误，只是对手太精，太聪明或是太狡猾。她更惊的却是轩辕竟一眼便看出针尖所涂的是忘魂草汁，可见他也是此道高手。她自然明白轩辕此刻以针对付她的意图，但她却没有作声，她知道，此刻说什么也没有用。

轩辕制住了圣女的穴道，对于轩辕来说，人体的经络并不陌生，更是他的所长。是以，他能够准确地制住对方的穴道，锁住对方的经络。由于他的功力在不断地增长，武功在不断地提升，这门绝技更能够灵活地运用。

“娘子，我劝你还是实话实话吧，否则，休怪为夫用刑了。”轩辕翻身半压着圣女，半真半假地道。

“你将人家的手弄成这样还不够吗?”圣女吸了口气，竟也以一种微嗔的语调道。

轩辕定定地望着圣女那妩媚动人的俏脸，也学刚才圣女亲他一样，在那脸庞上亲了一口，道：“你不是个乖孩子。”说话间又连续点出数指，再次封住圣女数处穴道。

“你想干什么?”圣女心中再惊。

“我想先失陪一会儿，待会儿再和你玩耍，你放心，有这么漂亮的娇妻，我是舍不得扔下的。”轩辕拍了拍圣女的俏脸，一抓放在一边的刀和剑，大步向外行去。

圣女望着轩辕行出去的背影，竟涌上了一种从未有过的恐惧。对于轩辕，她所感受到的不再是威胁，而是实实在在的惊惧。她知道此刻自己已经败了，而且有可能会败得彻彻底底，这是一种难以解释的预感。

这个预感清晰至极，像是即将发生，或许只是因为轩辕太过高深莫测，也可以说轩辕身上有一种外人永远都无法捉摸的本质。

“我认为今晚肯定有变!”轩辕肯定地道。

“你认为变自何来?”跂通反问道。

“我也赞同轩辕公子的看法，今晚或许是敌人动手的一个很好时机，因为女王已经提起迁徙之事，国内人心未稳，甚至君子宫之内也会出现一些不安。因此，今晚的确是多事之秋。”尤扬也出言道。

“你不去陪倩儿，就只是为了这些?”柳静淡淡地问道。

“我还有个问题仍然无法得到解答，我想询问一下娘亲。”轩辕平静地道，在此刻，他已经不再称柳静为女王了，因为柳静已经成了他的岳母，在台面上，他也只好叫其为娘亲，何况能有这样一个美丽而且武功高绝的娘亲自是不亏。不过，在跂通存在的时候，许多人还是习惯于称轩辕为公子，而不是圣王。

“有什么问题你就问吧。”柳静慈和地道。

“如果没有薰华草吸收地热，那会不会让地火提前爆发?”轩辕问道。

柳静和跂通面面相觑，还有几大护法也被轩辕的话给问住了。

柳静和跂通的脸色有些难看，轩辕的问话问到点子上了。

是的，如果没有薰华草吸收地热，地火会不会提前爆发呢?这个问题以前并没有人想到过，却一直都存在着。

“如果是在地火活跃欲发之时，或许会因为少了薰华草使得地火提前爆发，如果在平常应该不会!”跂通代柳静回答了这个问题。

“可现在应该是地火最为活跃的时期，甚至已经表现在地面之上了。”轩辕提醒道。

“你是说有人可能会毁去薰华草?”尤扬听到这里，哪里还会不明白轩辕的话意?那些护法长老们也有着这般的想法，只是尤扬抢先问了而已。

“不，他们不是毁去薰华草，而是想提早得到地火圣莲!”轩辕肯定地道。

“他们想提早得到地火圣莲，这怎么可能?”

“是啊，薰华草只会在……”众人七嘴八舌地议论起来。

柳静挥了挥手，压住众人的争论，目光之中有些讶异，望着轩辕，问道：“轩辕何有这个猜测?”

“这个猜测并不是没有可能，因为如果在这个时候毁去一些薰华草，只剩下几株薰华草要去吸收本来由众多薰华草吸收的热力，岂不是会使这几株薰华草在最短的时间结出地火圣莲?这是一个催熟的方法，因此，如果有敌人在这个时候潜入东山口的话，那他们很有可能会以这种方式去提早夺取地火圣莲，因为谁也不会想到他们会在此时出手，从而使他们容易得手。但这样必定会害了全城的百姓，我们实在不能不防!”轩辕也有些急了，急切地道。

轩辕的话的确极具震慑力，让所有的人都意识到这是一个极为严重的问题，如果地火提前爆发，君子国的灾难便不只是家园，还有数千子民，虽然这众多的高手根本就不惧地火，以他们的速度和功力逃生是绝对不成问题的。但是，他们能眼睁睁地望着满城的子民灰飞烟灭吗？

不能。也许，在这些人心中也存在着一些权力的钩心斗角，但作为生活了数十年的故土，和自己的乡亲父老们仍有着一份真诚的情感。

“东山口有四老相守，应该不会有问题。”跂通见众人的面色都很难看，不由得出言安慰道。

“我们仍须小心为上，因为这次所来的敌人也绝非弱者，仅火神祝融氏一人便已够让我们头大，甚至还有神族逸电宗的高手！”轩辕冷静地道。

“神族逸电宗的高手？”众人微惊，尤扬脱口问道。

“是的，这人的身法快若鬼魅，几若幽灵，我曾经数次险死其手。”轩辕补充道。

在场的人中，几乎都见过轩辕的武功，他们自然知道轩辕的武功实已达到一流高手之境，也没有几人有把握胜过轩辕。但如果说逸电宗的高手几次险置轩辕于死地，足可见这个对手的可怕，简直有些惊天地、泣鬼神，的确不能有半点小觑的心理。当然，他们并不知道轩辕的武功在这数月之间已经突飞猛进了不知几许，此刻的满苍夷虽然在身法上也比数月前精进了许多，但却并不一定就能在轩辕的手底下占到什么便宜。

轩辕也分不清满苍夷是敌是友，数月前满苍夷明显已经与他谈和，可此刻突然出现夺走圣器金铃，当然，她此举并不一定是冲着轩辕而来，可也容易让轩辕产生误会。而在涉及到地火圣莲的问题上，满苍夷无疑是一个强有力的竞争对手，也许满苍夷的武功不是最高，但她的速度绝不输给任何人。因此，她很有可能会在任何时刻出现，而且是在君子国最不希望她出现的地方。

“夫君带着四大护法立刻上山查看一下，尤长老便去组织一下各位父老尽快准备迁徙，不必作任何迟疑，可以让他们分数批而行，在百里外等我们！”柳静起身吩咐道。

“我感到地底之下似乎有些震动！”轩辕突然停下脚步道。

百合讶异地望了轩辕一眼，但很快，她也感受到了来自地底下的震荡。

“肯定是火山快要爆发了！”说话者是柳静的另一绝色俏婢丁香。

“该不会是因为山顶之上有什么变故吧？”百合猜测道。

“女王为什么叫我们先上山，而她却随后再来呢？”轩辕惑然问道。

“这个我们也不知道。”丁香无可奈何地道，柳静的安排的确有些玄虚，但以女王这个身份来说，却没有人敢去多问什么，连轩辕也只得听命行事。

“山上果然出事了！”轩辕目光四下一扫，竟在黑暗之中发现了几具尸体。

百合和丁香跟着来到尸体的旁边，发现这几具尸体全都是被一种锋利的兵刃给挑死。

“是帝恨的矛！”轩辕肯定地道。

百合和丁香并不反对轩辕的意见，她们也感觉到眼前这个年轻人有种高深莫测之感。事实上，轩辕竟在三十丈外发现了这存于黑暗中的尸体，而且，此刻已是深夜，虽有几颗稀疏的星星，但目力能看清三十丈外暗处的东西，这不能不说是一件让人震惊的事。

“那我们快上山吧！”百合道。

轰……一阵隐若雷鸣的声音又自地底传来，整个东山口都似乎在震动。

远处传来了惊呼和喧闹之声，显然是这一记强烈的震动惊醒了许多睡梦中的人，事实上，今晚并没有多少人真正地睡着，几乎所有人都在为明天的迁徙而忙碌。

夜，并没有几许凉意，东山口的地面就像是个高烧的病人，又像是内里燃着熊熊烈焰的炉壁，散发着让人心惊的热力。

这是一种病态的热力，也许所有人都感受到了灾难的气息，因此，有人连夜出城远去。

第六十八章　高手云集

君子国城门口，许出不许进，这是在灾难来临之前，柳静下达的命令，而以最快速度离城的人，多是在君子国内交易的商人，也只有这种行装简便的人，进出才方便，在灾难逼临之时，他们自然快速撤离。事实上，在这炎热的天气里，也没有多少人还想着交易之类的，便连君子国田间的禾苗、树木，有些都已枯死，流水也在急剧减少，全被这炎热给蒸发。若是仍留在君子城中，说不定还真的会热死。所以，在柳静仍未举行野火会之时，天一擦黑，便有商人乘天黑稍凉就上路了，而君子国的子民此刻也已陆陆续续聚于城门口，将一些体弱的妇孺先一步送走，以免到时候发生急变，这群弱者成了最早的牺牲品。

君子城今夜未眠，四处灯火通明，并非因为今夜是圣女的大喜之夜，而是因为逼临的灾难唤醒了君子城。

轩辕和百合及丁香也为这强烈的一震变了脸色。

越向山上靠近，热气越逼得人喘不过气来，如果不是轩辕的功力高绝，只怕没上得山顶便已脱水，而百合和丁香乃是柳静身边的婢女，武功得自柳静亲传。是以，无论功力还是武技，都已经达到一流之境，绝对不会比族中的八大长老逊色。她们的身份甚至比八大长老的身份更让人尊崇，就因为她们是柳静的贴身侍女，她们的意愿甚至有时候会代表柳静的意愿。

轩辕也深切地感受到了百合和丁香二女的不简单，自这一路上山的速度就可以看出这一点。

一路经过几个哨口，这些剑手仍然无碍，但他们却惊悚于山上的炎热，不敢上山，甚至缓缓地向山下移去，因为山头的温度仍在上升，在山口的天顶上，竟有一块霞状的红斑，像熟了的柿子一样。

轩辕感到山口是一片异样的死寂，最先映入他眼中的是尸体，一具具怪模怪样的尸体正在渐渐地失去水分变干。那一件件本来正合适的衣袍，也显得宽松了起来，甚至有的开始逐渐变焦，可见这些尸体已经不止躺了一刻。

轩辕并不惧怕这种炎热，他的体质本就极为奇特，似乎在这种环境之中能够自动关闭毛孔，不出半点汗水，体内的水分更不会被蒸发而去。甚至他的呼吸也变得越来越舒缓，若有若无，像是可以完全脱离这个世界，而单独构成一个完整的体系。再观百合和丁香，两女已经香汗细细，呼吸微微有些急促，在这炎热的环境之下，空气也变得有些稀薄。

“这里仍不是真正的山口！”百合微微喘息着道。

“那山口是在……”轩辕说到这里的时候，顿时才觉得自己问得是如此多此一举，因为只要他抬头看便可以发现。

真正的山口在对面那座与此相距有近两百丈的山上，在夜里可以将它看得很清楚。此刻山头之上根本就没有烟雾为障，炎热使得雾气全都变轻升空，是以，山头干燥至极，连树木都已经枯焦败死，对面的山口有一抹血红的光亮在闪烁，天空中的那块红斑也就是那抹血红光亮的杰作。

而所有的热量，似乎都是自那抹血红的光亮处散射出来，在这无形却具有毁灭性的能量面前，生命似乎显得极为渺小。

轩辕无法看清那抹血光究竟是什么东西，也不知道是什么原因，但像是已经感到冥冥之中有一张无形的大口在疯狂地吸纳四面八方的生机。此刻，轩辕竟也生出了一丝难以解释的惧意，对未知命运的惧意，或许是惊于那大自然之力的野性。

“那便是山口！”丁香指了指那相对的山头道。

轩辕发现了系于两山之间的铁索，他简直无法理解，在这两山之间居然能够系出如此长的铁索，更让人惊讶的却是，这么长的铁索是如何制造出来的？他做梦也不会想到世间会有如此好的制造之术。不过，君子国中神秘的事物本就极多，再多这一件并不是不可能。或许，这跟含沙剑一样，是来自曾经强大无比的神族，也只有神族才有可能创造出人世间最难想象的奇迹。

“只有这道铁索可以过去吗？”轩辕惑然问道。

“不，自这山洼也可以过去，只是在这山洼之间存在着许多毒虫毒草，这是为了对付那些想偷上山口的人而设，只有这条铁索才是最直接也最快捷的通道。此刻想来那些毒虫和毒草也已经被烤死，不过，这些虫尸草骸会在死时化成毒瘴，因此，此刻山洼之间应该存在着许多毒气！”百合解释道。

轩辕心中暗惊，没想到这里竟有这许多玄虚。不过，这也的确是一种很好的防护方式，如果哪个人想自铁索上过去，那可就不是一件很容易的事了。因为在铁索的这头和那头一定都有高手把守，想自铁索上飞渡自是难比登天。

对面山口之上并没有看到人，似乎只有一片死寂的红芒，这让轩辕感到有些不解。那个晚上与他交过手的老头呢？还有跂通与四大护法诸人又去了哪里？难道是被红芒尽数吞噬了？抑或是他们根本就没有来过这里？可是这些人又是谁杀的呢？

自这些尸体的装束来看，这群人应是来自渠瘦、九黎和花蟆，也有君子国剑手的尸体，在这里至少存在着数十具。也就是说，在不久前，这里曾经历过一场非常激烈的厮杀，可是此刻却没见到一个活人影，而这场激战竟未惊动君子宫，这也让人有些不解。

当然，能够神不知鬼不觉地爬上这山头，也证明这些人绝对不简单，也绝非庸手。

“我们还是等女王来了之后，再一起过去吧！”丁香望了望那闪烁着血光的山口，畏惧地道。

“这里的温度仍在上升之中，以你们的功力恐怕没有什么帮助，过去会很危险。”轩辕望着二女额角所淌的汗珠，认真地道。

“不要紧，待会儿我们可以服一颗冰晶丸，便可以抵抗山口的热力了。”百合自信地道。

“冰晶丸?”轩辕想起了柳静给他服下的那颗透明的药丸，正想着，突然之间似有所觉。

锵！轩辕的刀又一次自背上自动跃出，他感到一股强大的气机犹如暴风雨一般掩过，体内自动生出了与之相抗的气机，背上的刀，竟然自己脱鞘而出。

轩辕抬手握刀转身，动作利落自然得犹如行云流水。

百合和丁香也大惊，但等她们惊觉之时，已有一道人影带着一声轻啸自她们的头顶如飞鸟般掠过。

轩辕未动，他看清了自他们头顶掠过之人的面目，更看清了那醒目至极的红袍。这个人似乎根本就没有将他们放在眼里，或许压根就不在乎这三个小辈。

轩辕再转身之时，那红影已经在铁索之上渡过了数十丈，那股犹如暴风雨般的气机也跟着而去，犹如乌云被狂风吹散，让轩辕和丁香三人长长地嘘了一口闷气。

丁香和百合面面相觑，她们的武功自是不弱，也绝对不会不识货，是以她们对刚才飞掠而过的高手生出了一种从未有过的恐惧。她们无法想象那人的可怕之处，因为当那人自她们头顶掠过之时，她们便感到一股寒意涌遍了全身，更像是坠入了无底黑暗的深渊中，让人想发狂发疯，那是一种无法解释，也没有解释的感觉。她俩并未看清那人的面目，对方的速度太快，但她们却看见了那血红的衣袍，不由惊疑地问道：“难道是火神祝融氏?”

轩辕有些无奈地苦笑了笑，他也希望刚才掠过之人便是火神祝融氏。至少，他与火神祝融氏交过手，也并非可怕得难以想象，可事实上，这个人并不是火神祝融氏。

“真的是火神祝融氏?”百合看了看轩辕的表情，惊骇地问道，她也感觉到了这个人似比火神祝融氏更可怕，若真是火神祝融氏的话，那唯一的解释便是火神祝融氏在一个下午间功力大进。

“不，他不是火神祝融氏！”轩辕缓缓地将刀还入鞘中，摇头道。

“不是？那他是什么人？”丁香问道，在她的眼里，不敢相信潜入君子国的人中，还有比火神祝融氏更可怕的身穿红衣的高手。

“我只知道他叫鬼三，至于他究竟是什么身份，我也不太清楚。但这个人的武功之高却已达到了出神入化之境，他在我见到的所有高手中绝对可以排在前三位！”轩辕深深吸了一口气，苦笑道。

“鬼三？这是什么名字！”百合好笑地道。

轩辕却没有半点笑的心情，他曾与鬼三照过面，那次就是这个怪人唤出神龙，而改变了他这一生。但那次有歧富出场，他所见过的高手中，大概只有歧富和青云可以胜过鬼三，而柳静或许能与这人战平，但这个结果很难说，他也不敢对柳静抱有太大的希望。关键是鬼三的武功实在太过可怕，简直便像是天外飞仙。

“连女王在内？”百合惊骇地问道。

“或许可以这么说，或许女王能够胜他，但也只能是五五之数！”轩辕苦笑道。

“他究竟是什么人？”丁香不服气地道。

“我也不知道，但愿他不是和九黎人一路的！”轩辕心中暗自祈祷，他怎么也没有想到，一年之后他竟会在远离家乡数千里的异地再次重逢这个怪人。而这次歧富会不会再一次出现帮他呢？他有些想笑，歧富又不是神仙，怎会知道他在这里？又怎会知道鬼三在这里呢？而且歧富上次与鬼三之战究竟是谁胜谁负？会不会歧富已经被鬼三杀了或是击成重伤了呢？想到这里，轩辕不由得想到了满苍夷，心头更惊，思忖道：“是了，可能歧富真的被鬼三给杀了，所以满苍夷去崆峒山跑了个空，因此才会又恨起了自己，恨自己骗了她，所以来找我算账了。如此一来，事情可就更加糟糕了，也更加不妙了！”

鬼三的身影一落到对面山口，便向那血红的光芒奔去，似乎感觉不到那股足以让人窒息的炎热。

轩辕心头惊讶，但很快鬼三便向那红芒之中跃去，然后便消失不见了。

鬼三自然不会去自寻死路，轩辕看着鬼三的一切动作，心下恍然，那山头之所以没有人，是因为人都如鬼三一般没入了那红芒之中，或是跃进了山口之中。只不过，他感到有些吃惊，这里已是如此之热，那山口之下的红芒之中岂不更是热得让人无法承受？

“你们先在这里等女王，我先过去！”轩辕转头向百合和丁香吩咐道。

“那里可能会很危险！”百合突然情绪激动地拉住轩辕，急道。

“我知道啊，那里当然会有危险，所以我要你们在这里等女王前来。”轩辕坦然道。

百合好像发现自己的失态，忙松开手，俏脸红得发烫，目光不敢正视轩辕。

轩辕心下似乎明白了什么，他并不是一个不解风情之人，反而是位花丛老手，岂会不明白百合这种表情的深意？不由得心情大好，数日来的闷气似乎在陡然间尽数消失，豪气上冲，伸手轻轻地拍了拍百合那消瘦圆润的肩头，柔声安慰道：“放心好了，不会有事的，龙神会保佑我，我一向福大命大！”

“但那边可能会有很多敌人高手！”百合终于咬咬牙道，她实在是对这次之行不抱希望，因为她对东山口的了解比轩辕更多，对君子国的了解也比轩辕多，因此她深深地知道这之中的凶险如何可怕，不仅仅如此，对于君子国的许多人来说，进入东山口其实有一种殉道的准备。是以，她才会为轩辕担心。

“放心吧，我一定会活着回来，我怎会舍得丢弃这个美丽的世界而死去呢？何况这个世上有太多的事情要我去做，有太多的东西我未曾去享用，没有人比我更能体会生命是如何重要。来，让我亲一口，以壮行色！”轩辕豪气干云地道，说到后来又不免童心大起。

丁香不由得也对轩辕的话和举止大感有趣，但她却没有笑。

百合没有想到轩辕最后竟补上这样一句话，不由得一愣，但瞬即又羞得俏脸更红，头也低了下去，竟露出一副难得的小女儿之态，以手指捻动着自己的裙角。

轩辕望着这绝色俏婢，也的确色心大起，伸手一抬百合的下巴，飞快地凑上大嘴亲了一口，难得百合竟也不拒绝。

亲罢，轩辕见丁香似笑非笑地望着自己，不由笑道："难道你不给我壮壮行色吗?"说着就向丁香逼去。

丁香娇笑着弹开，却不给轩辕机会，百合看着丁香的目光，不由得大羞。

轩辕在一阵爽朗的欢笑声中飘然踏上那根横贯两山头间的铁索。

东山口，竟是一个深达百丈的深洞，血红的光芒正是自深洞之中透射而出。那是深洞中一摊翻滚如沸粥一般的浆状物，火红火红的，散发出让人难以忍受的炎热。

轩辕看到了人，并不少，那是在距山口约有二十余丈处的一个平台上，半月形的平台，像是这圆形山口的舌头，又像是月偏食的阴影一般。

这圆形的山口极大，直径也达数百丈之宽，自上而下，犹如一只巨锅，又像是张吞天的巨口。

轩辕感觉到脚下的石头极热，甚至开始碎裂、松散。

跂通在那平台之上，身旁那四人势必是四大护法了，平台上除他们之外，还有帝恨、童旦及火神祝融氏，乐极七代居然也出现在那平台之上，另有一些轩辕并不认识的人，但可自打扮上认出对方是渠瘦人和九黎人，还有一些身份神秘，又辨不出是哪一伙的人。

鬼三此刻所面对的竟是三方高手，包括童旦和火神祝融氏，还有跂通，那晚与轩辕交手一剑的老者也在。

空气中有股淡淡的香味飘荡上来，轩辕知道这定是薰华草的花朵所散发出来的异香。

轩辕不想在此刻下去，此刻那平台之上正成胶着状态，他下去的话很可能会让形势再变，倒不如就在一旁先看这群人交手，让他们乱一会儿，待会儿再看准时机下去闹一闹，说不定那时候火神祝融氏与鬼三已经斗个两败俱伤。那样，他就不用顾忌了，虽然童旦也极为厉害，但比起火神祝融氏和鬼三来说，却也相差极多，即使单挑童旦，轩辕也并非全无取胜的机会，这之中便只有童旦、火神祝融氏、鬼三等几位高手可以让轩辕感到威胁，至于乐极七代和帝恨，他并不畏怯，他与这两人都交过手，却并无败绩，此刻更不会畏惧这两人，至于其他的九黎高手和渠瘦高手就很难说了，但应该没什么特别难缠之人。

跂通的神情微显狼狈，须发微微有些焦煳，那是因为这里的温度高得难以想象，虽然他的功力高绝，但也无法长时间地护住须发，何况刚才与火神祝融氏交手近百招，功力消耗极巨。

四大护法神情狼狈，也同样是因为这炎热的存在，他们的功力虽不错，但要在与敌交手时运功抗热也不易，幸亏他们预先服下了柳静的冰晶丸，因此只是须发受损，身体根本无碍。他们的衣裳也是特制的，可耐高温。

数百年来，君子国一直与这地火相斗，自然极懂得如何抗热。所以，当他们准备进入这个山口之时，便迅速换上了特制的衣服。

那些九黎族和渠瘦族的高手就没有这么幸运了，不仅须发有被烧焦的痕迹，衣衫也因为炎热而缩了起来，穿在身上皱巴巴的，而且此刻甚至有几个功力较弱者已汗流浃背，显然是无法继续长时间苦撑下去，否则的话，只会脱水而亡。

如果此时有人在地面上放下一个鸡蛋，保证很快便会熟透，那股透自地心的热力似乎想烧穿虚空。

薰华草便在靠近那深渊边缘的石隙间生长着，那是最靠近炎热之处，地底所升起的热量最先冲击的便是薰华草，这些生命竟然显得无比娇嫩，淡蓝色的草茎似乎呈半透明的色泽，可以看到茎内流动着一股云雾般的液汁，让人产生一种如梦幻般的感觉。那花蕾呈紫红色，高傲地立着，有几根淡黄的蕊自花蕾尖端伸出，似存在着奇异的动感。

此刻四股势力呈棱角而立，谁也不敢靠近薰华草，因为谁也不想成为攻击的对象。显然刚才已经过了一番艰辛的战斗，唯有鬼三来得稍迟，但鬼三飞向薰华草的身势却被火神祝融氏、童旦和跂通这三大高手所阻。

鬼三似乎吃了点亏，事实上，天下间能接这三大高手合力一击的人几乎是找不出来，鬼三应庆幸这几大高手事先已拼得元气大伤。

火神祝融氏吃亏在只有孤身一人，鬼三也似乎吃了这方面的亏。不过，鬼三的确够凶够狠，他自恃功力高绝，并不怕这群已经斗得似乎筋疲力尽的伤残之人。

“火神老儿，不如我们联手吧，反正这里的地火圣莲多，咱们一人一株足够，便是一人两株也够分，何必要斗得两败俱伤呢？”鬼三与火神祝融氏可算是旧识。

火神祝融氏自然已认出了鬼三，这是数十年前的故人，两人虽然谈不上交情，但却也有数面之缘，当年也曾交过手。因此，此刻再次与鬼三交手之后，立刻记起了这个数十年都未曾露面江湖的对手。

鬼三在姬水河畔的神山苦候神龙近三十年，这三十年之中一直都未曾出现于江湖，若非火神祝融氏这样老一辈的顶级高手，绝难知道鬼三的身份。

“你老儿也太贪得无厌了，当年荤育王罗修绝已经偷吃了圣莲，居然还派你来再夺圣莲，这也说不过去吧？”火神祝融氏明白鬼三的身份，是以，他并不想与鬼三联手。他也曾是神族的一员，而鬼三却是神族大敌鬼方十族中的高手，神族之人与鬼方始终存在着芥蒂。

火神祝融氏虽然脾性古怪，但是对于神族仍是十分眷恋，更忠于神族。是以，他并不与九黎和东夷合作，在他的眼里，那是神族的败类。因此，他对鬼三并没有什么好感。

“好的东西总不会有人嫌多，其实在有些时候变通一下并不会是一件坏事。”鬼三不以为然地道。

“原来你是鬼方的魔头！”跂通此刻才明白鬼三的身份，荤育王罗修绝吞服圣莲之蕊一事，跂通自然知道，而且君子国也同样属于神族一支。对于长期与神族交战的鬼方来说，所有神族的后裔都可能成为他们的大敌，这是一种世仇，虽然鬼方也分裂成十族，但仍然被神族后人认为是大敌，而神族的分裂，不能说与鬼方没有关系。

九黎与渠瘦对鬼三也不由得另眼相看，谁都知道，荤育王罗修绝的武功已经高到可直追当年魔帝蚩尤的境界，在人世之间几已找不到敌手的地步，也难怪鬼三的武功如此可怕。

知道当初魔帝蚩尤服食了圣莲的人很少，在神族中，也只有那么有限的数十人，在君子国中也仅几人而已，因为谁也不想将这件事情传出去，否则的话，君子国早就被人给踏平了，这绝不是夸夸其谈。

试想，谁不想自己的武功直追当年的魔帝蚩尤？谁不想成为天下人人敬仰的神话，如盘古，如女娲，如太虚王母，如伏羲，如蚩尤，拥有无可比拟的力量？

罗修绝也是因食了圣莲之蕊，使本来就已经达到绝顶的武功再突飞猛进，成为魔帝蚩尤之外的另一大魔人，神族之人曾称之为天魔。

没有人知道罗修绝活了多少年，正如有人说魔帝蚩尤仍然活着一样。也许，他们活着的方式是另一种类型，不过，如果罗修绝仍未死的话，至少已有两百岁以上，这是一个没有人敢想象的极限，似乎完全超越了人类生老病死的规律。

当然，有人能活两百多岁并不是很值得吃惊，伏羲大神和女娲大神便活了数百岁，而且容颜始终保持着青春不变，这已是一种完全超脱了肉身限制的生命形式，他们以强大的精神力超脱了这种物质的介层，吸纳天地间的灵气，这才使得肉体得以永生。

当然，这之中有的是传说，有人传说盘古氏便活了一万多岁，这当然是不可能的，只是当人们尊崇他之时，唯有以一种超乎正常的形式吹捧他。也许，在神族之中，盘古氏的强大精神力真的保存了一万多年，但这已不是以肉体的形式存在，而是将自身的能力转接给其后代，然后在这个过程中使得盘古始祖的神力仍能在下代盘古氏身上存活一万多岁。事实上，盘古氏统治神族也不过千余年而已，而在神族前，盘古氏也的确存在，但这之中却经历了十数代盘古氏的统治者。因此，盘古氏的生命也不过百余年而已。

火神祝融氏也不知道有多少年未曾与鬼三相见了，但他却知道至少有四十余年了，那时候鬼三便已经是现在这个样子，可是数十年过去了，鬼三依然没有什么变化，可见这个对手的功力实在已经增强了许多。事实上，从刚才那一击之中便可看出来。

鬼三也明白，在这数大高手的环伺之下，他并不能占到多大的便宜，而此刻火神祝融氏倒似乎反与君子国站在了同一条战线上，这让他有些恼怒。

不过，自平台到薰华草生长之地尚有二十余丈的距离，这些人却在此处纠缠，所幸薰华草并不会立刻就开花，待明日的第一缕阳光射入东山口之时，便是地火圣莲开花之际。或许，只有那个时候，众人才会真的有机会去夺得圣莲。

鬼三自然是个聪明人，知道就算此刻能够击溃跂通和帝恨也是无济于事，至少他仍得等上一个多时辰才能够夺得地火圣莲，而在这一个多时辰之中又会发生怎样的变故呢？这是谁也无法预料的，若是待会儿再有高手赶来，那他只怕也会饮恨收场。因此，他索性不出手，在众目睽睽之下盘膝坐了下来。

火神祝融氏和跂通诸人面面相觑，但瞬即明白了鬼三的意图，那便是等到花开的一刹那出手，这的确是很明智的举措。是以，火神祝融氏也呈犄角之势与童旦、鬼三相对而坐。

跂通和那群君子国高手则置身于童旦与薰华草之间，他们只会舍身护住圣莲，而不会打圣莲的主意。是以，火神祝融氏并不在意他们占了这一点距离上的优势。

跂通并不想此刻出手刻意对付某一方，他知道，此刻他若是向某一方攻击的话，另外两方定会坐山观虎斗，这样反而便宜了他们，这绝不划算。因此，他不想出手，就让这几路人多一些相互牵制反而对君子国的势力有利些。更何况，他们此刻的确是需要坐下来调整一下状态，以图能尽快将功力恢复。

童旦也无可奈何，跂通的武功在他之上，虽然他杀入了山口之中，但却被自后赶来的火神祝融氏插上一足，又来了一个跂通，他的优势尽去。他感到火神祝融氏简直是一个狂人，一个疯子，一上来便是一气乱杀，这使得他不能不对付祝融氏。因此，九黎和渠瘦高手也死伤极多，是以，这一刻他也不敢轻举妄动。

轩辕似乎明白了他们在等什么，其实，他何尝不是在等？在等待着一个时机。不过，如果这样耗下去，他的等待也将是徒劳，因为一切都得在朝阳升起的那一刻开始，这便像是游戏的规则。

轩辕抬头望了望东方的天空，启明星已升起，是的，天快亮了，那朝阳也快出来了。那颗亮晶晶的启明星在火红的天空中，似乎失去了一些颜色。在山口的深渊之下，那火红的熔岩在跃动，在沸腾，带着魔幻的异彩，但却并没有升腾而起。

轩辕知道，这只是地火出现的征兆，只看那岩浆所散发出来的炎热便知道，没有任何躯体可以抵触它，更没有任何生命能够不被地火毁灭。他从来都未曾见到过地火喷发的景象，但看这岩浆的血红将这巨大深陷的山口映成如此色调，就可以想象将要到来的会是何种灾难。

轩辕并不想思虑太多，他知道，此刻君子国之中应该在作着全体撤离的准备，再过几个时辰，这群人便可以走出险境。毕竟，君子国的子民们都是体质强健的习武之人，因此走路极快，而在这个年代，也没有什么很重很累赘的东西，所要带的便是兵刃及少量的家禽与不多的种子，但这些东西有大车运送，行动起来也不会碍事，只要不是向沼泽方向而去。

轩辕感觉到仍有高手向这边赶来，对面山头的百合和丁香显然已经退出了这片奇热的死域，她们其实并没有靠近的必要，能够抵达这里的人绝对是功力高绝之辈，常人绝对无法抵抗这要命的炎热，以百合和丁香的武功，就算能勉强渡过铁索来到这里，也并不能起到多大的作用。

柳静仍没有出现，但轩辕却知道柳静一定会出现，而且会出现在最该出现的时候，最该出现的地方，这是他的直觉。轩辕从来都极相信自己的直觉，不过，他此刻却只想静一静，平静地等待那最为疯狂一刻的到来。

这是一片十分奇异之地，充盈着无与伦比的热力，在如死亡一般的沉寂之中，又似乎涌动着另类的生机，而这生机便是来自那沸腾的岩浆。

许多生命在沸腾澎湃的生机之中死亡、凋零，但这来自大自然深处的生机却是如此的张狂。

轩辕静静地感受着这种无形但却无处不在的生机，心竟变得无比恬静，甚至感到一种浑然忘我之意，他不再感到这酷热的存在，反倒有一种解脱的轻松。

在他的体内，似乎也有一股同样神秘的生机在涌动，这是轩辕往日从未曾感觉到的，但这一刻却是清晰无比。这是一种根本就不需要催发的生机，甚至完全不由轩辕自身所控制。

轩辕不想动，他很享受这股涌动的、神秘莫测的生机给他肌体带来的轻松，他只是静坐冥思，将心神紧锁于灵台的那片清明之中。事实上，他是在等待，等待第一缕朝阳射来。而此刻的无所事事正好可以深入地体会一下体内那陌生的生机，他似乎有些明白为什么自己一直都不能完全驾驭龙丹的那股力量，因为龙丹自身有一股属于它自己的生机，而这股生机一直潜藏在轩辕的体内，他完全无法发现它的位置，真正主宰龙丹的正是这股陌生的生机。

轩辕心中有一分狂喜，他终于找到了龙丹真正的秘密所在，他之所以一直都只能吸收少量的龙丹气劲，只是因为他自身生命的生机无法与龙丹的生机相结合，唯有两股生机化为一个整体，方能够完全地驾驭龙丹的力量。是以，轩辕更加小心地去体会这股不受自己驱控的生机，更潜意识地引导它，使它在体内有序地循环。

生机在涌动，在澎湃，外在的，是来自大自然那狂暴甚至带来毁灭力量的生机，内在的，却是龙丹的生机。

龙丹本是受日月之精华所成，乃是经历了数千年甚至上万年的沉积方能成形，才具备天生再造之能，如今在这来自大自然最原始火热的生机诱发之下，竟然在轩辕的体内复活了。

的确是复活了，轩辕甚至已经感觉到体内的生机在扩张，在吸纳外在的生机和热力，抑或可以说是与那来自地心的生机相融合，也使得他体内的生机越来越强大。

轩辕有些吃惊，事实上，他的确应该吃惊，他感到这种生机如果继续吸收外在的精华，将会再次达到他无法控制的程度，那样一来，他的身体将会被这无法控制的生机毁灭，便像这来自地心的生机毁灭了所有的花草树木，甚至人类的生命一样。这个后果轩辕有些不敢想象，是以，他骤然惊醒过来。

热气蒸腾，轩辕竟惊讶地发现自己所坐的地面凹陷了三寸。

这是坚硬至极的花岗岩地面，可是此刻却陷入三寸，这的确让轩辕吃惊不小，更让轩辕骇异的却是自己周围的石面似乎比别的地方要暗一些，似乎自己所坐之处刚刚经过了一场强烈的大火焚烧。

的确，他身下的花岗岩是被炎热所灼而碎裂，然后化成了沙粒。轩辕简直不敢相信眼前的事实，但眼下又的的确确存在着这样一个让人惊讶的事实。

虽然，此刻这座山头的花岗岩石都有些松动，在这无情的炎热之中，石质在变脆，再也没有最初的坚硬，但是如这般让岩石化为沙粒，这需要怎样的热力啊？轩辕不敢想象。

方圆三尺，这个迹象让轩辕很清楚地知道这是自己的杰作，而这个杰作可能就是在自己刚才不知不觉之间发生的，也许就是因为体内的那股生机在疯狂地吸纳地心的热力，而使四周的炎热以不可思议的速度凝聚，也便使得这里的热力高得无法想象，连石头也都化成了粉末。可是为什么自己的躯体竟然丝毫无损呢？甚至连身上的衣服也丝毫无损？这是什么原因呢？难道说是自己的身体和衣服比石头更耐热、更坚硬？

陡然间，轩辕想起了火神祝融氏。昨日白天，火神祝融氏所居的木楼不是莫名其妙地起火了吗？而且越靠近木楼便越热，而后来木楼的大火是一张一弛的呼吸状态，不正是如此刻自己一样吗？想到这里，轩辕立刻明白那是火神祝融氏以身体在吸纳周遭的热力，而使四周的热力疯狂地凝聚，后来木楼终于受不了那股高温而燃烧起来。此刻轩辕有着亲身体验，所以他立刻明白了那究竟是怎么一回事。只是，他仍不明白为何自己的躯体和衣服没有受损？

轩辕哪里会明白，一个盛着冰块的容器，放在干柴上烧，即使这个容器很易着火，也不会在这冰块未曾融化之前烧起来，反观那些柴火，却是最先受损之物。而此刻石头正是那散热的柴火，轩辕的身体便是这盛冰的容器，龙丹却是冰。

当然，这只是一个比喻，龙丹的生机当然不是冰，而且是至阳之物，只是因为它的力量被轩辕吸纳了很多，才使得轩辕的体质和功力不断改变，但作为龙丹自身能量的储存却已所剩不多，而这次再遇到这来自地心的至阳之气，便不自觉地吸纳起来，以补充龙丹自身的能量，是以才会出现这种现象。

轩辕并不知道这之中所蕴含的道理，但他想到火神祝融氏可以以这种方式吸收热力，那自己也应该不用惧怕，说不定还能使自己的功力大增，再一次改变自己的体质，在这种极具诱惑的想法驱使之下，轩辕再次闭目进入禅定状态，他要重新驱动体内的生机，甚至要想办法将两股生机合二为一，这样他便可以完全驾驭龙丹的力量，到时候或许还有与鬼三一战之力也说不定。是以，轩辕决定一试！

启明星似乎闪烁着一种邪异的光彩，东方已泛现了鱼肚白。

童旦有些坐不住了，圣莲的香味越来越浓，显然已经到即将开花之时。其实，圣莲已经是半开之状，嫩黄色的花蕊，在紫红色的外瓣之内，竟是五色之花瓣，看上去美丽诱人至极。

这里似乎是越来越热，但是每个人仍是静静地盘坐于地面上，却掩饰不住内心的紧张。

并没有外人再加入这种对峙的阵仗之中，但并不代表夺取地火圣莲的人就只有这些人，而只是表明这些人傻，过早地做一些无益的争夺。

事实上，童旦的想法正如轩辕所分析的，想借毁去其他的薰华草而提前获得其中一两株，但他们仍低估了君子国的实力，更因为火神祝融氏的出现打乱了他们的计划。早知道这样，童旦绝对不会这么早便出手。但是此刻他却是陷入了僵局之中，已经身不由己了。不过，他对夺取圣莲的决心仍未曾消减，甚至是志在必得。

为了地火圣莲，九黎族、渠瘦族已经付出了太多的代价，不为别的，就为这些已付出的代价，童旦也要将地火圣莲夺到手。

鬼三似乎已经沉沉睡去，但是任何人都可以清晰地感应到来自他身上的压力，那可以将任何躯体分解、汽化，是一种无法形容的气势，似乎生自九幽之间，可又清晰得如束身之绳。

火神祝融氏最为诡异，浑身竟似闪烁着火焰，似有一股青红色的火焰在他的身上跳动，那棕红色的头发如千万条细蛇在扭动，使得他整个身体都变得邪异莫名。

所有的人都在戒备之中，包括跂通和他身后的七大高手，四位护法和三位老者，本是四老，但却已有一人战死，最为紧张的，自然是他们八人。因为他们的任务是护住圣莲，如果圣莲被摘，地火将不受控制地提前爆发，到时候可能会引发的灾难也许比他们想象的更为可怕，为了那些正在迁徙的君子国子民，他们便不能不拼尽最后一口气。

柳静依然未曾出现，那是一个极为重要的角色，但她为什么没有出现呢？没有人知道，跂通和四大护法都不会问，他们坚信，柳静会在最需要她出现的时候出现，正如那些在暗处环伺的敌人，他们都有可能出现在对方最不想他们出现的时候。

整个山头在突然之间震动起来，却是因为一种古怪至极的噗噗之声。那古怪声音的频率似乎完全符合心脉跳跃的频率，像是整座山拥有了自己的脉搏，拥有了自己的心脏，那种感觉的确是怪异至极。

轩辕发出一声呻吟，又是这古怪的声音，熟悉而又让自己痛苦。他知道，这是鬼三进攻的征兆，可也正是他的灾难降临的时刻。因为这种古怪的频率似乎一下子钻入了他静思的心灵深处，唤起了他过去的记忆，又像是灵魂自幽暗之中苏醒……这并不是很可怕，但要命的却是此刻轩辕体内两股生机正处于交融的最紧要关头。

轩辕终于将龙丹的生机牵引得与自己的生机融合，而龙丹正把吸自外界的巨大能量运送到轩辕体内，就因为这古怪的声音突然响起，而使得两股生机倏地混冲，巨大的能量立刻化为强撼的冲击力，毫无规律地涌向轩辕的四肢百骸，无可忍耐的热流立刻包裹了轩辕的全身，使得轩辕不由自主地呻吟了一声，痛苦而绝望的呻吟。

第一缕阳光终于洒落在山口，破开那层灰白的云，破开那沉郁的黑暗，像由金子结成的彩带，美丽而灿烂……而残酷的战局也在这一刻拉开序幕。

几乎所有的人都是同时起身，同时飞出，而且是朝同一个方向。因为有一朵地火圣莲已经绽开，散发出五彩的光润，犹如有一道霓虹挂在花朵之上，美得保证让人这一辈子也无法忘怀。

只一朵！但谁也想首先得到这第一朵圣莲，然后迅速离开这个鬼地方。是的，这个地方实在是很鬼，谁也不知道那地火会在采摘第几株圣莲之时升起，谁也不想去与那大自然最可怕的力量相抗衡，便是火神祝融氏这不畏烈火的怪物也不敢冒岩浆淋身的危险。因为那根本不是人类所能够忍受的热力，更何况，地火上升之时，并不是如这岩浆般鼓涌而出，而是带着强大的气流冲天而起，那可以将任何躯体分解、汽化，连渣沫都不会留下。所以，没有人想等待下一朵圣莲的开放，何况在等待圣莲开放的过程中，还不知道会来多少高手争夺。是以，谁都想拿到这第一朵立刻走人。这是人之常情，所以，谁也不想礼让。

鬼三的速度最快，但他距圣莲最远，童旦似乎早已分派好，他们并不首先拦截鬼三和火神祝融氏，而是全力向圣莲扑去。

第六十九章　无量神尺

童旦并非起身直扑圣莲，而是双足向帝恨踏去，帝恨倏出双掌，重重地击在童旦的脚底，于是童旦便如箭矢一般，速度比鬼三还快地越过跂通诸人直射圣莲。

跂通也没有估计到童旦竟如此狡猾，欲起身相阻，但却已来不及了，而且此时火神祝融氏和鬼三也相继掠身而过。

跂通竟不阻拦，他反而选择了避身让过，而他身后的四大护法和三老也立刻明白了跂通的意思，相继让开，而是迎向乐极七代诸人。

童旦志得意满，他的计谋即将得逞，自然欢喜。不过，他不敢有丝毫的大意，毕竟他身后的火神祝融氏和鬼三无一不是超级高手，如果他稍有大意的话，可能便会死无葬身之地了，这两大高手的任何人一招他都无法承受。

地火圣莲的香味极为淡雅，但却能够飘远，这一刻，童旦似乎已经不再惧怕那要命的热力，但他却不能不为鬼三那要命的一击而心惊。

在童旦的手距地火圣莲五尺之时，鬼三的攻击便已到来。

在这千钧一发之际，童旦所面临的只有一个选择，那便是要命还是要花。若是选择了后者的话，童旦便得准备硬受鬼三这要命的一击。

天下大概还没有人敢硬受鬼三的全力一击，何况童旦的武功本身就要比鬼三逊上两三筹，甚至更多，他绝对没有这个勇气承受鬼三的重击。

只得避，这是童旦唯一的选择，鬼三的速度实在太快，快得超出了童旦的想象。

童旦不甘心，他在翻身之时便自怀中弹出了一根亮晶晶的长尺。

鬼三吃惊地低呼了一声："无量尺！"

鬼三的目的只是逼开童旦而取地火圣莲，可是童旦的反应也的确很快，竟然在被对方逼开之际再出招回攻，成功地阻止了鬼三夺得圣莲，而鬼三更认出了那件兵刃竟极像神族十大神器之中的无量尺！

鬼三绝不敢小看无量尺，更何况出手之人是童旦，虽然童旦的武功或许比他逊色，但是相差也是极为有限，再加上神族的十大神器之一的无量尺，他更不敢小觑。是以，他的身子不由得缓了一缓。

在鬼三缓身之际，火神祝融氏全身却燃起一团烈焰自一旁扑向圣莲。

轰……轰……鬼三同出双掌，竟分左右地击向童旦和火神祝融氏。

鬼三一声闷哼，猛地后挫数步，童旦和火神祝融氏也好不到哪里去，都相继飞退。

石屑乱飞之中，地火圣莲竟傲然不动，像是被雕琢出来的工艺品，坚挺至极。

童旦和火神祝融氏都吃了一惊，鬼三竟然能以一敌二，硬拼之下丝毫不吃亏。单凭这一点也可知道在地火圣莲未开花前的较量中鬼三并未豁尽全力，而这一刻，火神祝融氏和童旦是功力尽复的强势之躯。

鬼三刚欲再进，却感身后一缕尖锐至极的风声传来，此刻他的新旧内息未曾完全调匀，一时之间竟然无法回手反击。刚才与童旦和火神祝融氏的那一击，看上去似没什么，但两个人的武功迥异，童旦内劲极为阴寒，而火神祝融氏的烈火神功又是极阳之功，一寒一热使得鬼三内息几乎混乱，只是外人根本就看不出来。

事实上，单打独斗，鬼三比童旦和内伤初愈的火神祝融氏都要强，可是若是以一敌二，在童旦和火神祝融氏经过这一个多时辰的休息和调整后，鬼三实难应付，毕竟火神祝融氏与他曾经是平起平坐的高手。若非火神祝融氏因练功走火入魔，使得功力大打折扣，单只他一人便能让鬼三难以应付。

鬼三也只得横移，但那缕锐风竟紧追不舍。

是帝恨的矛，帝恨也不是一个好惹的角色，虽然比之鬼三在功力上相差了很多，但他的矛法却是不折不扣的惊世之作。

鬼三也有些惊讶帝恨的长矛之快、之利、之猛、之狠，他已经辨出这正是当初神族矛宗的成名矛法。鬼三当年与神族的许多高手交过手，也看见过神族各族的武学，因此，帝恨的矛法使出来之后，他便已经认出。

鬼三有些惊怒，但对于帝恨的利矛，他并不惊惶，毕竟他的功力比帝恨高出甚多。

噗……鬼三出指，轻弹在帝恨的矛杆之上。帝恨的矛头竟一软，如毒蛇般绕回急噬鬼三的手腕。

"好!"鬼三也不由得为之叫好，帝恨手中竟是一杆软矛，能够将软矛使到这个程度的确是应该叫好。

鬼三缩手错步，他必须先摆脱帝恨的纠缠，他实在不认为有与帝恨纠缠的必要。

帝恨知道自己与鬼三的武功差距极远，但是鬼三的武功比他想象中仍要惊人一些，他竟然不知道对方是如何攻到他面前的。

是的，当帝恨清晰地捕捉到鬼三的身形之时，却是鬼三那有若鬼爪的手已伸到他的咽喉之处。

帝恨没有来得及惊悚，一旁便已出现了另一杆长矛，这杆矛所带起的霸杀之气与帝恨的阴柔似走了两个极端，但是却绝对比帝恨那一矛更让人心惊，更具杀伤力。

鬼三再吃惊，帝恨却松了口气，这个出矛之人乃是他的二侄帝二，在帝姓家族之中，帝二武功仅次于帝大，是个比帝恨更可怕的人物。

其实，在帝姓家族中比帝恨武功好的大有人在，至少帝大和帝二的武功便不是帝恨所能比拟的，这一点帝恨有自知之明。而帝四也同样是帝家的奇才，只是这次参与行动的只有帝二和帝恨。

火神祝融氏已与童旦连击了数招，但双方竟然谁也没有占到便宜，童旦有神器在手，并不会比火神祝融氏差上多少。而两个人都想夺得这第一朵地火圣莲，但这样一来，谁也别想有机会夺得地火圣莲。

乐极七代欲穿过跂通的防线，但却被跂通给截住。跂通若要阻住鬼三可能有些困难，但是要对付乐极七代这些人却并不是一件难事，事实上这也是一种均衡的策略，若想截住所有的人，光靠君子国这几个人是远远不够的，但是如果让双方几位最难缠的高手相互纠缠，这样跂通并不是没有拖住战机的机会。

那朵地火圣莲依然傲立着，没有人能抽出空闲来搭理它，它也就只好静静地傲立，这或许是一种悲哀。

抑或也不是悲哀，也许上天早已安排好了所有的命运，只等着人们顺着这个意愿走下去，这只能说是上天安排了一个残酷的现实。

战局依然在持续，石屑四溅中，蓦地有一道暗影自高空飞掠而过，这却是自山口之顶飞掠而下的人。

山口距这块平台至少有二十丈，而山口之顶距地火圣莲的直线距离至少也有三十丈，而这道暗影竟然飞掠了这三十丈的距离。

暗影的披风漆黑，张开犹如巨大的蝙蝠之翅，飞投之准，飞投之巧，完全不受人体重量和地心引力的影响。

火神祝融氏大惊，他怎能允许有人如此捡便宜？但是这次童旦竟意外地不与他合作去对付那自高空飞投而来的人，反而攻得更紧更急，简直是在拼命。

鬼三也惊怒不已，但帝恨和帝二像发了疯一样，竟使出同归于尽的招式缠住他，这使他更是杀意若狂。

“风绝！”跂通则惊叫出声，来者的这种声势除了九黎王风绝绝无他人，而那蝙蝠般的黑披风也正是九黎王风绝的独门标志。跂通对风绝并不陌生，毕竟，风绝是个极具野心的人物，也是一个不甘于寂寞的人。何况，君子国与九黎本部只相隔三百多里路而已。

火神祝融氏也怒，这才明白为什么童旦竟然在此刻不仅不与他共阻强敌，反而攻得更紧了，但他也无可奈何。何况，他知道以他此刻的武功并不是风绝的对手。在场之人，大概只有鬼三可以成为风绝的威胁，可是鬼三也无暇分身。

风绝落地一个潇洒的滚动，犹如一团缩拢的肉球，使得自那么高之处落下来的冲击之力尽消，身子更毫不犹豫地投向那开得正艳的地火圣莲。

风绝大笑之中伸手，竟没有人来阻他，或许是没有一个人来得及阻止他，因为这个变故实在太突然了。

其实也没有人想到，风绝竟然亲自来夺地火圣莲，可见整个九黎族对地火圣莲如何看重。

风绝的得意之情并未持续多久，因为一支充满了无尽杀机和毁灭力量的箭破坏了他的好心情。

风绝惊怒，但他又无可奈何，也许，他的身躯已经不畏刀枪，可是他却无法不对这支箭有所顾忌，甚至可以说是害怕。

“极乐神箭!”风绝惊怒之中，身子连翻而退，口中更呼出了一个让人心惊的名字。

轰……那支利箭没有射中风绝，因为风绝的速度太快，但它却似乎具有锁定目标的魔力。

极乐神箭射入坚硬的花岗岩，但却像没入散沙中一样，自石头之下穿射，更带起一股石屑再向退开的风绝逼去。

风绝一声轻啸，身形如大鸟般升起，披风再次鼓起，像是两张大翼。

轰……极乐神箭再次破石而出，自地下射向升空的风绝。

乐极七代简直不敢相信眼前的事实，居然有人能将极乐神箭使得如此具有灵性和霸烈，他做梦也没有想到，也更深感惭愧，惭愧自己居然是极乐神弓的主人，这是多么好笑的一件事情。

事实上并没有什么值得好笑，自他的极乐神弓被轩辕所夺后，紧接着极乐神箭竟也被人所偷，他便觉得自己已经不配成为极乐神弓的主人了。而这个射出极乐神箭之人或许才真正配成为极乐神弓的主人。

其实，乐极七代不仅仅惊于这个射出极乐神箭之人，更惊于风绝的武功。

风绝避开了极乐神箭那致命的一击，更以血肉之手抓住了那追上天空的极乐神箭，所以乐极七代吃惊，数百年来，风绝尚是第一个以手破去极乐神箭的人，怎叫乐极七代不惊？

鬼三终于甩开了帝恨和帝二的纠缠，向地火圣莲扑去，他已经深深地感到来自风绝的威胁，是以他必须先一步夺得地火圣莲。

风绝一声轻哼，极乐神箭便成了他最为犀利的武器，事实上极乐神箭乃是神族十大神器之中的利器，任谁都敬惧三分，再加上风绝这个绝世高手，其威力几乎让鬼三叫苦。不过，鬼三绝对不是一个弱者，更不会任人欺负。是以，他出手了，在他出手之时，十指之间似乎突然多出一些闪光的东西。

叮叮……风绝的身子犹如一缕轻风，根本就不曾着地连击出七十多箭，但却被鬼三一一化解，而且鬼三更在瞬间回击了六十多招。

鬼三的十指之上套着一些奇异的金属，竟然能抗拒极乐神箭的攻袭。

风绝并没有讨到半点好处，他并不是不了解鬼三，鬼三当年成名之时，也曾轰动天下，成为风云一时的人物，而那时候风绝却是初生之犊。风绝曾参详过天下大部分高手的绝学，鬼三自也不例外，自然知道鬼三除身负神厄寡煞魔功外，更有修罗鬼手，而此刻鬼三所使的也即是修罗鬼手。

鬼三也是有苦自知，他所修习了数十年就快练成的神厄寡煞魔功在与歧富一战之中竟前功尽弃，付之东流，他恨歧富，但又无可奈何，因为歧富是他所遇到的最可怕的对手，如果不是那一战废了神厄寡煞魔功，此刻风绝只怕会有难了。

事实上，鬼三这一年来，犹未能完全养好与歧富那一战所受的伤，否则的话，今天绝不会如此狼狈。

帝二和帝恨自然不会闲着，迅速扑向地火圣莲，他们今天是志在必得，连风绝都出动了，他们根本没有理由再失手，那将对不起死去的族人。

“这圣莲是我的……哈哈……”一道人影突地自地底升了起来，更抖手划出一道晶莹的光彩，在光彩之中更有一丝碧绿的光润。

“极乐神弓！”帝恨也认出了这晶莹的光彩那奇诡的本质。

不错，这自地底冒出的人正是刚才射出极乐神箭的人！

这是一个极不对称的人，与极乐神弓不对称。因为这人之矮不过四尺，竟是个瘦瘦的侏儒，但他信手挥出的这么一弓竟似挟着排山倒海的力量。

帝二和帝恨吃了一惊，同时出矛。

轰……帝恨退了一步，帝二的身子微微一晃，那侏儒也退了一步，但很快第二弓又再次攻出。

帝二简直不敢相信这个侏儒竟会有如此高绝的功力，他们吃惊的不仅仅是这一点，更因为这个侏儒竟是自石头之下钻出来的！

“地神土计！”火神祝融氏惊呼道。

帝二再惊，他们自然听说过地神土计这个人物，这是唯一一个不是来自神族的神，而是鬼方十族中土方部的首领，以一身奇诡的地行之术和一身高深莫测的功力惊绝天下。曾经不知为鬼方立下多少汗马功劳，更曾是神族要对付的头号大敌。而这个人刺探机密的本领更可谓是天下无双，因为谁也不知道他是不是就在你脚下的地面下偷听你们的说话。因此，神族曾派出大量的高手对付他，可是屡次被他逃脱，却没想到今次竟会在这里出现。

跂通也吃了一惊，就因为前来之人竟是地神土计这个难缠的人物！不过，他知道地神土计早就已经潜伏在这里，只是没有人发现他的行踪而已，若非早就潜伏在这里，绝对不可能会在这平台之下打出一条长长的石头地道。

也许，对于常人来说在这样一片岩石地面之下挖出一条这么长的地道，简直难比登天，但对于地神土计来说却只需十数天时间就可，这是一个外人永远也无法明白的问题。当然，无论谁的地行之术再好，也不可能穿透岩面。所以，跂通猜测地神土计一定是早在这里挖好了一条不大的地道。

帝二再出矛，他知道，土计的功力比他们高，只看刚才土计以一敌二的那种气概也可知道。

土计其实是与鬼三齐名的高手之一，曾是鬼方八杰之一，而这八人刚好与神族八圣相对立。当然，这多少有一些挑衅的味道，事实上，鬼方八杰与神族八圣的武功尚有些差距，因为鬼方八杰已有其五死于神族八圣的手下，当然，神族八圣也所剩无几，那是当年神魔大战，五帝大下咒语之后的事。

就因为当初那一战，而使得天下高手凋零，局势变得纷乱。

轰……帝恨因无法及时出招，土计这一击全由帝二接下。帝二踉跄而退，手中的长矛竟被击得弯曲，不过土计的身形也飘退，皆因帝恨的矛已紧逼而上，绵密如长河泄水，滔滔不绝。

土计因与帝二硬拼一记，竟一时先机尽失，抑或可以说，帝恨与帝二的配合的确很精妙很默契。

不过，土计终归是技高一筹，在退至第五步之时，便已逼开帝恨，身子反投向地火圣莲，他此来并不是为了杀人，而是地火圣莲，此刻不摘何时摘？

“休想!”火神祝融氏和童旦此刻却又连成一气，同时出手相阻土计。

土计嘿嘿一笑，矮小的身子蓦地加速，他意图在火神祝融氏和童旦联手攻到之前，先摘下圣莲再说，反正他这里有条地道作为退路，比起别人来说，方便多了。

童旦又岂会不知道土计的心意，又怎能容忍土计阴谋得逞？本来与火神祝融氏相持不下，可此刻却是相互合作，这看起来确实有些意思。

土计无奈，童旦的功力虽不如他，可是他岂敢以身体硬抗无量尺的一记重击呢？在这一刻，他总觉得这块地方的人太挤了，挤得有些难受。

当……无量尺和极乐神弓相撞，土计终于放弃了摘这诱人的地火圣莲的打算，硬接了童旦的这一击，他此刻真有些恨，为什么不多有两天时间，只要再多给他两天时间，他便可以将这条地道挖到地火圣莲的脚下，那样一出地面便可夺得圣莲，谁也不能阻止他。其实，时间是够的，但是在地面之下，地道的方向却很难把握，他把地道挖偏了一些，所以才种下了这个遗憾，但这能够怪谁呢？事实上，他能够在这种岩石之下挖出一条地道，已经是一个了不起的奇迹了，这个世上除了土计之外，大概不会再有人知道是什么用工具和方法挖出来的。当然，如果没有绝顶的功力，一切也都是徒劳。

火神祝融氏本来攻向土计的一招突地改向，朝地火圣莲扑去，他岂会傻得与人纠缠？他出手之时故意放慢一些，知道童旦绝对不会让土计得逞，而在土计与童旦交手之时，他便可乘机而上，夺下圣莲。

火神祝融氏改变方向让童旦和土计都大为惊怒，但他们根本就没有能力阻止，只能在心中暗骂火神祝融氏狡猾。

鬼三和风绝正战得难解难分，一时也无暇去顾及火神祝融氏，这两大高手谁也不敢先住手，因为谁先住手的话，若是对方不领情，保准会惨遭暗算。是以，他们也只能眼睁睁地看着火神祝融氏摘下地火圣莲。

火神祝融氏得到圣莲，并不敢立刻服食，也没有任何人敢想象那究竟会发生什么样的后果。他自然明白任何神物都得有一个吸收和消化的过程，一个不好，身体无法承受，将会物极必反。不过，他仍以最快的速度咬下一片花瓣，而此刻帝二和帝恨的长矛已经强攻而至。

帝二和帝恨绝不想让火神祝融氏有任何喘息的机会，便是夺得了圣莲也将是无济于事，在这众多高手的环伺之下，若想安然闯过，那简直是痴人说梦。

若是在一天前，火神祝融氏或许还有信心拿走地火圣莲，但是这一刻，他却是连百分之三十的把握也没有。在他的身边，无一不是顶级高手，甚至有的比他更厉害，是以，他心中感到有些无奈，但他却不敢拿自己的生命去赌。事实上，他若想一人服下这样一株圣莲，而且是在这种环境下，那几乎是自寻死路。火神祝融氏本是神族之人，更是以火为名，自然听说过地火圣莲的药力。当年连蚩尤都不敢将整株圣莲服下，而且在吞食花瓣之后的一段时间中几乎处于休克状态，以至于被荤育王罗修绝将花蕊给抢走了。连蚩尤这般功力之人都无法抗衡这朵地火圣莲的力量，他火神祝融氏又算得了什么？是以，火神祝融氏根本就不敢将这株地火圣莲服下。不过，他却不能不面对帝二和帝恨的攻击。

其实火神祝融氏所面对的不仅仅是帝恨和帝二的攻击，还有童旦和地神土计的攻击。

这些人所有的目标全都是聚集在火神祝融氏身上，这一刹那间，火神祝融氏反成了众人的公敌，就因为他手中的地火圣莲。

没有人不眼红这神物，毕竟关于它的传说太神奇了。

火神祝融氏怪叫一声，手中的地火圣莲竟然抛向虚空，同时身子倒滚，犹如一团火球一般。

火神祝融氏弃掉地火圣莲这一举动，的确很出乎众人的意料之外。

帝恨和帝二两人齐心，他们的武功已达到了收发由心的地步，一见地火圣莲抛起，立刻改变矛头向空中的地火圣莲挑去。在他们的眼中，最重要的便是地火圣莲，其他的一切都不重要，他们绝不想让地火圣莲落到外人的手中，是以，他们想以两根长矛夹住圣莲。

童旦和土计也立刻改变方向，向空中的圣莲扑去，这一刻，火神祝融氏的生死已经不再重要，在他们的眼里只有地火圣莲。

帝恨和帝二在抬矛刺向空中之时，便立刻后悔了，他们之所以后悔，是因为小看了火神祝融氏的狡猾和狠辣，但他们后悔也没有用，因为火神祝融氏的两只似乎带着烈火青焰的拳头已经出现在他们的胸前。

其速如电，快得连帝恨和帝二根本来不及后悔变招，事实上火神祝融氏的倒地滚开只是一个假象，他真正的动机却是借脚下一撑之力快速进攻。

以退为进，火神祝融氏本身对帝二和帝恨有恨意，恨这两个讨厌的家伙破坏了他的好事，逼得他抛却地火圣莲。

这本是一个悲剧，无可奈何的悲剧，其实火神祝融氏比谁都清楚唯有这般做方能够保得生命的完整。这一刻，他的确是有些人单势孤了，虽然祝融部族中也有高手，但却无法与这些人相比，其实他也太低估了此行的危险性，可是此刻他已别无选择。当然，他更是心有不甘，不甘心丢弃地火圣莲，于是他只好将怨气全都发在帝二和帝恨的身上。

轰……轰……火神祝融氏那犹如排山倒海的力量奔涌入帝二和帝恨的

胸膛。

帝二和帝恨同时惨号着倒飞而出，也同时喷出一大口鲜血。

火神祝融氏身子不再停留，化成一团烈焰破空而去，他竟不再争夺地火圣莲，只是带着桀桀怪笑而去。

帝二和帝恨如陨石般落地，却遭遇到君子国的剑手。

君子国的高手并不参与到争夺圣莲的斗争中，甚至到后来对乐极七代也放松了攻击。不过，他们对这次参与夺取地火圣莲而惨遭不幸的敌人绝不会留情。

帝二和帝恨几乎没有什么反抗之力了，火神祝融氏那含愤的一拳几乎已将他们的五脏六腑全都击碎，那股无可抗拒的火热真气比之身外的热力更强上十倍。他们只好眼睁睁地看着思过和跂恩两人的剑落向他们的咽喉。

注意到了帝恨和帝二的人只有乐极七代诸人，但乐极七代也是无能为力，此刻他也已是濒临绝境。

没有人阻止火神祝融氏的离去，对于一个空手而走的人，没有谁会在意，也没有谁想去招惹这个完全没有必要的麻烦。事实上，谁想要留下火神祝融氏都必须花上许多代价。当一个人花了沉重的代价却没有任何回报之时，当然没有人会傻得去做那样的傻事。

火神祝融氏退出这场争夺的确是个意外，极度的意外。不过，这里发生的意外事情还少吗？

的确，这里发生的意外事情很多，至少，到目前为止，君子国的女王柳静未曾出现便是一个意外。

这个女人究竟去了哪里？这个女人为何还不出现？难道她会眼睁睁看着这些地火圣莲被人夺走吗？

这是没有人能够回答的问题，或许有人不想回答，事实上，回答了也没有什么意思。

帝恨和帝二一去，九黎和渠瘦的实力似乎削弱了不少。

首先是童旦感到了压力，他与土计同时坠落在地，问题是谁也不想让谁得到地火圣莲，于是两人便成了胶着状态。

鬼三和风绝也同时改变方向，向地火圣莲抓去。

风绝的身法似乎比鬼三快上半拍，他先一步抓到地火圣莲的花梗，但他的快也仅是半拍而已，鬼三在他尚未来得及高兴之时，一掌拍在风绝抓住花梗的肩头。

风绝惨哼着出脚，他手中的地火圣莲不由自主地向深渊投去。

轰……鬼三也没有占到什么便宜，身子中招重重坠落。

风绝和鬼三竟拼个两败俱伤，但都不是伤得太重，让他们心惊的却是地火圣莲竟被投入那散发出炎热的深渊之中。

“圣莲……”土计和童旦同时发出一声呻吟似的轻哼，他们辛辛苦苦所争夺的圣莲竟然被投入了深渊。

正当众人齐声惊呼，均感绝望时，蓦地从那散发出炎热的深渊之中射出一道虚幻的影子，犹如一只破空之箭，紧追那已经离开平台近三丈的地火圣莲。

此刻包括鬼三在内的所有立在平台之上的人都没有能力在这种距离之中挽救那朵珍贵的地火圣莲，可是这个自深渊中射出的人影却是那般让人震惊，那般让人感到意外。

那道身影的速度快得难以想象，便连风绝和鬼三这般速度之人也为之惊叹和讶异。

童旦甚至都无法看清这人的面目，只感觉到对方的面目是一片虚影，极为模糊，一身素衣竟在空中划过一道光弧。

“圣莲!”土计首先欢呼，那人抓住了圣莲，更在空中一折腰，犹如一只投林之鸟射上平台。那种在虚空中自由转弯的身法只让所有人都为之惊叹。

“神风诀！逸电宗的人!”风绝惊呼，土计也跟着惊呼。

对于神族的逸电宗，土计的感触是最为深刻的，当初追杀他的众多高手中，唯有逸电宗的人每一次都让他狼狈不堪。他的遁地之术虽然极精，但是逸电宗那鬼魅般的速度，几乎每一次让他还来不及遁地而走之时便已中招，数次都是险死还生。他从未见过有比逸电宗的速度更快的对手，而神族八圣中便有两位来自逸电宗。

当年剑宗和逸电宗乃是神族各宗中最具威信的两宗，各出两位圣者，但逸电宗的结局却比剑宗惨多了，几乎灭绝。这一刻突然在此冒出一个逸电宗的高手，着实让人大为惊讶。

那自深渊中冲出的人正是满苍夷，她早就已经来到了这奇热的死地，她选择了那最热的深渊边一块突出的岩石隐身。由于她有圣器金铃，根本就不受这酷热的影响，所以众人根本就没有想到那里竟藏有人。

手捧地火圣莲，满苍夷竟然露出了一丝难以形容的笑，但她的笑却比哭还难看。

“呵呵……”满苍夷的笑声犹如鸮啼鬼哭，刺耳至极，唯一可辨的便是她是个女人，可是没有人不为她那狰狞的面容震骇，但瞬息间，鬼三和风绝动了，土计和童旦也动了。

四大高手的目标一致，全都是那形若厉鬼一般的满苍夷。

满苍夷那双尚具人形的眼里闪过一丝怪异的神采，有些不屑，也有些淡漠，似乎她根本就没曾在意生死，抑或根本就不将这群人的攻击放在心上。

五丈、四丈、三丈……当强大的气势已如天罗地网一般将满苍夷罩住之时，满苍夷动了。

满苍夷动的时候，带着一声长长的尖啸，身如一只冲天云雀直拔虚空。

满苍夷的速度让所有人都感到惭愧，四大高手的攻击并不能封死满苍夷的速度。毕竟，他们距满苍夷仍有一段距离，只凭这一段距离便足够让满苍夷有撤离的空间。

鬼三和风绝的轻功当然也很高绝，只见他们在空中一改方向朝高空之中的满苍夷追去。若是让一个女人给耍了，他们实在是毫无面子。

风绝其实也是以身法著称，他那件披风本就是标志，这使得他的身体可以如鸟一般滑翔出数十丈之远，这本就是超越人体极限的身法。不过，说到快绝，轻功身法，却要数逸电宗的神风诀为最了。不过，风绝绝对不相信满苍夷可以直升上天，更不会相信满苍夷会不换气地飞上山口之顶，除非对方是一只鸟。

满苍夷当然不是鸟，不过，她的身法的确惊人至极，这一冲之势将竭之时，两只脚面交替互踏，再借力如登梯一般拔起，竟达十数丈之高。

风绝实在是无法望其项背，若是说到一个起落的远近，风绝或许不输给任何人，但是论到跃起的高度，却绝对无法与满苍夷相提并论。

事实上，满苍夷仍在上升，似乎她有意攀上天顶，单只这份惊世骇俗的高度便足以让人心惊。

鬼三和风绝已不分先后地脚踏实地，童旦和土计却早些落入地上，此刻正密切地注视着满苍夷，他们都不相信满苍夷会升天，只要满苍夷还是人，便会力竭而落。

数十双眼睛望着天空之中犹如厉鬼般的满苍夷，等待着她下落的一刻，发出致命的攻袭。

土计不敢射出极乐神箭，因为如果满苍夷死在空中的话，很可能会坠入那无底的深渊，那样一来，那株地火圣莲也将化为乌有，是以，他不敢出箭。

事实上，其他高手也绝不会让他出箭，谁都不想毁掉那株地火圣莲。就算满苍夷不坠入那无底的深渊，坠下来之时，那沉重的躯体也很有可能将地火圣莲砸得稀巴烂，那样真的会得不偿失。

满苍夷不是飞鸟，但她却绝不是傻子，她自然知道人力有限，在正常情况下总有枯竭的一刻，最终满苍夷还是免不了坠落地上成为众人攻击的目标。但是，她的身形依然在上升，难道她不知道人体与自然界的规律吗？抑或她知道将会有异变或奇迹发生？

的确，异变发生了，只是发生在瞬间。异变的发生是因为一支箭，自山口之顶破空而出的劲箭。

箭头所指的方向正是悬于虚空之中正在上升的满苍夷。

有人惊呼，有人在猜测着满苍夷会以怎样一种姿势如断翅之雁般坠落，众人当然不会关心满苍夷的生与死，他们所关心的只是满苍夷手中的地火圣莲，那朵结自薰华草的圣物。

在如此高空，满苍夷能够避过这横空快速无比射来的一箭吗？那个射出这支利箭的人又是谁？

这两个问题其实都很快便有了答案，只不过，众人喜欢以自己的方式去猜测，那样似乎很有一些情调，抑或是很有些意思。

鬼三和风绝的目光很好，在那金色的阳光之中，他们竟发现了一根横于虚空中的长绳，这根长绳一端系于山口的顶端，一端竟系在那射向满苍夷的箭上。

土计也发现了，虽然他比鬼三两人后发现这一点，但却最先喊道："不好！"

事情的确不好，风绝也感觉到了不妙，但这个感觉似乎迟了些。

是的，这个感觉有些迟了，那支利箭并没有射中满苍夷，而是准确无比地自满苍夷的身边射过。

"不好！"鬼三意识到不好之时，满苍夷竟已抓住了那根横空的长绳，也就是那系在利箭之后的长绳。

满苍夷居然抓住了那根绳子，那么准确，那么利落，在十五六丈的高空，极端潇洒地抓住了那根绳子，一切的一切，像是在上演一场已经演练了许多遍，熟得不能再熟的戏。

是的，这是一场有预谋的戏，一切早已安排得极为妥当，而这一切却是满苍夷所安排的。

满苍夷犹如一只投林的大鸟，那破空的利箭在空中突地一顿，然后随着那根横于虚空数十丈高的长绳向山头急缩而回，而满苍夷也是附在这根绳子之上横掠向山崖之顶。到此刻为止，几乎所有人都已经明白了为何土计、鬼三喊出"不好"的原因了，他们的希望完全落空，满苍夷绝对不会再自虚空中跌落。其实打一开始，事情的发展便全在满苍夷的算计之中，而平台上那些斗得你死我活的人却全是被耍的傻子。

是的，他们是被耍的傻子，但又能怎样？满苍夷身在十数丈的高空，更以飞鸟的速度掠升，或许比飞鸟更快，谁又能奈其何？就是土计的极乐神箭也是来不及射出，这真是一种讽刺，一种可笑的讽刺。

踌躇满志的风绝不仅受了些伤，而且是徒劳无功。

鬼三欲追，但满苍夷已经上了山口之顶，消失在山顶的岩石之后，没有人看到接应满苍夷的是谁，不过，谁也猜得到，那定是一个了不起的高手，否则的话怎能与满苍夷配合得如此默契？

鬼三没有追击，是因为第二朵地火圣莲已经绽放，与第一朵一样娇艳动人，散发出魔异的诱惑力，这是所有人都无法抗拒的诱惑力。

所有欲追满苍夷的人立刻又将目标锁定在这新开的地火圣莲之上，谁也不想为满苍夷分神。因为没有几人自认为自己的速度能够稳胜满苍夷，也没有几人不知道神族逸电宗的可怕，与其去追击满苍夷，倒不如全力夺取眼前这朵地火圣莲来得现实一些。虽然所有人都不甘心让满苍夷不费力气地抢走第一朵地火圣莲，但这些人也只好听之任之了。

这或许是满苍夷的幸运，抑或是满苍夷的悲哀，不过，那已经不再重要了。

轰……地底似乎传来了一阵极为沉郁的闷响，似有雷滚过，地面也为之震荡起来。

哗哗……巨大的岩石自山口之顶滚落下来，也有自岩壁间松脱的巨石，以万钧之力猛砸而落。

平台之上的人都吃了一惊，他们明白，这是地火爆发的前兆，而更为疯狂的还在后面。不过，谁也不想去理会这些，他们的眼里只有地火圣莲，他们必须尽快夺到圣莲，然后离开这个险地。也只有这样，才有可能保全自己的安全。没有人想尝试地火的威力，更没有人敢去面对地火的威力。

其实，一切的变化只不过是在一瞬间而已，而在这一瞬间之中，所有人都已调整好了心态，夺取圣莲。

意外的事情总有太多，当众人飞扑向第二朵地火圣莲之时，地火圣莲周围的石块突然炸开，化成无数碎片，带着锐利且无坚不摧的剑气射向飞扑而来的所有人。

是剑气，绝对没错！而且这无数股剑气是那般实在而又霸烈，连鬼三和风绝也吃了一惊。

土计和童旦惊退，因为一红一绿两柄短剑犹如彩色的虹芒破空而至，那种气势足以开天辟地，森杀的剑气几乎充斥了每一寸空间，更绞碎了每一寸空间。

这是两柄邪异的剑，带着毁灭性的杀机，自炸开的地面青石之下射出！

“御剑术！”童旦惊呼出声。

“女王！”思过和跂恩大喜地欢呼道，柳静终于出现了。

是的，这两柄剑正是柳静射出的，而在君子国中，能掌握御剑术的人，也仅有柳静而已。柳静的出手太出乎所有人的意料了，双剑竟自地底之下射出。

鬼三和风绝不能不避开那如飞蝗般带着剑气的碎石，虚空霎时变得一片嚣乱，甚至连人的视线也都模糊不清了，唯有一红一绿两柄短剑捷若矫龙般在虚空中盘旋、出击。

柳静的身形自始至终没有出现，而那两柄剑也在尘埃渐散之时敛去。那是一条地道，一条通向第二朵盛开圣莲的地道。

圣莲呢？

地火圣莲竟然失踪！

是的，那刚刚盛开的地火圣莲竟然在尘埃渐散之时失踪。

所有人都大怒，所有人都大惊，这一朵圣莲竟也被人莫名其妙地夺走，他们甚至连对方的面目都未曾见到，想到刚才那狼狈的样子，每个人都不由得又是恼怒又是惭愧，而这些人全都曾被天下人所称道，更有三四人曾是不可一世的绝世高手，可是眼下却接二连三地被耍。

土计有些哭笑不得，居然有人以牙还牙这么快便将他的招式学去了，而他竟然被对方逼得狼狈而退。对方似乎知道他的遁地之术已达登峰造极的地步，所以那两柄剑故意逼退他。不过，他知道这定是君子国人所为，除了君子国人，谁能够在没有土计这般奇术之下而挖出一条如此全面的地道？也只有土计才明白，挖这样一条地道是多么的艰苦和困难。不过，土计还真不敢追入地道之中，想到对方的御剑之术，他便已经迫不及待地打消了自己追踪的念头。

事实上的确很有讽刺意味，满苍夷和柳静两人，一个走天上，一个走地下，但都是那么顺利地夺走了地火圣莲，而且两人都是女流之辈。

这是一种巧合，也是天意，或许是上天已经注定了这场游戏的结果，注定了这场游戏的规则。

不过，所幸众人没来得及去感叹和懊丧，第三朵地火圣莲也开放了。

第三朵圣莲盛开的颜色似乎略为暗淡，更多了几许妖异，像是被过早催熟的橘子，并不是那般饱满，但它的美丽仍是不可否认的。

轰……地面又开始晃动，那雷鸣般的声响更是十分清晰。山崖之顶的巨大岩石松脱崖壁，以浩然的气势滚落，也有自平台边缘松脱的巨大岩石坠入深渊之底的岩浆之中，而这些石头仍未落到底部便已分解化散成为沙粒。没有什么东西能够承受得了那种无情的高温。

第七十章　地火焚天

这一次的震动似乎强烈多了，每个人都感觉到山壁在晃动，甚至连脚下这巨大的平台也在颤抖，在倾覆，谁也不知道这个平台会不会在顷刻间坍塌，坠入那死亡的深渊。

“不能再采这朵圣莲!”跂通近乎绝望地呼喊道，他已经看到了这之间的危机，更感觉到了离毁灭时刻已经不远。

这里没有人比跂通和那群君子国的元老们更清楚这座火山的脾性，这都是一代代血的教训给他们留下的最为宝贵的经验。可是，在这种时候，根本没有人听跂通的话，也不会有人听跂通的话，在他们的眼中，只有那娇艳欲滴的地火圣莲。

没有人会放弃即将到手的利益，何况，地火圣莲是多么诱人，就算覆灭很快便会到来，他们也管不了这许多了。

如今已连失两朵地火圣莲，对于鬼三和风绝来说，的确是一种讥讽，他们绝不能让第三朵圣莲再有任何损失。

跂通再也不能望着别人夺走第三朵圣莲，那样将会使得地火无法遏制地爆发出来，那几次强烈的震荡便已经告之了他一切的危险。

九朵地火圣莲，已去其二，若是再去第三朵的话，地火很可能就会立刻爆发，那剩下的六朵地火圣莲可能会刚一开放便化为灰烬，那是因为它们根本就无法承受那来自地心的至阳至刚之热。

大自然本来是协调的，不仅有着昼夜之分，而且随着日升月沉，一切都安置得很合理。便正如这里生有九朵地火圣莲，由它们均衡地分担来自地心的热力。可是，这种协调一旦被破坏，一切的平衡都将被打破，大自然也会变得疯狂。

跂通八人出手了，他们不再选择坐山观虎斗，而是要阻止这些人疯狂的行动。

八柄剑，同时改变方向，选择鬼三、风绝、童旦和土计，他们此刻便如同君子国的死士，要阻止这一切疯狂的毁灭行动，没有人能够肯定君子国的子民能够在地火喷发之前离开君子国，但如果能为他们多保存一点时间，哪怕只是一刻钟而已，也许就在这一刻中能够拯救更多的生命。

守护地火圣莲是他们的使命，虽然他们有些不明白为何柳静会摘走第二朵地火圣莲，但他们不想去怀疑女王柳静的行为，那是一种亵渎，女王在君子国之中便是地火圣莲的象征。

鬼三和风绝并不甚和睦，他们是敌人，土计和童旦也同样不和睦，他们也是敌人，这四大高手代表着两个方面的力量，那便是鬼方和九黎，他们自然不希望被对方夺走了地火圣莲。

在这四大高手相互拖扯之下，跂通终于赶了上来，他越过所有人，然后举剑而立，像是成了地火圣莲与众高手之间的分水岭。

鬼三和风绝大怒，这群不知好歹的君子国剑手对他们来说也的确是个极大的阻碍，他们绝对不会对任何试图阻止他们夺得地火圣莲之人客气，此刻已经没有任何人可以阻碍他们的意志。

君子国的子民撤离得七七八八，昨夜的变故谁也不会不知道，是以所有人都几乎没有什么考虑，背起简单的行囊结队远走，大部分是在有组织的情况之下进行，之中更有君子国的高手护行。

八大长老都没有半点空闲，他们所忙的不仅仅是君子国子民的撤离，更有君子宫的财物之类的东西，所幸，君子国的人力尚够，而且子民的集体素质极高，行动起来十分利落，也极为快捷。

此刻君子城已经像是一片死域，河床干涸，已经很难找到水流，树木枯死，花草尽凋，甚至可以在干涸的河床之上捡到熟透了的鱼，野兽们早已远逃，它们对灾难的敏感度似乎远胜于人。是以，它们都以最快的速度先一步撤离。

有风，风是极热的风，像是自灶膛之中涌出的热气，一幢幢极别致的房子犹如年老迟暮的生命佝偻地立着，有些惨淡。

一些木质的建筑正在升腾着青烟，这已经被榨干了汁水的木头似乎要再经过一次劫难。

地底下的轰鸣声不时传来，隐隐有若雷动。其实，地面也在摇晃，在战栗，似乎是一只游戈于巨浪之下不堪负荷老化的破船，让人们想到倾覆的命运只是在下一刻，只是在不远的一刹那间。

圣女雅倩也已经被婢女抬了出来，她受制的穴道仍未被解开，这些婢女虽然也是高手，可是对于轩辕封穴的手法却是无法破解，抑或是因为她们对穴位和经络的了解并不是很深刻，这就使得她们对圣女也无能为力了。

其实，她们心中暗暗奇怪，新圣王怎会这样对待圣女，而且整夜未回？当然，她们也知道轩辕去见了女王柳静，而且还差柳洪派高手来重点保护圣女的安全，不允许外人踏入一步，否则格杀勿论，这个意外的变故实在让人有些摸不着头脑。

圣女自是又羞又怒，她依然无法动弹，轩辕这么久都不曾回来为她解开穴道，她也曾试图以功力冲开被封锁的穴道，但却只是徒劳而已，因为她并不知道轩辕所用的是何种手法。

柳洪也来看过她两次，但却推说无法解穴，并不为圣女解开禁制，反倒有一种监视的意思，这使得圣女知道自己已经被人监视了，这让她感到十分沮丧。最终她还是斗不过轩辕，甚至可以说，她已经彻头彻尾地败给轩辕了，整个君子国都似乎已经站在了轩辕那一方，而她这一个圣女反而成了外人。

这的确是一种有力的讽刺，不过，圣女唯一的希望就是，童旦他们能够夺得地火圣莲，那她的失败也就并非全部了。

君子国人不怕死，面对死亡他们是那般平静，那般从容，便是鬼三也为之震撼。

是的，君子国的八名高手已再去其五，只剩下受伤的跂通、思过和一名守护圣莲的老者，他们自然丝毫无惧眼前占压倒性优势的敌人。

他们是那么从容，那么优雅，自始至终他们的剑招便以一种大无畏和一往无回的气魄和气度击出。

死亡，在他们的身上似是一种解脱。

童旦受了重伤，是跂恩临死前的最后一次强霸的反击所造成的。

鬼三也受了伤，他杀死了两名剑手，但是却被跂通所创，跂通的剑式绝对不能忽视，便是鬼三也受不了。

风绝也受了不轻的伤，但他的伤却是被土计的极乐弓背所砸，这使得他对这个侏儒恨之入骨，恨这个侏儒的阴险。

当然，在这场混战中，不择手段并不是什么不可饶恕的过错，正如乐极七代也偷袭土计一般。谁不想在争夺圣莲的过程中少去一个大强敌呢？这里的每个人似乎都是敌人，抑或每个人都是朋友，本来就是相互利用，相互排斥的。毕竟，这个世上没有私心的人太少，何况在这充满强大诱惑的目标面前？

由于此刻敌我分为三方，却并没有人能够夺得地火圣莲。

轰……又是一阵巨响滚过地底，整个山口都在震动，巨大的岩石自山口之顶，自崖壁之上倾飞而下，平台在震颤，而且也有巨石脱开平台向深渊之中坠去。

而这时正是风绝被跂通激得暴怒之时，他已准备对这个死缠乱打的绊脚石施以最强猛的一击。

鬼三却为另一件事而心惊，他本想去对童旦补上一记狠招，抑或是将思过一举击毙，但是他发现一股强大犹如泰山压顶的气机正向他们扑来，他甚至已经感受到了这股气机之中正包容着无限激涨的生机。

这种生机便如同来自深渊中的熔岩，可以让任何弱小生命化为乌有的强大生机。

土计也感觉到了，他与鬼三同时抬头，却发现了一个巨大的火球自山口之顶飞射而至，犹如自大气层之外穿落地球的巨大陨石。

“火神祝融氏！”乐极七代最先惊呼，他对火神祝融氏的身化火球之法极为熟悉，而此刻再看这个硕大如鹏的火球，还以为是火神祝融氏去而复返了。

所有人都为之吃惊和震撼，谁也没有料到火神祝融氏去而复返，而且那股强大的生机几乎比之在火神祝融氏离开这里时强大了不知多少倍。

每个人都感觉到了来自火球的威胁，那是一种极为实在又清晰的威胁，因为散自火球的强大气势似乎罩定了平台的每一个角落，就像是散自地心的热力，遍罩虚空之中的每一点。

鬼三出手了，风绝出手了，土计出手了，童旦也勉力出手了，他们绝不想受到任何威胁，此刻这里的对手已经够乱的，如果再来一个如此强大的对手，只怕地火圣莲根本就不会有他们的份了，何况他们此刻都是伤痕累累，是以，在这一刻四人竟不约而同地共同对付这个神秘的大敌。

“这个火球真的是火神祝融氏吗?”跂通的心中也生出了一丝疑惑，但是这一刻他也实在是很疲惫了，如果他们最终还是无力保护这些地火圣莲的话，那他们唯有采用最后一招，那便是毁掉所有的地火圣莲，不让任何心地邪恶者得到它。

事实上，如果世间突然又多出了几个形同蚩尤或罗修绝一样的大魔头，那这个世道还能够太平吗？那实在是没有人敢想象的事情。

火球突地拉长，呈一个椭圆体，犹如一只巨大的烈火蚕茧，而火球的尖端便是对着四大高手联手攻出的那股力量。

轰……火球爆散，童旦因本身伤势过重竟无法抗拒那无与伦比的反震之力而被弹飞而出，向那底下尽是岩浆的深渊坠落，虚空之中洒过一蓬血雨，但血很快化为气体散化，根本就未曾落到地面之上，而地面之上，石屑四射。

土计、鬼三和风绝也同时踉跄而退，眼中尽是惊骇和难以置信的神色。

“供奉!”一名来自九黎族的高手望着童旦犹如断线的风筝般坠入深

渊，不由得惊呼出声。

跂通诸人也皆被那强大而炽热的气流逼退，那散射的石屑更如同利箭一样刮体生痛。

乐极七代诸人也被强大的气流激得四散，阵脚大乱。

“轩辕公子！”思过忍不住惊呼。

跂通简直不敢相信自己的眼睛，刚才与这四大超级高手硬拼一招且震飞童旦的人竟然是轩辕——君子国新一代圣王轩辕！

这简直是个梦，是个神话，当世之中有人能够硬接风绝等四大超级高手的联手一击已是个奇迹了，而这个人居然是轩辕，则更是奇迹中的奇迹。

那火球化为万道火舌四散，轩辕如同喝醉了酒一般，踉踉跄跄倒退五丈，方立稳身子，但他身上仍隐隐透出有若火苗一样的气旋。

“是你！”鬼三的吃惊更胜于任何人，他终于认出了眼前的年轻人是谁，所以他的惊骇超过任何人。

“你居然还没有死?!”鬼三的脸色变得很是难看，便连土计和风绝也感到有些惊讶。

土计心中的惊骇也是无与伦比的，刚才他以极乐神弓硬拼一记，只感到一股火热的劲气犹如地下苏醒的地火一般蹿入他的体内，几乎使他的真气变得溃散，手心更是如同被火所烙，便是火神祝融氏的烈火神功也不可能达到这样的效果，这便是他惊悚的原因，而他更惊讶于鬼三竟认识这个年轻的娃娃。

轩辕没有回答，只是闭目而立，像是一尊自地狱之中冲出的魔物，沉默得让人心头犹如压了一块铅，那是一种无形的压力，或许是因为他体内涌动的生机太过强大，而使得周围的生命体显得那般弱小可怜。

轩辕虽然不言不动，任由身体上那犹如火苗一般的气旋吞吐闪烁，宁静得犹如完全与这个世界脱节，但他又实实在在地存在着，这是一种极为矛盾的感觉，正因为矛盾才会生出压力。轩辕对在场的每一个人来说都是一种强大无伦的压力，只要他存在，你便像是呼吸不畅，心绪难宁。

鬼三对轩辕居然不回答他的话显得又惊又怒，而风绝却已经忍不住出手了，他认为此刻的轩辕正在抓紧时间调整内息，定是刚才那沉重的一击使得轩辕已经身受重伤了，所以他绝不想让轩辕回过气来，因为这个敌人实在是太可怕了！

“三哥，你认识此人？”土计惊骇地向鬼三问道。

鬼三沉重地点了点头，道：“就是他，可能他真的已经炼化了神龙内丹！”

“啊！”土计也为之惊呼。

“小心！”跂通尖叫出声，他在提醒轩辕，因为轩辕对风绝的攻击竟是不闻不问，这简直是自寻死路。

思过简直不忍再看，事实上，他与风绝的猜测是一样的，此刻轩辕定是受了极重的内伤，才会闭目疗伤，而风绝竟不顾身份趁机偷袭。

轰……风绝的双掌沉沉地印在轩辕的胸口上。

轩辕竟没有发出半点响声，只见其胸膛犹如充了气的皮球，陡地膨胀，然后他也飞速抬掌直劈风绝。

风绝的双掌一落到轩辕的胸膛上便吃了一惊，他感到轩辕体内有股四处乱撞犹如咆哮的洪水一般却找不到出口的力量，而他的掌力一注入轩辕体内，便被这股疯狂的力量给吞没，而轩辕的身体几乎不像是肉体，犹如一块特殊的皮囊，所以他吃惊，不过他也来不及吃惊，因为轩辕的掌已经以他根本无法躲避的速度击在了他的胸膛上。

“呀……”风绝一声惨号，那壮硕的躯体飞跌出三丈开外。

“首领……”九黎族的高手几乎为眼前的这一幕给惊呆了，他们做梦也想不到风绝竟如此不堪一击。

轩辕竟然没有后退一步，这将当场众人给深深地震撼了。只不过，轩辕身上那犹如火苗一样伸缩闪烁的气旋已经消失，脸上由赤红逐渐转化为淡淡的红润，在鬼三和土计目瞪口呆的表情注视下，犹如自梦中缓缓醒来。

“呵……”轩辕长长地呼出一道灼热的气流，鼻翼间缓缓滑出两行紫黑色的血液，嘴角和耳孔之中都不例外地滑出了紫黑色的血液，唯有眸子之中的目光逐渐变得清澈深邃，让人完全无法揣测。

跂通和思过的惊喜之情可想而知，谁也没有想到轩辕竟如此厉害，一出手，这里的四大高手之中便有一死一伤，这的确是出乎任何人的意料之外。

鬼三半天才回过神来，乐极七代和九黎族的那群人几乎都吓破了胆，哪里还想到什么地火圣莲，背起风绝那重伤的躯体如飞一般逃出了这个鬼地方。

这个结果只怕连轩辕也没有想到，他有种虚脱的感觉。不过，他不能不感谢这四大高手的存在，感谢风绝那狠命的一击，否则他唯有死路一条。

原来，轩辕刚才的确已经到生死的边缘打了个转。

由于鬼三那古怪的声音扰乱了他体内的真气，使得内息失调，体内的那股力量在无休止地自体外吸纳火热的外力，而这些热力全是自身体之下的石面所传而出，使得轩辕的身体犹如一个熔炉，而他体内的龙丹却是借他这个熔炉不断地补充自己，不断地壮大，更对他体内的经脉作着无情的冲击，唯一值得庆幸的是，轩辕身上所有的功力都是取自龙丹之中，与龙丹同出一源，他自身的功力早已被龙丹的真气挤出体外。那次被囚于神谷之中，武功尽废，也因此使他得到了新生。由于他体内的真气与龙丹气劲同出一源，所以对龙丹气劲并不发生抵触，否则的话，只怕轩辕早就爆成碎片了。不过，轩辕却完全无法控制体内的劲气，只能忍受着强热的煎熬，等待着龙丹饱和之后与他的身体同归于尽化为灰烬。

或许是天不绝轩辕，就在轩辕感到无法负荷之时，他身下的石崖塌裂，他也就跟着飞坠而下，身子也不由自主地脱离了地面，在这一刻他的心中仍保持着清醒，更忍受着极大的痛苦使自己的身子改变方向，朝鬼三这个方向投来，而此刻他体内的巨热透过毛孔，竟在体外结出一个硕大的火球，将他自己完全罩于其中。

这是轩辕想到唯一可以解救自己的办法，他记得上次也发生了这种情况，只是没有这一次来得强烈，而后是吸血鬼那一记重击救了他。当初与刑月交手之时，也是刑月救了他，将他体内四处乱冲的劲气疏导而出。是以，轩辕此刻也同样想借这个办法疏导自己体内的劲力。

事实果然没让轩辕失望，这里竟有四大超级高手联手为他解忧，后来风绝再补上那一掌更是恰到好处。

事实上，击败风绝的并不是轩辕，而是那股在轩辕体内聚集的莫名力量，这股莫名力量一大半是来自地心散出的阳刚之气，另一部分则是龙丹气劲，还有一部分是风绝自己注入轩辕体内的气劲。就这样，风绝败得莫名其妙，轩辕也胜得稀里糊涂。

不过，此刻轩辕体内的真气在这数股外来力量的引导下完全归位，甚至蛰伏，可留给轩辕的却是虚脱，他几乎已经耗尽了自己的心力。

“鬼三，我们又见面了！”轩辕静立如山，以极为洒脱的动作拭去鼻翼和嘴角的血迹，淡然含笑道。

“了不起，年轻人，才一年不见，想不到你的进步竟然这么大！”鬼三干笑道。

跂通有些为轩辕担心，轩辕耳、鼻、口都流出紫血，这便不能不让他为之担心，不过，谁也不知道轩辕究竟有多大的潜力，更没有任何人敢小视轩辕！

事实上，能够硬受风绝一掌，再还风绝一掌，相比之下，轩辕比风绝不知道要强多少，当然这是在别人不明情由的判断下，若是众人知道其中的事实，那又是另外一回事了。

鬼三知道自己的武功与风绝也是不相上下，要是与轩辕相较起来，只怕他也相差甚远。刚才轩辕以一人之力硬拼他四大高手的联手一击，犹占了上风，可见这个年轻人是如何的可怕。此刻，不仅仅是鬼三不敢出手相攻，连土计也为之心胆俱寒，虽然他们猜测轩辕可能受了重伤，但是刚才轩辕的样子不也一样像是受了重伤吗？结果风绝被击得生死未卜，他们极为珍惜自己的生命，是以，谁也不敢轻易犯险。

“这还得要多谢前辈，如果不是前辈唤出神龙，我也不可能有今日的成就!”轩辕极力保持着镇定，极力将自己的疲惫和虚弱掩藏在深处，他知道一旦对方看出了他的状态，那一刻可能就是他的死期。当然，另一方面他又在努力地调匀自己的气劲，极力以最快的速度恢复状态，以便应付任何可能会发生的危机。

“你果然已驯服了龙丹!”鬼三的眸子里闪过一丝嫉妒和无奈，想到自己苦守了近三十年的猎物却被一个毛头小子无意获得，这的确让鬼三心里有些不舒服。

事实上，任何处在鬼三这个位置的人也都会不舒服，为他人做嫁衣裳的滋味的确没有多少人愿意品尝。

轩辕神情自若地笑了笑，他也是有苦自知。他心中自问道：“我真的已经驯服了龙丹吗?”不过，他觉得鬼三口中的“驯服”这个词用得极为贴切，或许打一开始鬼三便知道龙丹真有自己的生命。

也许，那不能叫生命，而是一种不肯屈服的生机。轩辕已深深地感受到这股生机的强大和执拗。至少，此刻他仍未曾驯化这不肯屈服的生机，或许，如果不是鬼三那怪异的声音干扰，他已经驯化了这股生机也说不定，可是此刻，他确未曾驯化它。

轰……地面的震动更为狂野，平台的石坪竟也裂开了一道道缝隙。

巨大的岩石自山崖上滑落，在崖壁上激得石屑飞溅，犹如下了一场石雨一般。

呼呼……咕咕……深渊之下的岩浆竟也在上涨，同时发出可怕的声音，犹如在吞咽坚硬的食物。

轩辕的身子一个踉跄，在这强大的震力之下，他再也无法掩饰自身的虚弱。

鬼三和土计相互望了一眼，蓦地暴出一阵长啸，同时身形向地火圣莲飞扑而去。他们再也不想迟疑，谁也不敢肯定下一刻这平台会不会就此坍塌，他们甚至没有兴致去理会轩辕。在权衡轻重之下，他们并不觉得轩辕比地火圣莲更重要。

跂通几乎无力阻止鬼三和土计的行动，他们所受的伤的确是太重了，但是他们却能够做最后所能做的事，那便是毁掉地火圣莲。

他们绝对不想让人夺去地火圣莲，尤其是鬼方十族的人。鬼方已经有一个罗修绝，岂能再多出两个如罗修绝一般的魔人？那样一来，天下岂有宁日？

事实上，今日他们在安排上错漏了许多，居然有两朵圣莲被夺走，这是君子国的耻辱。当然，其中一朵可能是女王柳静的杰作，如果真是落在柳静的手中，那并不可怕，总比落在别人手中要好。可是，这一刻，他们却无法忍受再让这朵圣莲落入鬼三或是土计手中，也许，并不止这一朵，还有剩下的数朵。

已经没有人再接近这片绝地了，不仅仅是因为这里足以将人体烘干的灼热，更是因为这里四周已经成了将被毁灭的灾难区。

鬼三和土计也都受了轻重不同的伤，刚才与风绝一战，他们并没有占到什么便宜，如果不是轩辕的出现打发了童旦和风绝，此刻只怕他们仍在纠缠不清，这对于他们来说当然是没有一点好处。

而对于跂通、思过和那个守护圣莲的老者，鬼三根本就不将之放在眼里。这三个人所受的伤的确不轻，也许和此刻的轩辕一般，已无再战之力。

鬼三此刻终于松了一口气，对圣莲，他已是志在必得，因为根本没有人可以阻止他，至少，在这平台之上没有。

土计却突然感觉到有些不对劲，他的眼睛很机敏，在他掠过跂通的头顶之时，他看到了一双眼睛。

清寒如水，明若晨星的眼睛，那是生在一张美丽得让人心悸的脸上的眼睛，而拥有这张脸孔的主人却是那么沉稳地坐在那里。

土计惊骇不已，因为他已认出了那张美丽至极的俏脸的主人正是君子国的女王柳静，而此刻柳静所在的位置正是刚才她夺走地火圣莲的地道口。

这绝对是一个意外的发现，亦是一个让人心惊的发现。也是在这一刻，土计知道此事的幸运可能会到此为止。

啸……啸……一红一绿两道电芒破空，分取土计和鬼三，柳静终于出手了。

柳静再次出手，思过几乎喜极而泣，他早就知道，女王绝不会弃他们而不顾的，只是他怎么也没有想到柳静的出现却是在这个时候，最为紧要的时候。

鬼三吃惊，那红剑来势之奇，来势之猛，在虚空划过一个几乎无可挑剔的弧度便出现在了他的面前，而且是在他与地火圣莲之间。

当……鬼三硬挡一击，他的身子禁不住被震得倒翻而出。此刻的他，其实也没剩下多少战斗力了，毕竟他一连与数大高手硬拼了近千招，受伤不可避免，哪是柳静这新生力量的对手？

土计稍好一些，他手中的极乐弓将那绿剑挡了开去，身子却重重地落到地面上。

红绿两剑一错，绿剑在被击飞的当儿，却是直取鬼三，红剑已自土计身后绕至，速度快得难以想象。

鬼三和土计大惊，柳静的御剑之术确已达到了登峰造极之境，若是鬼三状态在最好的时候，或许与柳静有得一战，可惜此刻他的功力连平时的五成都不到。在这种恶劣的环境之中的确太耗心力和功力了，何况在这炎热的环境下使得他伤口的鲜血几乎无法止住，而且自伤口处迅速流失许多水分，功力也随着血液和水分的流失而散去。

土计被这变幻多端的飞剑弄得有些手忙脚乱，不过，他比鬼三要幸运多了，首先，他的伤势较轻，另外，他的体力消耗也不如鬼三那么严重。

鬼三一声闷哼，肩头竟被绿剑划开了一道血槽，看来他的行动已经不够利落了。

土计再次躲开一击，但身形已经很是狼狈，他几乎可以想象得到，柳静对他的攻击将是没完没了的。

“三哥，撤！”土计以最无奈的声音向鬼三呼了一声，他们已经作出了最为无奈的打算。

土计并不是一个笨人，这数十年的经验，早就让他明白了人世间许许多多的道理，他能够活到现在，就是因为他最懂得审时度势，此刻也不例外。

鬼三自然也知道此刻形势的不妙，如果再战下去，说不定会死在柳静之手。剑宗的绝学，他的确领教过，对于剑宗，他本就存在着一丝心悸。

鬼三退，无可奈何地退，土计也退，他也退得有些苦涩，苦战了如此长的时间，花费了如此多的精力，最终却被一个女人给破坏了他们的美梦。事实上，今晚的一切都被几个女人给耍了，地火圣莲也是被女人夺走，这使得他们心有不甘，又惭愧至极。

柳静身若彩凤般飘然降落于地火圣莲之前，两柄飞剑落入她背后的两只精巧的剑鞘之中，一切都是那么自然利落。

柳静并未追击鬼三和土计，而鬼三和土计绕开轩辕而去，他们并不敢确定轩辕是不是真的受了重伤，是不是真的没有了再战之力，是以，他们只好撤走。

“女王！”思过长长地松了一口气，欢喜地呼道。

“剑奴参见女王！”那老者跪下叩首道。

“剑奴请起！”柳静一拂袖，竟隔空将那老者托起，语调之中有些感伤。

“唉，都怪我顾忌太多，未能及时出手，使得他们都……”

“这不能怪女王，我相信他们在九泉之下也能够理解女王，只要女王能全力阻止火神复出，我们纵是死上百次也是无怨无悔。”剑奴怆然而坚决地道。

柳静神色有些黯然，似是极为愧疚，但又有几许无奈。

“难道时隔六十年火神还没有死？”跂通惊奇地问道。

“没有，他的生命力之强盛不能以常理论之，这六十年来，也许他已经变得更为可怕了。”柳静叹了口气道。

“剑奴深有同感，我已经不止一次地感受到了他精神存在的形式，甚至感受到了他那被积压的仇恨，他已经不再是六十年前的火神祝融氏！”剑奴深深地吸了口气道。

“火神祝融氏还会来这里吗？”此刻轩辕也已蹒跚而至，惊讶地问道。

“不，火神祝融氏不是会再来这里，而是他已在这里待了整整六十年，从来都没曾离开这封神台半步！”剑奴幽幽地道。

“那……那刚走的那个人不是火神祝融氏吗？”轩辕也给弄糊涂了，惊讶地问道。

“不，那只是火神祝融氏身边的神将火烈！”柳静淡然道。

轩辕不由得也呆了呆，他弄不明白这之中有什么差别，或是这之中又隐含着什么秘密。

跂通的神色有些黯然，思过的表情也极为不好看，他似乎已经预感到了一些什么，因为他心头升起了一股很不祥的预兆。

“这次还得多谢轩辕公子为我除去了数名大敌！”柳静语气竟无比客气，客气得让轩辕感觉到意外。

事实上，柳静绝不应该对轩辕如此客气，至少，轩辕此刻乃是君子国的新一代圣王，也是柳静的女婿，柳静根本就没有必要对他如此客气，而且还称他为公子，这是一种极为生疏的称呼。

轩辕怔了怔，立刻明白了其中的原因，因为柳静此刻怎会不知道所谓的圣女根本就不是她的亲生之女？那样一来轩辕自然一下子又变成了外人。是以，他坦然地笑了笑道：“全是侥幸所至，而且，他们也同样是我的大敌！”

“不管如何，公子还是帮了我君子国的大忙，我答应过公子，要留一朵地火圣莲给你，这一朵便是你的。”柳静向那第三朵地火圣莲指了指道。

“啊……”思过和剑奴及跂通也都呆住了。

“这怎么行？如果这朵圣莲一摘，地火将很快冲出，那时候……”

“你不用说，我知道该怎么做。”柳静打断跂通的话，吸了口气道。

“拿了地火圣莲，你们立刻离开这里，走得越远越好。”柳静又道。

“不，我不走，我还要留下来陪你！”跂通沉声道。

“没用的，你留下来只是多一个人送死而已。”柳静冷静地道。

“就算死我们也要死在一起，何况，这是我生活了五十年的家乡，要是能死在家乡的土地上，能与所爱的人死在一块，死有何憾？”跂通断然道。

柳静神色微有些黯然，苦涩地道："可是，你应该知道，这些年来我的心始终没有归属于你……"

"那不重要，青山已死，我不在意，不管怎样，你都是我的妻子！"跂通的额角青筋涌起，此刻他已掩饰不住内心的激愤和伤感。

剑奴也黯然神伤，他自然明白这对夫妻之间的无奈，因为他正是当初伴随柳静去神族学剑的剑奴，也明白柳静这么多年来感情的寄托始终在那剑神青山的身上。可是，这却是一个悲剧，一个无可奈何的悲剧，因为青山居然爱上了女娲娘娘的另一个神将，但他们却是不允许有感情存在的，于是便注定了这个悲剧。

青山与所爱的神将逃出神族，但却没能逃出神族高手的追杀，此役之中，剑宗和逸电宗几乎就此绝迹，神族的力量也大为削弱。可是，柳静却始终暗恋着那个比她大二十多岁的青山，这又是一个悲剧的延续。

柳静和剑奴同时叹了口气，为命运的弄人，抑或他们只是在叹息生命的渺小。

是的，与大自然相比，生命渺小得可怜。

"剑奴，思过，从今往后你们两人便跟随轩辕公子，而轩辕公子则是君子国的真正圣王！"跂通自怀中掏出一面金牌塞到轩辕的手中，沉声道。

"这……这怎么可以？那个圣女是假的……"

"我知道，我相信君子国将来有你的照顾，一定能够重振雄风，笑傲天下！"柳静飘然来到轩辕的身边，伸手轻轻拍了拍轩辕的肩头，慈祥地道。

"我？"轩辕反问道。

"是的，我相信你有这个能力，君子国在洪儿的带领下，若与你龙族战士结盟，足以盛极一方。另外，你的那位朋友现在很安全，你离开这里后，可以去找百合和丁香，她们会带你去见你的那位朋友！"柳静认真地道。

"她是……"

“你不用说，我知道。”柳静伸手阻止了轩辕的话，露出一丝异样的神采。

轩辕不由得呆住了，他想：“柳静究竟是知道了什么？为什么要阻止自己说出事实的真相？难道在跂通面前还不可以讲出跂燕的身份吗？难道不能让跂通知道他女儿真实的存在吗？”轩辕真的不明白柳静葫芦里卖的是什么药，但他却不想问，事实上也没有必要问，如果柳静不想说，再怎么问也是毫无用处。

“其实，我早就知道你和那所谓雅倩的身份，让你成为圣王，也只是我安排的让你们相互牵制的计划。不过，你的表现的确很好，我可以放心地将你的朋友交给你了，她是个好女孩，你一定要好好地照顾她！”柳静诚恳地道。

轩辕一怔，事实上，他也猜到了柳静可能是在利用他牵制九黎族人，不过他却很意外跂燕竟在柳静的手中，而且看样子，柳静已经明白跂燕是她的女儿，他不由郑重地点了点头道：“我会好好照顾她的！”

“有你这句话我就放心了！”柳静旋身摘下那第三朵地火圣莲，扯下两片花瓣送到轩辕面前道：“先把这两片花瓣服食了，这对你体内的伤势会很有帮助的，其他的你就留着去救你的朋友吧。”

轩辕望了望地火圣莲，又望了望那两片花瓣，终于依从地吞下那两片花瓣，然后郑重地接过圣莲。

轰……又一阵山摇地动的震荡。

“快走！”柳静一手挟起轩辕，一手拉过思过，迅速向石如雨下的山崖上冲去，剑奴勉力跟上，唯有跂通静立于战栗的平台之上，竟显得无比平静。

天地似乎并不安分，一切都变得疯狂……

地火上涌，岩浆鼓动，地火圣莲一朵接一朵地开放，六朵，不多不少，六朵，五光十色，变幻不停，使得人仿佛置身于一个梦境，一个无法醒来的梦境。

岩石飞舞，那无与伦比的炎热让跂通感受到了生命的弱小，在动荡的天地之中，地火圣莲是那么宁静，与之相连的薰华草藤也逐渐由青转白。

跂通怆然苦笑，仰天浩叹，叹天地何其不公，叹天地何其无情，一切的一切都将随着这一场即将消失的梦灰飞烟灭。他恨！他恨天地，恨世人，可是，谁又能够改变上天早已注定的命运呢？

爱一个人是那般痛苦，是那般伤感，他的这一生就因为一个“情”字，或许，他本不应该这样，他也有壮志雄心，他也有豪情万丈的年代，可是他爱上了一个不该爱上的人，于是，他的命运便注定了，这能怪谁？

跂通的目光落在那六朵地火圣莲上，笑容变得苦涩，终其一生到底是为了什么？又得到了什么？

跂通的目光之中又多了几许悲哀，是的，那是悲哀。

生命不过如过眼云烟，乍绽即凋，不过如这地火圣莲，美丽的时光总是那么短暂，朝生夕死，而人的生命又有几多日夜呢？或许这些花根本就等不到黄昏便已凋零，那是因为天地人心难测，自然天威难犯，正如不是每个人都能寿终正寝一般。

想到这里，跂通心头升起了一个他从来都不敢想的念头，同时他举步向地火圣莲行去。

柳静再次返回那已经接近坍塌的平台之时，很远的时候便听到了一阵充满怨愤的长笑，她的心中涌上了一丝不祥的预感。

平台之上，不见跂通，地火圣莲已经不剩半株，但却多了一个蓬头垢面、形如厉鬼的怪人。

怪人浑身赤裸，骨瘦皮坚，犹如一个铁架子立在那战栗动荡的平台之上，浑不觉灾难便要降临。

“火神祝融！”柳静发现自己的声音之中有些悲切之意，她竟第一次动了杀机，第一次恨一个人。

跂通不在了，柳静第一次为这个自己并不爱的男人而去仇恨另一个人。她发现，自己并不是真的不爱这个痴心的男人，只是她一直都不愿意去想这个问题而已。可是在这一刻，她才深深地感到自己心中充满了悔恨，充满了愧疚，充满了杀机和温情。

这一刻，她才发现自己是多么的冷酷，多么的绝情，竟在这个男人死前的最后一句话时仍深深地刺伤这个痴心男人的心。

“你是谁?!”那蓬头垢面赤裸的怪人以一种极为凶恶的眼光打量了柳静一眼，不耐烦地问道。

柳静摸了一下怀中那卷成一筒的画卷，心中再次涌起了无限的伤感，她的心头在滴血，这是她自己所描的丹青。她本欲描画剑神青山，但是她无法把握那模糊的印象，毕竟那是几十年前的往事，后来她完成了这幅画，可是她却发现自己所画的剑神青山却与跂通是那么的相似，当画卷完工之时，连她自己都震惊了，甚至有些害怕，她不明白为什么自己所画的剑神青山却在不知不觉之中变成了跂通，她甚至不敢想象自己感情会发生偏移。于是，她一直将这幅画放在自己的密室之中，那是一个只有她一人可以进入的密室，这一放，便是五年之久。若非今日她已经没有准备活着离开君子国，她仍不会将这幅画卷带在身上。

是的，她本准备将这幅画卷给跂通看，然后让这幅画与他们一起化为灰烬，可是此刻她永远都没有机会将这幅画给跂通看了，所留下的只有深深的悲哀，而悲哀在此时却化成了浓烈无比的杀机。

第七十一章　破封而出

封神台。

女王柳静心中充满了杀机，是的，她要杀的人便是这上天注定的宿敌，真正的火神祝融！

“我便是君子国的这一代女王柳静！”柳静的声音极冷。

“哦。”火神祝融有些惊异，惊异来自柳静身上的杀意，他深深地觉察出了柳静语气中的恨意，可是他却不明白柳静为什么会恨他，就算他以前犯了什么大错，可时隔六十年，为什么她还有这么深的恨意呢？

“六十年呀，真是不短！这一去便是六十年，这个世界多么可爱，这火焰，这天空，这云啊！”火神祝融在一愣神之后竟大发起感慨来了。

“六十年啊，人事全非，没想到柳摇红竟去得那么早，我这故人出关，她也不能来迎接，唉！”说到最后火神祝融竟叹了一口气，又扭头问道，“柳摇红是你什么人？”

“我的娘亲！”柳静冷冷地道。

火神祝融神色间又变得沉郁，似乎回到了那个遥远的年代，半晌才怆然大笑，有种说不出的凄凉怨愤之意。

“魔头，我是绝对不会容许你再出去害人的，你就受死吧！”柳静轻叱道。

“六十年啊，就是这鬼域般的地方让我耗废了六十年的大好时光，上天是多么残忍啊！难道这些真的是我种下的错吗？”火神祝融如厉鬼一般低号，但很快疯狂地道，“不是！不是！不是我的错，而是那些自认无所不能、无所不知的老不死的错，什么女娲，什么伏羲，什么太昊，什么少昊、蚩尤，全都是他娘的狗屁，我要去杀了他们，谁敢阻止我去杀他们，我就杀谁!”

“那好吧，你便先杀了我!”柳静双袖一拂，背上的双剑电射而出。

轩辕是第一次看到如此可怕的天象，那毁灭性的地火自东山口喷出，在百里之外犹可清晰地看到那火舌，那遮天的烟雾，那难抗的炎热。

百里之外，许多房子被强烈的震动给震塌，地面也有裂开的迹象，像是一张张饥渴的巨嘴无助地对天张开。

许许多多的人仍在继续撤离，熟知这种大自然灾难的人，他们知道，在这地火过后将有一层残灰飘来，那时这里也将成为一片废墟。不仅如此，这里所有的水源将会含有毒素，甚至会带来一场灾难性的瘟疫，这是没有人可以改变的命运，就因为没有任何人可以与天地大自然作对。

正如柳静所说，大自然并不只是仁慈博爱，它同样残忍和暴戾，它所代表的是生，也是灭，没有人能够猜透它的心意，除非你真的已经与它融为一体，与天地合一，但那又是多么遥远的梦?

当然，许多人都会在幻想，那将会是怎样的一种境界，将会出现怎样一种局面。

轩辕与百合诸人并没有如其他人一样远离君子国，他们只是守候在百里之外的一个山头上，眺望着远处的君子城。

虽然，他们并不能看到君子城，但他们却可看到远处那冲上高空，映红天幕的地火，与那浓浓的黑烟。

白天，他们望那浓烟，晚上，他们望那火焰，他们在期盼，期盼一个奇迹的出现，那便是柳静和跂通能够双双而返。

就为了这样一个愿望，他们在这座山头上待了五天五夜，而那一场地火已整整烧了四天四夜。由于炎热，轩辕等人所处的山头上的树木也全都枯死，于是，轩辕诸人不得不远走，他们也是无可奈何。

没有人能够抗拒大自然的威力，他们在期盼奇迹出现的同时，也在心中为柳静和跂通祈祷。

跂燕居然病倒了，也不知是因为那些含有毒素的灰烬所引起的，还是其他问题所引起的，不过，她不愿意吃药。

轩辕虽然为她担心，但却也没有办法，他明白，很可能是因为心里的伤痛使得跂燕病倒了。

在这几天中，跂燕并不想谈到柳静的问题，只说是柳静将她自九黎贼人手中救出来的，之后的事便闭口不谈，或许只是因为怕提起这些事情而伤感，轩辕也尽量回避这些问题。不过，这几天中，轩辕的功力突飞猛进倒是一件值得欣喜之事。

思过和剑奴的伤势也全都好了，轩辕的伤势更是早已痊愈，百合和丁香二女也一直都郁郁不肯多言，所有人都似乎沉浸在一种深沉的悲哀之中。

事实上这也是可以理解的，当一个人的家园被毁，曾经熟悉的故土在一夕之间化为废墟，那种感觉绝对不好受，毕竟，人是有感情的生命体，所以这一点轩辕完全可以理解。

跟随轩辕的有数十名君子国剑士，他们都是留守到最后才离开君子国的勇士，他们的责任本是护送受伤的轩辕、思过和剑奴，不过，此刻他们已不想再回到大部队中，而且愿与思过、剑奴一起效力于轩辕。

这几十名君子国的剑士本就是守护东山口的幸存者，他们平时便负责东山口与君子宫的守卫，他们也可算是君子国剑士之中极为优秀的一群人。

轩辕并没有立刻追赶柳洪的队伍，如果单只就他而论，他并不想再去与他们会合，他来君子国的目的已经达到，或者可以说，事情的发展比他想象的还要顺利。此刻的轩辕比任何时刻都更自信能够应付任何突然的变故，更有信心面对九黎族的挑战。

不过，轩辕接受了柳静的嘱托，更得柳静慨然赠送地火圣莲，而他本身又成了君子国的新圣王，对君子国，他不能没有一分责任。何况，他还要将那假圣女带回去，那将会是他一个有力的筹码。

当然，如果君子国能够与龙族战士结合，那当然是最为理想的结局。那时候，轩辕自信可凭手中的实力称雄一方，再也不用让龙族战士们躲躲藏藏。

是啊，这一直是轩辕的梦，在很小的时候，轩辕便在梦想有一天能够成为万人敬仰的大人物。自小到大，几乎没有多少人看得起他，在有侨族中，更因为他的身份特殊而不为人所欣赏，这便在他幼小的心灵中埋下了一颗意欲出人头地的种子。他从来都不会自暴自弃，只要想到他的爷爷曾是有侨族之长，他便不能自暴自弃。于是，他学会了深思，学会了隐藏内心的想法，而在沉默中，他内心的梦越来越强烈，越来越清晰，他知道有一天他会实现梦想的，只要他付出比别人更多的心力。

此刻，轩辕看到了曙光，看到了希望，他自信能左右自己的命运。不过，他知道自己仍有许多不足，至少，他知道在这个世上仍有许多人武功比他更强，他的对手多得数都数不清。

未来的路实在是太长太长，前途的险阻也绝对不少。

轩辕眼下最迫切的却是想了解火神祝融的情况，最让他弄不明白的，也就是火神祝融为何会在封神台囚禁了六十年之久。他知道，这之中绝对关系到某个典故。也许，这个世间只有剑奴知道得最为清楚。

剑奴的辈分比思过更高，甚至比女王柳静还高，因为他本是前代君子国女王柳摇红的剑童，柳摇红仙逝后，他便成了柳静的剑奴，并驻守封神台。因此，他知道整个故事的始末。而火神祝融仍然活着这也是不用置疑的，剑奴绝对敢保证自己的判断没有失误。

这六十年来，剑奴有五十年是在封神台度过的，没有人比他更清楚封神台的结构。所以，他能够清晰地感应到火神祝融在这次地火来临之前苏醒了。

这数十年中，火神祝融犹如蛰伏的动物进入一种休眠的状态，甚至连生机也都完全收敛，也只有这样，他才能够将有限的生命活得更长久。不过，火神祝融能够活到今天，这也不能说不是一个奇迹。

火神祝融因当年促成蚩尤夺走了地火圣莲而酿成了神族大乱，有熊分裂，于是神族众高手四处追杀火神祝融。也就因为这样，祝融部变得极为神秘，但是后来火神祝融仍被神族众高手擒住，其中以水神共工出力最大。

以火神祝融之罪本应处死，但最后决定将它密封于君子国的封神台下，让他死在圣莲绽放之处，但却没有人想到，六十年后，火神祝融依然未死，反而借地火爆发之时碎裂了封神台而重获自由。但君子国有看守火神祝融的重责，因此柳静只好面对火神祝融了。

火神祝融一被擒，祝融氏部落立刻由神将火烈掌管，火烈以为火神已死，于是四处找当初为擒火神出过力的部落的麻烦。比如共工氏，他们数十年来都是宿敌。只不过，火烈知道自己根本就不是水神共工的对手，是以，一切的行动只能暗中进行，更不敢明目张胆地去对敌。也正因此，火神祝融部落便被人认为乃邪门歪道。

轩辕有些心惊火神祝融究竟是怎样的一个人，单是他的神将火烈便足以成为超级高手，那其本人的武功又会高到什么境界呢？这六十年的蛰伏究竟让他有什么变化呢？如果柳静和跂通真的死在火神祝融的手中，那么，他相信，总有一天自己会和火神祝融交手，会去面对这个可怕的高手。

轩辕知道，火神祝融是神族八圣之一，与水神共工齐名，而另外六圣则是木神苟芒、风神禺疆、剑神青山、电神应龙、金神蓐收、山神石聪。

八圣之中，山神石聪、剑神青山、金神蓐收、风神禺疆都已早死，唯木神苟芒生死未卜。八圣幸存者也已仅寥寥数人而已。

地火之后，君子国方圆百里竟发生了惊天动地的变化。

地面深深地塌陷，成锅状凹下去，许多河流改向，四面八方的水流全都注入了这片陷落的死亡之地中。

只在数日之间，这里便化成了一个巨大的湖泊，那些曾经的高山有的仍屹立在湖泊之间，成了一个个孤立的岛屿，一切的生命全都淹没在深深的水域之中。君子城从此不复存在，甚至让人难以想象那里曾是武人向往的东山口。

那本是一块平原，并无太多高山，有的基本只是一片起伏的丘陵。此刻陷落，也没有多少山头露在水面上。

这里地面的陷落，便是在千里之外都有很强烈的感应，这是一场真真切切的巨大灾难，强烈的震动使得九黎族的许多房舍倒塌，山体滑动，也死伤了许多人，损失极大。

由于地面的陷落，使得凭空生出一股强大的风暴。风暴肆掠之下，又造成了不小的破坏，在这种大自然的力量面前，人力显然无比的弱小，简直是不堪一击。而这种大自然之力给人的震撼那的确是无与伦比的，便是轩辕也不能不为这一切的一切惊得目瞪口呆。

轩辕并不想再自死亡沼泽返回跂踵族，那种经历实在让人有些不寒而栗。或许，他有能力安然返回，但是他此刻并不只是自己一人，他不希望这许多人都跟着自己去冒险。何况，他还要追赶尤扬和柳洪，追赶君子国的大部队。

君子国人并不是结成一队而行，而是有些零散，有些人是自己拖儿带女地独自而走，也有些三五成群结队而行，亦有数十人一队，百多人一队的，而且所有人所行的方向也不尽相同，也有些人在路上结聚，然后犹如蒲公英的种子一般随地落户扎根。

轩辕这才明白为什么跂踵国和青丘国竟以这种形式存在，而又与君子国有着这些关系。事实上，跂踵国也可能是在上一次灾难时迁移而出，然后扎根在死亡沼泽的另一端。

柳洪所领的人显然是向西北方向行走，因为东南面是九黎与东夷诸族的势力。东夷诸族对君子国无不是虎视眈眈，如果柳洪领人向东南撤走，只可能走入东夷诸族的陷阱之中。而西面则是死亡沼泽，自然不能领着整族人去冒险穿越。何况在死亡沼泽之中有渠瘦和花蟆人的存在，若是贸然进去，只怕会死得很难看。没有人能在沼泽之中比花蟆人和渠瘦人更可怕，而渠瘦与君子国更是宿敌，入沼泽正好等于是送入虎口之中。而北面，为有熊与东夷敌对的势力范围，柳洪并不想蹚有熊族的浑水，最主要的是柳洪不肯放弃君子国的利益。如果他向北去，只有一个可能，那便是与有熊势力结合，他当然不敢奢望比他们强大十倍的有熊会听他指挥。事实上，有熊族乃是神族的分支，但又与三苗有所不同。

三苗虽也属神族分支，但他们却是由神族分裂而来，但有熊却是经过数百年的演化而形成一个独立的体制，虽是神族的分支，但却并不隶属于神族。因为它在盘古大帝之时便已形成，而盘古大帝却为神族众异类所害，因此，有熊与后来所说的神族只能算是姐妹关系。在神族中，没有人会不重视有熊族。

有熊族的存在对南方神族的安定起到了极为有效的作用，那便是它挡住了北方鬼方十族的力量，使得鬼方的实力无法南扩，这不可否认是有熊族的一大贡献。

正因为柳洪知道有熊族的影响力，他才不想将自己的族人带到阪泉，他选择西北方而行也确是一种明智之举。不过，他这一路向西北行走也都留下了暗记，以便柳静和跂通诸人赶来。当然，君子国中最后发生了什么事他并不知道。

当然，这些暗号也正为轩辕提供了追寻的方便。

轩辕一行人便是追随着柳洪所留下的暗记向西北方向追寻。

行程近半日，众人的心情似乎轻松了少许，或许是已经渐渐远离灾难发生之地，所有人的心情都稍稍轻松一些。

跂燕的病情也有所好转，百合和丁香二女的情绪也好了很多。毕竟，事情已过去了七八天，有这么长的时间，应该也能够调整好心情。

“这次追上族人，护法有何打算?”轩辕突然向思过问道。

思过淡淡地露出一丝苦笑道：“我一切都听圣王的，女王吩咐过我们。不过，我想，君子国的安逸生活大概从此就要打破了，我以为应跟随圣王，圣王到哪里，我也去哪里。”

“不，我希望护法能够留在君子国之中，那里还有很多事情有待你去主持，而我却另有要事待办!”说到这里，轩辕不由得摸了摸怀中那特制的皮囊，皮囊之中便是地火圣莲，禁不住悠悠地叹了口气，他不知道猎豹、花猛和叶七诸人现在怎么样了，而对能否让这几人恢复本性更是没有多大的把握。

“难道圣王不准备留在君子国?”剑奴惊奇地问道。

“不，君子国应该由柳洪去主持，否则君子国只会更乱，我始终只是一个外人！”轩辕认真地道。

“但你却是君子国的圣王，又怎算是外人呢？”思过不服气地道。

“事实就是如此，对于柳洪来说，我只能算是外人，君子国只能有一主，而我龙族兄弟仍在等我回去主持大局。所以君子国只能由柳洪去做主，也只有这样，龙族战士方能够与君子国结盟为共同的战友！”轩辕道。

“不管怎样，剑奴都会跟随圣王，我已是一把老骨头了，便是留在君子国之中也不能起到多大的作用，倒不如随圣王征战天下来得痛快！”剑奴说到这里突地叹了一口气，接着道，“想我如今也没多少年好活，而我这一生竟是如此单调贫乏，真是惭愧。”

“君子国没有人会忘记你的，这些年来，你为君子国默默奉献，你的生命是给了族人！”百合突然插嘴道。

“哈哈哈……”剑奴听了老怀大慰。

“百合和丁香何去何从呢？”轩辕又问道。

“当然是追随圣王了！”百合毫不犹豫地道。

轩辕突然停步，同时喝住前行的几名君子国剑手，道：“你们找找，这附近的血腥味很浓！”

那几名剑士一愣，却没有嗅到血腥味，但轩辕既然这么说，只好四下去找了。对于轩辕，他们总有一种高深莫测之感，似乎在这个人身上总会有许多难以想象的事情发生。

“是我们的兄弟！”一名剑士在左边二十丈处的土丘之后高喊道。

轩辕诸人微惊，迅速赶了过去，却发现一堆血肉模糊的尸体，但自这堆尸体的衣着打扮来看，犹可辨出是君子国的兄弟。在这炎热的天气里，这些尸体竟没有发臭。

思过有些发愣，这一堆尸体共十四具，应该死后不会超过半天，否则的话便不应该有那么浓的血腥之味，让轩辕在二十丈外就嗅到了。而且，在这炎热的天气之中并没有腐化的迹象。

“究竟是什么人干的？”百合的俏脸笼上了一层严霜，语意之中充满杀机。

“这些人似乎是死在一种极重的手法之下。”轩辕望着有两具尸体那凹陷的面部及另外几具尸体碎裂的头骨深深地吸了口气道。

剑奴未语，只是心中有一些莫名的苍凉之感，望着族人的死去，谁的心里都不好受。这数十年来，他的心中一直都极为平静，可是这些日子来，竟连连破杀戒，更深切地感受到生离死别的痛苦，使得他平静了数十年的心涌起了无法抑制的杀机。

“再去找找，看看可有其他发现!”思过突然吩咐道。

“派十名兄弟来把这些死去的兄弟葬了!”轩辕微有感触，同时也感到一股无形的压力正在向他逼近。当然，这并不是说有高手逼近，而是感觉到又一次风暴可能就要降临，而这风暴便等候在前进的路上。

或许，这是宿命早定下的考验，似乎总有一只无形的大手在把握着所有的生命。

轩辕有些心寒，并不是因为隐在暗处对手的可怕，而是他感觉到击毙这群君子国人的敌人有一种极为熟悉之感。冥冥之中似乎告诉他，凶手定是与他有着极大的关系，或许是因为这种霸道的拳劲让他不由自主地想到了一个人，那便是猎豹。

轩辕希望这个凶手不是猎豹，但这只是希望，事实还得去证实。

“这里也有尸体!”又有人惊呼道。

到目前为止，一共已发现了二十四具尸体，除那十四具是以重手法击死之外，另外十人却是死在弩箭之下，尸体东一具西一具，显然也经过反抗，但却没有丝毫作用。

凶手显然不止一人，而是一队人或许是有组织的杀戮，只是凶手究竟是谁?

是九黎人还是鬼方人?抑或是渠瘦人或花蟆人?柳洪的大队人马究竟如何?是否也同样受到了强猛的攻击呢?

轩辕诸人没敢停歇，一路上急赶，他们定要找到柳洪。而这一路上，他们又发现了许多尸体，有的已经发臭，有的才死不久，但并非全是君子国人，也有自君子国逃出来的交易者，甚至还有住在附近的猎户，死状不一，死因也不尽相同，甚至连妇人和小孩也惨遭毒手。总之，这一路上充满了死亡的气息，而这些死亡似乎并不是一路人马所造成的。

不过，在发现第一堆尸体后，轩辕隐隐感觉到这一路上似乎总有一双眼睛在关注他，但是他始终无法察觉这双眼睛是在哪个角落，这让他心中蒙上了一丝阴影。凭他的直觉判断，一定是有人在跟踪他们，而且这个人绝对是个可怕的高手。

是夜，轩辕选择了一条不甚小的河流边扎下营帐。

河宽近十丈，水草倒也丰茂。而轩辕所扎营之处乃一个斜斜的山坡之顶，距河边仅数丈之遥。

河风极为凉爽，只是蚊子太多，不过，对于轩辕这惯于露宿之人来说并不算什么，何况还有跂燕这个驱蚊能手在，随便在山上采些药草和树枝点燃，便让蚊子远远地避开。

轩辕似乎已经好久都未曾入水畅游了，今夜似乎兴致极好，竟下河抓上了几条大鱼，水性之精纯让人张口结舌。

君子国的众剑士也一时心痒，纷纷跃入水中嬉戏。事实上，在这种极热的天气中，能够在河中畅游，那的确是一件极为痛快的事情。虽然这些人的水性不是很好，但有轩辕在，他们所有的担心都是多余的。

河水在入夜之后极为清凉，不过河水似乎不浅。这群剑士并不敢向河心游去，那里的水流很急，而且至少有丈许两丈深，自然不敢接近，因此只是在河边浅水处嬉戏。

跂燕和百合诸女并无羞涩之意，坐在河边不远处看这几十个男人在河水之中发疯，看着那些闹剧，也不时地露出了一些欢笑之声。

“天气这么热，三位姑娘不想到这凉水里来泡个澡吗？”轩辕扬声向岸上笑道。

“是呀，河水里可舒服了。”说话的乃是这群君子国剑手的队长柳庄。众人见轩辕带着调笑，一时之间也都起哄附和。

“如果柳庄你能在河里抓条鱼来，我们就下水！”丁香并不害羞，出言道。

柳庄不由得尴尬一笑，他岂会不明白丁香是故意刁难他？以他这种水性，别说抓鱼，便是往深一点的地方都不敢去。若说他能抓到鱼，丁香才下水，那等于是毫无指望。

“老庄，你就争一口气，抓吧……”

“是呀，别被看扁了！”

“这可就要看你的了，兄弟们都支持你……”众人七嘴八舌起哄将柳庄向水深的地方推去。

“不要，不要，你们想害死我呀……”柳庄见水都淹到脖子处来了，不由急得大叫道。

三女在岸上看到这种场面，不由全都笑得花枝乱颤。

“鱼……鱼……”柳庄突然尖叫道，那群嬉闹的剑士们也在欢呼，此时竟有一条鱼跃出水面，向柳庄射来。

哗……柳庄顾不了水的深浅，伸手便向那跃出水面的鱼抓去。

噗……柳庄两手抓住那条足有三斤多重的大鲤鱼，惊呼着沉入水中。

噗……柳庄手中的大鲤鱼在他的尖叫声和惊呼声中又跃开了，而柳庄却喝了口凉水给呛得七荤八素，而且身子已到了深水处。

众人见柳庄那狼狈的样子不由哄然大笑，跂燕她们更是笑得肚皮发痛。

“啊，救命……”柳庄像块石头似的沉入水中，又冲出水面扑腾如落水的鸡，慌乱得找不到东西南北，哪里还有一点剑手的风范。

“死不了人！”轩辕没好气地自柳庄身后钻出水面，将柳庄托起扔到浅水处。

哗……柳庄在空中翻了个筋斗，落入浅水中，溅得水花四射。

“哈哈……”所有人都在那里笑得直打跌，众人哪里还不明白刚才那条大鲤鱼主动跃出水面只是轩辕弄的鬼，只可惜柳庄未能配合好，竟让到手的鱼给跑了。

岸上三女笑得快喘不过气来，跂燕对着轩辕笑骂道：“你居然暗中捣鬼，刚才说的不算，你这个大坏蛋……”话还没有说完便又笑了起来。

柳庄愣了愣神，自水里爬起来，苦笑道：“只差一点儿，下次准不会误事！”

众人不由得又再一次大笑起来。

“你还是乖乖地学游水吧！”轩辕没好气地道。

“老庄，太让我们失望了，快，上去把丁香姐给拉下来……”

“是呀，大家全看你的了……”

柳庄不由大窘道：“你们饶了我吧，我可打不过她……”

众人又是一阵哄笑。

铮……一声弦响。

轩辕身子蓦地自水里冲起，然后飘然落地，手指间已夹住了一支羽箭，箭尾竟有一块布片。

轩辕讶异地抬头四顾，剑奴已飞身掠到弦响之处，但那里除了风吹树叶的声音外，再无其他。

气氛一下子全都凉了下去，谁都知道危机正在逼近。

轩辕抖开那布片，却发现上面有一行娟秀的字迹，但触目惊心的是以血所写。

“鬼方高手刑天、鬼三都在附近，小心圣莲。”

轩辕心中大大地吃了一惊，立刻喝止那些准备四处搜索的剑士，沉声道：“不要找了，他已经走了！”

众人莫名其妙地望了轩辕一眼，但却对轩辕的吩咐极为服从。

“是什么人干的？”跂燕也凑了过来，担心地问道。

轩辕将布片递给跂燕。

跂燕一看也变得沉默起来。

敌踪终于露出了这么一点点痕迹，可是，这射来羽箭之人是敌还是友呢？

若是友，为何不显身一见？若是敌人，为何要提醒自己？

轩辕有些无法把握这之中的关系，不过，这布片上的警告却让轩辕感到心惊。

是的，这些天来，他一直忽视了土计和鬼三这两大高手的存在，而这西北的方向也是鬼方前往君子国的路途，他怎么能够忽视这两个足以让任何人都心惊胆战的敌人呢？而这报信之人又怎会知道自己身怀地火圣莲呢？事实上这些本就像是一个谜。

其实，这些还不能让轩辕心惊，让轩辕心惊的却是竟连刑天也来了，这个代表鬼方第二号人物的绝世高手若是亲自赶来，谁堪与其敌？谁能够抗拒刑天的杀戮？所以轩辕心惊。

刑天部乃是鬼方十族之中除荤育部外最为强大的一族，而刑天本身就是除罗修绝之外的最为可怕的杀手。

剑奴所知道的关于刑天的传说要多一些，这是当年神族八圣也无法杀死的高手，比之土计更要高一个等级。据传此人乃天神据比的传人，所以其武功只能用深不可测来形容，也可以说刑天乃是天魔罗修绝最为欣赏的人。而这个人却出现在这荒野之中，究竟有何意图呢？是为了地火圣莲，抑或是为了对付有熊族？

想到有熊族，轩辕心中微痛，因为他很难让自己不去想凤妮。不过，他对凤妮却是提不起恨意，倒是很想在这个时候去与那太昊之子伏朗斗一场。

当然，这是一个很诱人的想法。满苍夷曾说过伏朗的武功绝不会比她差，甚至已到了高深莫测之境，但轩辕不相信以自己现在的武功会比伏朗逊色。经过这段时间，他的确已不是吴下阿蒙了，他的功力也至少成倍地递增，武功招式更为精纯而圆通自如，他自信便是鬼三亲来，也有一战之力，他从来都没像这一刻般充满自信。

不过，自信是一回事，实力又是一回事，轩辕十分明白这一点。这一刻他不能冒险，也并不想去有熊族看个究竟。那是根本就没有必要的，至少这一刻轩辕不觉得有必要。或许此刻上门只是自取其辱，难道他还能够与有熊族反目成仇？这当然是不可能的事情，毕竟有熊族乃是有邑族和有侨族的母族，而他也是出自有侨，可以说，与有熊族多少有些关系。是以，他自不能与有熊族反目成仇。

此地距有熊族只有一百多里路，只要向东北方向行走一天便可抵达。当然，如果是想避难，去有熊族还真是对了。

“灭掉火堆！”轩辕立刻吩咐，他不能暴露目标，若是引来了刑天，今日只怕没有几个人能逃生。当然他可以借水而遁，可是这群剑士呢？自然不行。如果刑天愿下水与轩辕交手，那刑天并不一定能占到便宜。可以说，论水性，轩辕可自认天下无敌，大概只有水神共工有可能胜过他，其他人轩辕根本就不放在心上。不过，水神共工应不会与他交战，因为他与共工氏本就是朋友。

“刑天会不会是来对付王子他们？”思过担心地问道。

“虽说可能性不大，但也不要排除这个可能。对于刑天来说，有熊族才是最大的目标。此地距有熊族不远，他很有可能是去对付有熊族。另外一个可能便是夺地火圣莲，但这个可能性也不是很大，谁不知道地火圣莲朝生夕死，此刻已过花期七天了，就算圣莲未曾枯萎也已经到了别人腹中。因此，夺圣莲的可能性也不大。不过，小心些为妙，暂时我们仍惹不起这个魔头！”轩辕分析道。

剑奴自然知道轩辕的担心并不是多余的，不过，谁又能肯定这布片之上的消息是确有其事呢？当然，这样的提醒并不是威胁，事实上，这之中包含着许多好意的成分在其中。

“这里便先交给剑奴前辈和护法了，我去附近看看！”轩辕沉声道，同时眼望那幽暗的夜空，只有稀稀落落的星辰点缀其间，没有月亮，是因为此际是六月初，弦月也只在深夜之时才出现在天空之上。不过，光线并不暗淡，那深蓝色的天空，给人以无限的悠远，便若一面巨大无比而又别致的镜子。

思过望了轩辕一眼，担心地道：“我们并不知道他们在哪个角落呀。”

轩辕不由得笑了，道：“如果我们知道他们在哪个角落那根本就不用去寻找了，我相信如果连刑天也来了的话，他们便绝不止一两个高手，而是有大批大批的鬼方人来到了这里，并一定在这里留下了一些蛛丝马迹，我不相信他们能够真正完全不露痕迹!”

剑奴没有提出反对意见，只是淡淡地道：“你小心一些，对刑天绝对不能大意，这里便交给我和护法及百合诸人好了!”

轩辕自然知道，以剑奴和思过再加百合及丁香诸人，便是如鬼三这般的高手亲来也讨不了好处，何况还有柳庄这群一流的剑手，是以，他很放心。

篝火，映亮了山谷间的空地，一条小溪闪烁着鱼鳞般的光彩。

山谷很幽静，或许是因为该睡的已经睡了，醒着的却没有言语。

轩辕距那点着篝火的山谷很远便驻足，因为他在突然间知道，那山谷一定是空的，没有一个人存在，或许还存在着陷阱。

真正的人可能便驻扎在篝火附近阴暗的角落，如果有任何探营者走入篝火照亮的范围，都有可能成为黑暗中伏兵的目标。

这是轩辕的直觉，他一向都很相信自己的直觉，包括这一次。虽然在篝火不远处有几顶牛皮帐，可轩辕根本就感觉不到牛皮帐中生机的存在。

或许可以说这是个陷阱，但这个陷阱又是为谁而设呢?

当然，轩辕知道这绝对不是为了自己，因为这群人根本就不可能算得到自己的到来。而且，这里距自己所驻扎的营地至少有十多里路，何况，就算这个陷阱是针对自己而设，又怎用得了这样的架势，难道对方如此看重自己?

牛皮帐所显示出的正是鬼方的标志，也就是说鬼方人驻扎在这附近，至于在哪里却得慢慢搜索。

不过，轩辕仍没有想好该如何搜索，便感到有人向这边靠近。他立刻掠身以极快的速度上得身边的一棵大树。

咻……一柄长枪破空而出，却是来自密叶之间。

轩辕无语出手，对于这偷袭的长枪他根本就不在意，其实他早就感应到树上有人存在。

事实也的确如此，轩辕身在空中稍扭身形，长枪与之擦身而过，而轩辕的手也扣住了这偷袭者的咽喉。

第七十二章　虎王华虎

一切都在无声无息之中进行，也快得让人感到不可思议。那一声轻微的长枪破空之声也被风吹树叶的沙沙声给掩盖。

这棵树上只栖着一人，轩辕将这枪手的尸体小心地放平，尽量不弄出声响，然后才悠闲地坐在密叶间等待着可能发生的变故。他几乎可以断定，这偷偷潜来的人定是鬼方的敌人。

轩辕对自己刚才的表现还算满意，至少，他并没有惊动其他的任何人，就是他潜入这片林中也没有人发现。那是因为他的身法实在是太快，而且借夜色和密林的掩护，几乎不可能被人发现，他感觉自己又向满苍夷追近了一步。

能够在身法和速度上让轩辕叹为观止的，便只有满苍夷一人，那是因为他的神风诀本就得自满苍夷。正因为满苍夷的身法奇诡，所以能够在鬼三、土计和风绝这等超级高手的手底下从容夺走地火圣莲。当然，这之中也有一些巧合和机会，问题是满苍夷先夺走了圣器金铃，也便能够抵抗那来自地心的强热，事先谁也不会想到满苍夷竟会藏在那至热之处。当然，这与满苍夷那惊世骇俗的轻功是分不开的。

嚓……有人踏断了一根枯枝，轩辕却已清楚地看清了来者的打扮。

悄悄潜近的人数至少在百余人之间，分成三组，移动的速度极快，看样子都是一些好手。

这群人显然也发现了山谷之中那堆燃于空旷处的篝火与搭起的帐篷，立刻呈散开的状态向山谷包围过去。

轩辕不由得暗叹，因为这群人的警惕性并不高，若是以这样的状态下去，很可能只有全军覆灭的命运。

对于鬼方，轩辕绝对没有好感，甚至有着刻骨的仇恨。因为曾经的有侨族地祭司便是鬼方的奸细，更是害死自己母亲的凶手。因此，他绝对不肯原谅鬼方，何况，鬼方千百年来一直是南方诸族诸部落的大敌，一直对南方诸族进行侵略、掠夺。因此，轩辕不想眼睁睁地看着这群人就这样糊里糊涂地送死，他只好出手了。

嗖……轩辕选准身边的另一棵树，就将那枪手的枪飞掷过去。

黑夜里，对于轩辕来说并没有什么两样，但对于鬼方的人来说却受到了极大的限制。

"呀……"一声凄长的惨叫夹着一声轰然重物落地之声，那伏于树上的鬼方人根本就无法抗拒轩辕这一掷的霸道力量，不仅被长枪贯胸，更将硕大的躯体冲出三丈，自树枝上坠落。

林间潜来的人皆大惊，哪里还会不知道自己已暴露了目标？便都以最快的速度靠往最近的树干。

嗖……一阵嚣乱的箭雨飞过，加上一阵惨叫，走避不及的偷袭之人纷纷中箭而倒，但也有一些人以最快的速度掠上了树干。

箭雨大多来自靠山谷的边缘，而轩辕所在的地方属于后方，因此伏下的箭手并不多。皆因鬼方诸人只是想引这群人深入山谷之中，然后再成合围之势，因为在密林间即使是合围也无法让弩箭大施所长。只不过他们没想到这个瓮中捉鳖的计划被轩辕给破坏了，便只好提前发动攻击了。

"杀……"

轩辕也趁机无声无息地解决了九名鬼方的伏兵，身形立刻向外围退去。他并不想蹚这趟浑水，那对他并没有好处，何况他还不知道刑天和鬼三在不在这里，如果遇到了刑天，那可就吃不了兜着走了，但轩辕却未能如愿以偿。

轩辕不得不停步，那是因为他的退路已经被人所截。

轩辕望了望那两个呈犄角而立的老者，又望了望老者身后呈半圆形将他退路包围的汉子，不由得有些好笑，这些人的打扮与潜入林中之人竟然相同。

那两个老者一见轩辕似乎也是微微一惊，但瞬即表情变得极为冷漠无情。

“你是什么人?”一名老者冷然出言问道。

“你们又是什么人?”轩辕反问道。

那两个老者杀机上涌，显然是被轩辕那毫不在意的态度给激恼了。

“这小子肯定也是鬼方的妖人，看那妖里妖气的光头就知道。”老者身后的一名汉子出言道。

轩辕不由好笑地摸了摸自己的光头，道:“这位仁兄出生之时可否是带着头发的?”

“废话，当然没有!”

“看来仁兄一出生便注定是妖里妖气了!因为你们也是我的同类啊。”轩辕毫不在乎地道。

“废话少说，出招吧!”一名老者冷厉地道。

“我不想跟你交手!”轩辕气定神闲地道。

“那你便等着受死吧!”

“如果你们要逼我的话，我也只好奉陪了!”轩辕心中微微生出一丝怒意，事实上，他并不想与这群人胡搅蛮缠，他甚至不知道这群人是什么来路。不过，他只要知道这群人是鬼方的敌人，便没兴趣与这群人交手。

林间的喊杀声渐响，而轩辕这里也是剑拔弩张之势。

嗖……最先出手的是与轩辕靠得最近的老者，然后才是那与轩辕斗嘴的汉子。

轩辕因怒轻啸，背上的刀铮的一声被他身上散发出来的杀气逼得脱鞘而出。而后，火把的光亮之中多了一道炫目的弧迹，而轩辕自身便是这道光弧的中心。

叮叮一阵脆响，轩辕击开那老者攻来的长剑，一口气劈出七十余刀，浓浓的杀气和霸烈的气势，生出一股几乎让人窒息的压力。

“住手！”一声高喝自黑暗之中响起。

轩辕趁机微退，当众人自他那疯狂野性的攻势之中回过神来时，轩辕的刀早已归还于鞘中，且正意态潇洒地扫视着他们。

那老者一阵脸红，他这一群人竟被轩辕这一轮如山洪江涛般的攻势给逼得退了六尺，这的确是一件很丢脸之事。

“法师……”几名汉子不忿地喊了声。

“施妙法师，别来无恙啊！”轩辕也已经看清了那高喊住口之人的面容，一时之间面冷如铁，因为来者正是当初与圣女凤妮一起不辞而别的施妙法师，他却没想到竟在这种场面中见到了对方，心中的恼恨又再一次涌了起来。

“都是自己人！”施妙法师快步赶来，行到轩辕身前两丈处，尴尬地望了轩辕一眼，面带愧色地道：“真没想到竟在这里能见到轩辕公子。”

轩辕冷然打量了施妙法师一眼，想到那群被其舍弃不顾的兄弟们，心中的不愤更甚，冷哼一声，不答反问道：“看来法师近来似乎是春风得意呀，竟似乎年轻了不少。”

一旁的人哪里还听不出轩辕话中的讥讽之意，不由怒叱道：“敢对法师无理……”

“寅龙！”施妙法师向那怒叱的老者喝道，更阻止这群极为不愤的人，望了轩辕一眼，有些无可奈何：“当初我们也是情非得已，其实事后，圣女和我都在后悔！”

“哼，过后的话谁都好解释，我只是为那群正在受苦的兄弟不值，也只能怪我们当初瞎了眼！我轩辕无话好说！”轩辕冷然道。

施妙法师似乎一下子苍老了很多，望着轩辕，无可奈何地问道：“轩辕公子怎会出现在这里呢？”

“你放心好了，我并不是来向有熊族，也不是来向凤妮和你讨公道的！”轩辕说完不屑地转身向侧边行去。

施妙法师一呆，急问道：“轩辕公子想去哪里？”

“自然是去该去的地方！”轩辕头也不回地答道，他心中很是痛恨圣女凤妮和施妙法师舍他们而去，不仅如此，还与伏朗一起出卖了他。这之中的恨意的确难平，如果不是念在往日的交情上，抑或对方是有熊族之人，轩辕只怕会出手教训他们了。不过，此刻他并不想出手教训对方，但也不想跟这种卑鄙的人说太多的话。

“轩辕公子，你能不能听老朽解释……”施妙法师有些急切，也有些伤感地沉声道，语态很是诚恳。

“有什么好解释的？就算你向我解释了，你又如何向那些生死未卜，或死去的兄弟解释？就算我能原谅你，那些死去的人也难以原谅你们所做的一切，难道你们的良心就能得以安生吗？”轩辕驻足，并不转身，愤然地质问道。

“我知道这是我们的错，我也知道为此你们忍受了许多折磨，有很多兄弟为之死去，可是，这是有原因的！”施妙法师语调有些伤感，在这里遇到轩辕，真的是一个意外，一个很大的意外，以至于他都不知道该说一些什么样的话来向轩辕解释，或许是这些日子来心中的愧疚越积越深之故，一时之间竟不知道从何说起。

寅龙诸人都看得有些莫名其妙，更弄不明白轩辕究竟是什么身份。在他们的眼中，施妙法师的身份和地位尊崇，而此刻竟对轩辕如此委曲求全，甚至对轩辕那无礼的态度视而不见，甚至还牵涉到圣女。

“你们入林助战！”施妙法师向那些呆愣愣的众人吩咐道。

“我不想听你的解释，不过我要告诉你一点，迅速将你的人撤出这里，因为刑天和鬼三可能也在这附近，你们之中没有一个人是他们的对手！”轩辕依然没有转身，只是极为平静地道。

“刑天也来了?!”施妙法师果然大惊。

轩辕不再言语，见到这一群人，他竟感到心有些累。是以，他迫切地要离开这里，不仅仅是因为可能会遇到刑天。

“轩辕，圣女很想见你，有空请去有熊一趟！”施妙法师见轩辕执意要走，只得呼道。

轩辕的脚步微顿，但又义无反顾地走入黑暗之中，他不想再与施妙法师多谈，或许是因他心中仍未消气，甚至连他也有些不明白为何生气。

“入侵者死！既然来了，又何必要走呢?”一个冷冷的声音传入轩辕的耳中，使得轩辕本来有些混乱的思绪立刻平静了下来。

轩辕缓缓地扭头向声音传来之处望了一眼，心中顿时涌起了一种荒谬的感觉。

一切都像是在做梦，做了一场好笑的梦，因为轩辕发现这立在暗处的是他绝对意想不到的人。

“虎王华虎!”轩辕惊讶地道，他的确是没有想到，竟在这个地方看到了山虎盟的人，这里不仅仅有山虎盟的虎王华虎，更连其座下十豹骑也有八人是熟识。

的确，轩辕还以为是在做梦，这里与太华集相隔不知有多远，而他竟然能在这异地他乡发现这些熟识的人。他并不知道山虎盟早已被蛟梦和虎叶给瓦解。

华虎似乎也吃了一惊，居然有人叫出了他过去曾用过的名号，而且是在这距太华集数千里的地方，怎叫华虎不吃惊?

“是你?”华虎和十豹骑中的人此刻也认出了轩辕，不由得全都惊愕莫名。

在有侨族时，轩辕当然到过太华集，到过太华集的人自然知道山虎盟的存在，而轩辕乃是有侨族的另类，至少在有侨族年轻一辈中地位并不低，而有侨族乃是太华集附近的一个大部落，山虎盟的人自不敢怠慢，是以轩辕曾不止一次地见过虎王华虎和十豹骑，对五虎将和黑白二虎也都比较熟悉。

华虎自然对轩辕也不是很陌生，打一开始，他便在留意有侨部和少典部中的发展，因为他一开始就已把这两部作为假想敌。是以，他认识轩辕，但在这里见到轩辕，对他来说的的确确是个意外。不过，他立刻又想到有侨族实是有熊的一个分支，他也就不再感到奇怪。因为打一开始，他便知道这一点。

“哼，想不到有侨族竟这么快便来依附有熊，不过今日我要让蛟梦为当日所做付出代价！小子，今日算你倒霉了！”华虎阴狠地道。

轩辕一愣，他不明白华虎为什么要说这些，在他的印象中，山虎盟与有侨族的关系不错，可是为什么华虎对蛟梦却是恨得咬牙切齿？

华虎也并不知道轩辕根本就不知道山虎盟瓦解之事，还当轩辕是有侨部派来相助有熊族的，同时更不知道此刻的轩辕并非昔日的轩辕，是以，他才会有此一说。

轩辕在一愣之后有些好笑地望了望华虎，这时他怎会不知道华虎与有侨族可能已经发生了强烈的冲突，所以华虎才会出现在这里？同时，他更怀疑华虎与鬼方之间有着密切的关系，否则的话怎会出现在这片树林之中，而且仿佛是故意埋伏在此地一般？

“你是鬼方的人？”轩辕淡漠地问道。

“小子，你没有必要知道这些，因为即使知道了也同样难免一死！”说话之人是轩辕不认识的，但看样子也是十豹骑中的一人。

“呜……嗷……”华虎座下的大虎似乎已经感受到了来自主人身上的杀气，一直无声的沉默立刻被打破，山林之中立刻变得喧闹起来。

轩辕并非第一次见到华虎的坐骑，他也知道华虎是一个极为厉害的对手。不过，今日的他并不将这十一个人放在心上，于是悠然一笑道：“如此说来你们定是鬼方一支，那我也便不再念及相识之情，放心超度你们好了！”

“大言不惭！我倒要看看这一年来你小子有什么改变！”

轩辕记得这说话之人曾是与他一起喝过酒的兴浪，乃是疤面虎的弟弟，在十豹骑之中还有些地位。他不由得笑了笑道：“我一定不会让你失望！”

兴浪排开众人，大步向轩辕逼来，冷叱道：“拔出你的剑！”

“对付你，我不觉得有此必要。不过，我劝你们还是一齐上，否则，你们根本就不可能有机会！”轩辕不屑地道。

“找死！”兴浪的铁剑破空而至。

轩辕连眼都不眨一下，在所有人都认为轩辕必死的时候，轩辕突然消失，兴浪的剑斩空。

兴浪的剑斩空之际，华虎却发现轩辕已与兴浪重叠在一起。

是的，轩辕的身子与兴浪的身子重叠在一起，只是轩辕的左膝紧贴兴浪的小腹。

“呀……”兴浪喷血而退，像是纸鸢般飘入十豹骑的队伍之中。

轩辕迎风而立，如挺拔的松柏，气定神闲，自有一种悠然自得的洒脱。

兴浪在呕血，他没有死，并不是因为他厉害，而是因为轩辕脚下留情，否则的话，只怕兴浪的腰已经折了。

轩辕手下留情只是因为曾与他一起喝过酒，已经很久很久未曾见到家乡的人了，而此刻突然间遇到这群要杀他的旧识，虽然心中微恼，但却也有一种说不出来的亲切之感。所以，他并没有痛下杀手。

华虎几乎呆住了，轩辕的那一击之利落简直让他难以置信。的确，只不过一年时间未见，轩辕竟能在一招之下击败一年前与之不相上下的对手，这确实令人有些不可思议。

事实正是如此，一年前，轩辕的武功只是与十豹骑在伯仲之间，便是能占些优势，但这个优势却并不大。可今天，轩辕在一招之间击败兴浪竟是那般轻松利落而洒脱干脆，便若拈花拂尘。

“念在我们曾经有过一段交情的分上，我今日并不想开杀戒，请让路!”轩辕淡然地逼视着华虎，似乎刚才一点事情都没有发生。

华虎感到心头有些微微发毛，他发现轩辕的目光竟是那般冷厉而锋锐，似乎要剖开他的一切皮壳透入其内心。他感到自己在轩辕的目光之下变得赤裸裸，没有一丝情绪可以逃脱轩辕的眼睛。

十豹骑人人震骇，人人愤怒，人人惊惧，他们没有出手，是因为华虎未曾说话。在这一刻，他们似乎感觉到来自轩辕身上的那股压力和威胁。不过，此刻他们的目光集中在那骑坐于虎背之上的华虎身上。

“嗷……呜……”大虎低吼，似乎感觉到了什么，显得有些不安，或许是因轩辕的目光太过犀利。

“哼，想走？还得先放倒我们！”华虎知道已到了不能不说话的时候。不过，他此刻的话已经没有了刚才那逼人的气焰，或许是因为他已经深深地感觉到了来自轩辕身上的威胁。他自己也是一个高手，高手都有高手的眼力，但他却根本无法看透轩辕，无法看出轩辕的深浅。他如果在鬼三的口中听说过轩辕的事迹，此刻定会为自己这个决定后悔。只不过，他并没有听到鬼三或是土计对轩辕的评论，也便注定了他倒霉的命运。

“如此说来，我只好得罪了！”轩辕无可奈何地道，他虽然明知这些人可能会是鬼方的人，但这一年来，他还是第一次见到过去与自己有交情的人，所以心中倍感亲切，并不想与华虎诸人交手。不过，此刻既然华虎要咄咄相逼，他也就只好出手了，这是没有办法的事。

十豹骑所剩的九人立刻呈扇形散开，包围着轩辕，他们知道，已经不可能凭一己之力对付轩辕。对于敌人，他们并没有任何的顾忌，因为打一开始他们便将轩辕当作敌人，当作猎物。

轩辕摇了摇头，露出一丝无可奈何的苦笑，向那扇形的中心踏上一步，刹那之间，所有的人都感到轩辕变了。

轩辕变了，犹如高山大河，立如五岳，静似遥远深邃的夜空，夜也似乎变了，变得沉重而郁闷，连空气都显得那般沉重。

轩辕不再是轩辕，而像一柄新出炉的古刀，古朴而忧郁，锋锐而雄浑，便连吹过来的风都变得锋锐而清冽。

华虎的心为之颤了一下，就因为轩辕那轻轻的跨步，那轻轻的一步几乎改变了整个天地，改变了他所有的感观，似乎此刻并非盛夏，而是秋末。

轩辕的笑容有些苦涩，但却不知道是为何而苦，不知是为谁而苦。不过，他的神态之中却有一种让华虎心悸的从容和优雅。

“给我杀！”华虎低吼，他的坐骑也在低吼，事实上便是他不出声，这些人也知道出手。因为他们已经无法抗拒来自轩辕身上的气势，那是一种让人窒息的压力，让人心惊的威胁，所以他们必须先出手。

九件兵刃，九个方位却有着千万个角度，顿时，虚空似乎陷入了一片迷乱之中。

迷乱的光影吞没了十豹骑的九名战士，然后也吞没了轩辕自己。

华虎却并没有半点高兴的心情，因为他突然发现轩辕竟出现在了他的面前，而且神态从容。

是的，轩辕居然如同鬼魅一般出现在华虎的眼前，没有人看清轩辕是怎么自那光影中穿出的，没有人知道轩辕为何如此从容。

这便像是一个梦，让人吃惊的梦，可又是事实。华虎狂吼一声，他出招了，他的兵刃是刀，一柄长刀。

华虎不得不出刀，轩辕实在是太可怕了，竟能在九人联手的攻击下莫名其妙地走出合围之阵，而华虎更感觉到了轩辕对他的威胁和压力，所以他不能不出刀。

十豹骑陡然间也发觉轩辕已经脱离了包围，可是他们却根本无法弄明白这究竟是怎么一回事。或许是轩辕的速度太快，或许是轩辕的身法太诡异。

“嗷……呜……”大虎在华虎扑出的身形之后向轩辕扑去。

轩辕的身子拔起，右手在虚空之中划过一个有若太极的圆弧，直向华虎迎去。

华虎并没有本该存在的欣喜，轩辕不出剑，可是他却觉得轩辕身上无处不是剑，不仅仅如此，轩辕右手所划的那道圆弧竟生出一股强烈的旋吸之力，似乎将他的刀气和功力完全吸扯过去，甚至连他的刀、他的身体都有些无法自控地向轩辕的右手撞去。

这是什么武功？这是什么招式？华虎根本就来不及细想，轩辕便已抓住了他的刀背，而轩辕的左脚也在此时劲踢而出。

砰……一声沉闷的爆响，那头大虎在虚空之中倒翻几个筋斗，跌回地面，它无法抗拒轩辕这要命的一脚。

轩辕和华虎也双双坠落地面，但轩辕所抓住的已经不是华虎的刀，而是他的脉门。

华虎面若死灰，这之中的变故实在是太快，他几乎没有任何反抗之力，更无法想象轩辕的武功竟进步如斯之快。以他的武功，竟会在一招之间受制，这对他的自信心无疑是一个极大的打击。可是他又不能不正视现实，而此刻他也想起了轩辕刚才右手的那一招有些像是木青神山鬼剑的招式，却比木青的招式可怕不知多少倍。

大虎落地，吃痛之下野性被完全激发，竟再一次扑了上来。

“畜生找死!”轩辕冷哼，伸手将华虎甩向十豹骑。事实上，对华虎他犹未起杀心，至少在今日他不想杀这让自己倍感亲切的人。

华虎身不由己地打横飞出，直撞向攻来的十豹骑。

十豹骑全都大惊失色，皆因轩辕竟能如此轻描淡写地制伏华虎，而此刻华虎的身体又如一件巨大的兵刃挡住了他们所有进攻的路线，可见轩辕手劲之巧实已到了登峰造极之境。

轩辕未动，似乎视那重达数百斤的大虎如无物。

“嗷……”在大虎的血盆大口张开欲噬人之时，轩辕徒然出拳。

左拳，似乎带着一溜火光准确无比地击在大虎的额头那有王字的绒毛间。

“呜……”大虎发出最后一声凄叫，身子飞跌出四丈，脑袋爆成碎肉，合着鲜血的脑浆洒得满地都是。

轩辕依然静立，身子连晃都不曾晃一下，只是左手在衣衫之上轻轻地拂了一下，似乎是想擦去上面的尘土。

所有人都呆住了，为轩辕这一拳，每个人心中都有一种惊悚之感，只觉眼前的轩辕是一个完全陌生的人。

“今天，我并不想杀你们，如果下一次相见依然是敌的话，我便不再客气了!”轩辕淡漠地道，他依然选择背对着众人。

华虎没有出声，他已不知道该如何说话，或许已经没有任何话好说。事实上，他根本就不可能是轩辕的对手，就算他再作任何挣扎都是徒劳，他的战虎被毙，除了心痛之外，竟生不起一点仇恨。

十豹骑也未曾出手，他们也为轩辕的气势所慑。轩辕的气势让他们清楚地感受到，就算他们九人联手也根本不可能阻拦得了轩辕的去势。

轩辕走了，在他们的目光之下头也不回地飘然而去，犹如暗夜里的幽灵，又似乎让华虎诸人做了一场无法醒来的梦，而林间的杀机依然在弥漫，愈酿愈浓。

轩辕并没有直接回到营地，而是以极快的速度在林间绕圈子。

不明所以的人定会以为轩辕有毛病，但轩辕却知道，自己并没有甩开敌人的跟踪。

这是一种感觉，超出人心思考的范围，只是一种超乎感观的直觉。或许，这也是一种来自大自然的力量，无法解释，无法捉摸。

轩辕知道，自己无法躲避，也不可能回避，于是他选择了面对。

是的，面对那始终隐伏在暗处的敌人，轩辕感觉到对方始终以一股不即不离的气机牵绕着他，但他却无法判断这股气机来自哪里，似乎这林间的每一棵树，每一株草，每寸泥土都与这无处不在的气机紧密相连，也仿佛就是这无形气机的源泉。

轩辕默然转身，他一离开华虎诸人便发现这股气机的存在，所以他一直都想甩掉这隐形的敌人。

“做人何必藏头露尾呢？我想能够跟踪我这么久，也不是无能之辈，难道你不觉得这样很失身份吗？何不出来一叙？”轩辕目光小心翼翼地打量着四周的环境，冷然道。

山林空寂，无人应声，只有轩辕自己的话随晚风而散。

风在吹，树叶以一种很单调的沙沙声相伴，犹如昆虫在咀嚼桑叶，又如流沙在移动。

黑暗之中，并没有什么能够瞒过轩辕的眼睛，但他除了看见树叶在摇动，小草在摆动之外，竟没有发现任何异样。

轩辕盘膝而坐，突然之间，他似乎想到了什么，陡然之间身子倒立而起，也就在这时，他发现了一丝异样——一株草在动。

一株草在动，并不是草秆在动，而是草在做着微微起伏的运动，犹如是漂浮在波浪之上，又如同是一叶随波逐流的小舟。

这只是一点极为细微的异常，但轩辕却捕捉到了，因为此刻他的眼睛几乎与地面相平，所以只要地面之上有一点点的异常，哪怕是一只蚯蚓在翻土，他也能够清晰地发现。

轩辕一声低啸，身子横落，几与地面成水平而躺，背上的剑铮的一声脱鞘射出。他已经找到了以自身的气劲驱策兵刃的方式，竟可以本身的杀机激出鞘中之剑，几乎已等于赋予了兵刃本身以生命。或许可以说，轩辕已经找到御剑之术的基本要领，当然，这与他体内沛然无匹的内力是分不开的。如果没有不世的功力作后盾，绝对不可能顺利驱剑。

哧……轩辕的手重重拍在剑柄上，含沙剑犹如一只地鼠般直射入地面之下，更以快若疾电的速度在地面之下穿过，使得地面上迅速凸起一层土埂。

轰……地面突然炸开，一个细小的身形在飞洒的泥土和草屑之中向轩辕飞扑而至，同时带着若惊涛骇浪般的气旋搅得林中每一寸空间都沸腾了起来。

“土计！”轩辕低呼，他并不意外，因为在他准备盘膝而坐的那一刻，便已经猜到跟踪者可能便是这个侏儒怪人。也只有这个怪人，才有可能让轩辕无法发现行踪，皆因他可以遁土而走，完全超过了视线的范围，兼且此人功力高绝至极，几与鬼三是一个级别的人物，要想跟踪轩辕并不是一件很难的事情。不过，土计仍没能够瞒过轩辕的灵觉。

是的，土计不得不现身，而且是被轩辕逼出来的，这是土计所没有料到的，他也不得不佩服轩辕的精明。

轩辕当然是个聪明人，若是在轩辕未曾与花蟆人和吸血鬼交手之前，也许，他还真的永远都难以发现和逼出土计，但轩辕早有与吸血鬼多次交手，与花蟆人多次交手的经验，他找到了发现这些潜伏在地面之下敌人的最好办法，那便是以倒立的身体去察看地面的动静。因为当人直立之时，由于眼睛与地面的夹角太大，很难发现整个地面的细微变化，但当人倒立之时，目光几乎与地面相平，那么地面之上的任何细小变化都难逃目光的扫视。

土计的遁地之术的确已达到了登峰造极的地步，但他始终是个人，始终会在地面之下占一些体积，这就不能不让地面发生一些细微的变化。也许，当人直立之时，无法发现这细微的泥土的运动，可倒立之时，又是另外一回事了。

轩辕露出一丝凝重的笑意，对于土计的攻击，他感到了压力，但对于能够逼出土计，他又感到欣慰，所以他的表情凝重间也带着一丝笑意。

铮……刀已到了轩辕的手中，毫无花巧，甚至显得有些笨拙的一刀，却使得虚空像是在刹那间被撕裂了一般。

轩辕感觉到体内的血液有种滚烫的感觉，而沸腾的热力透过七经八脉直传至手臂之间，然后流至刀身。

刹那间，刀身亮了起来，犹如一条明亮的火龙，拖着一道凄美而惨烈的光弧，破空，迎击。

山林间的空气也在骤然间沸腾，森森的杀气充斥了每一寸空间，树叶似乎是被虫蛀了或是被什么侵蚀了一般，以一种奇妙而轻悠的态势洒落。然后，在触及土计拳风之时再以洪流般的态势凝聚，最后，迎上了轩辕的刀。

就在这一刻，一切都在这一刻爆发、炸裂，以一种无可匹御的方式轰然而去。

轩辕急退，土计急退，而那被刀气拳风绞碎的枝叶犹如黑色的雪花在虚空中乱舞、奔涌、打旋……

哧……土计再退，因为轩辕那自地面之下袭来的含沙剑在这一刻才真正发挥了它的作用。

轩辕大喜，他竟能在一刀之间与土计战个平手，虽感到手臂有些发麻，但是土计却是一退再退，相形之下，他并未输给土计。至少，他并不是没有一战之力。

土计欲夺剑，但轩辕绝不让他有这个机会，轩辕的刀又一次逼上，在进攻的时候，轩辕的速度的确是快极，这是神风诀的好处。虽然他并不能在脚力上甩开土计，但在短距离中却能使出让人心寒的速度。

土计并不意外轩辕能击退他，因为他看到的轩辕曾在封神台之上以一人之力硬接他和鬼三、风绝及童旦四大超级高手的一击，而后又在一招间重创风绝。这一刻他之所以敢与轩辕硬拼，其实是在赌轩辕的伤势未好。不过，此刻他心中认为自己的猜测并没有错，是以，他也有些欢喜。

本来，土计绝不想现身与轩辕一战，皆因轩辕在他脑子之中留下的印象太过深刻，他不敢轻易言战。是以，一直都只是在暗中跟踪，但此刻却被轩辕给逼了出来，也只好与之一战了，这对土计来说，是情非得已的一战。

叮叮……土计矮小的身子极为灵活，一双短而胖的手竟将轩辕的刀势完全封住。

轩辕左手迅速抓住剑柄后撤，与土计相距三丈而立，浑身散发出强大的战意，整个人犹如燃烧起一团魔焰，那纷落的枝叶碎屑在轩辕头顶丈许便纷纷向四周飘落。

“想不到地神竟有如此雅兴来跟踪我，真叫我大感荣幸!”轩辕淡漠地道。

“哼，我是来向你讨命的!”

“讨命?”轩辕微讶，反问道，“我欠了你的命吗?”

“哼，我的徒儿吸血鬼不是被你所害吗?”土计狠狠地道。

轩辕恍然，忖道：“难怪吸血鬼身具那么好的遁地之术，原来是土计的弟子!”

“如此说来，我倒真的欠了你一条命，不过，只怕我的命没这么容易取吧?”轩辕淡然笑道。

土计的表情很冷峻，也很古怪，他那不够四尺的侏儒身体本就透着一丝古怪，配合着那副表情，的确有些意思。

“哼，我会让你付出代价的!”土计双手平平地推出，胖胖的手心突地凹陷下去。

轩辕微微不解之时，陡觉一股强大的吸力牵扯而至，虚空之中仿佛突然多了两个巨大的黑洞，要将周围的一切全都吞噬一般。

断枝败叶再一次如同着了魔般舞动、飞旋，然后犹如不可阻拦的洪流向土计汇聚而去。

林木的枝叶狂摆，似乎在陡然间有狂风乍起。

“好!”轩辕低赞了一声，脚下微摆出丁字步，如山岳一般稳立，但衣衫却已猎猎作响，不知是因为乍起的狂风抑或是来自轩辕内在的气势。

土计不矮，此刻的土计任谁看上去都不会说他矮，因为他给人的感觉，似乎需要仰视，更给人以雄伟压迫的感觉。

轩辕弃刀用剑，剑微扬，遥指向天边犹如小船的弯月。

此时月已出，但月色却极为朦胧单薄，使得深夜再添了几分寒意。

或许，寒意并非来自弯月，而是来自轩辕的剑。

剑气森寒，剑身犹如一块正在散射着极寒的玄冰，那种寒意犹如无形的潮水一般漫过每一寸空间。

土计也为之心惊，轩辕的剑上竟能散射出如此的寒意，而轩辕所使的刀却有着一股极热的气旋。这两股截然不同的力量竟然全出自轩辕的身上，的确让他有些心惊，但他依然义无反顾地进攻。此时他的双掌似乎托着两个巨大的球体，以败叶残枝和无形的气旋所凝聚而成的球体。

土计一动，轩辕便动了，剑啸犹如龙吟，而轩辕的身子忽然没入暗夜，风暴也便在此时生成。

“山裂——”轩辕轻吟一声，声音犹如无数细小的银针，无孔不入，而剑气更铺张成山洪狂泄之势自天空倾覆而下，犹如自九天银河落下的瀑布，在月色之下，泛起一道匹练般的光华，吞没了轩辕，吞没了月色，吞没了山林，更吞没了土计。

那莫可匹御的气势以无坚不摧的剑气舒展开来，每一寸空间都被剑气绞碎，甚至连每一缕风都化成了剑气，所有的力量被这一剑吸纳，再转化，在无休无止的演化之中，剑势也在无休无止地增强。

轰……土石四射而飞，碎叶败枝化为灰烬。

哗……轩辕的身子踉跄而落，再踉跄地退出十数步，撞断一根树干。

第七十三章　地神土计

土计竟然消失不见，在他们刚才交手之地，只留下了一道长两丈、宽五尺、深达三尺的剑坑，剑坑的中心最深，两边渐浅，呈一个弧形，剑坑边的几棵大树尽被摧折，横七竖八、凌乱不堪地躺着，树干之上更刻着数也数不清的剑痕，那是剑气所留的残痕。

土计不见了，这是事实，地上有一摊血迹，清晰地洒在那倒地的树枝之上，斑斑点点犹如几朵凋零的小红花。

轩辕大口地喘了几口气，努力地平复体内浮动的气血。与土计那一击，反击的力量着实太强，若非这数日来他的功力连番数倍地增长，只怕此刻他已不能够站着了。他感到腰脊有些微微的痛，那是刚才撞断大树的地方，不过，这对于他来说，根本就不算什么。

轩辕知道，土计已经走了，遁地而去，血迹自然是土计所留下的，只是轩辕不知道他究竟伤了土计的哪一个部位。在混乱之中，连轩辕自己也无法控制自己那激涌的气血，也便使得他的头脑并不是极度的清醒。不过，他没有必要去理会究竟伤了土计的哪个部位，只要能让对方受伤，他便已经胜了一筹，尽管他知道这次能够取胜是因为他占着神剑之利，以神剑搏土计赤手空拳，自然是大占优势，这是不可否认的。

轩辕心中极为畅快，他终于能够顺利驾驭惊煞三击，虽然仍未能够达到炉火纯青的地步，但他已经感到很满意。驱驾惊煞三击是他这一段时间的梦想，自他第一次使出这绝世剑招之后，每次都在进步，每次都有不同的感受，唯有今日这一次使得竟是那般流畅，那般自然，唯一美中不足的，便是他仍不能控制住剑招的攻击方向。他无法将这绝世剑招收放自如，不过，这已不是主要的问题。

含沙剑上有一颗血珠，竟然有一颗血珠，这让轩辕微感意外。

轩辕伸手轻抹，才发现这颗血珠结成了冰粒，犹如在剑身之上嵌了一颗红宝石。

剑身依然极寒，这让轩辕自己也感到有些莫名其妙，他还是第一次发现自己所催发出来的剑气竟是如此冰寒，这与他最初使刀之时的火热之劲完全相反，这究竟是怎么回事？难道真的与那两片地火圣莲的花瓣有关？

轩辕稍稍平复了心中的思绪，目光四处扫了一眼，知道是该回营的时候了。他的确应抽点时间好好去想一些问题了，而这些问题可能是他以前从未想过的。他知道，土计不可能再跟踪他。

回到营地，一切都很平静，竟没有人来骚扰这群歇在河边的人。

思过所布下的哨卡极好，便是轩辕也不得不称赞。

歧燕她们似乎早已熟睡，唯轩辕稍感疲惫地来到河边，一时兴起，竟再次跃入水中。

河水冰凉，那流水的冲刷，犹如一双巨大而温柔的手在按摩着他那有些疲劳的肌肉，那种感觉实在很舒服。

河边也有哨卡，但放哨的剑士并不想打扰轩辕的思绪。是以，河水之中只有轩辕一人在畅游，在休憩。

水，是生命的源泉。每当没入水中，轩辕便感受到了生命力的狂野，便感受到了自身的生机，那是一种很曼妙的感觉，特别是在服食了龙丹之后，他对水似乎有一种特别的感情。

那是一种连轩辕也不明白的感情，没入水中，他像是躺入了母亲的怀抱，似乎整个身心都得到了放松，与大自然更紧密地结合在一起，似乎可以听到大自然脉搏的跳动，感受到天地的浩瀚，及存在于天地之间的灵气和无形的力量。

轩辕把整个身子全都没入水中，闭住呼吸，就像是鱼一样静伏于水底的一块石头上，任由流水冲击着自己的身体，任由那冰凉的寒意钻入自己的肌肤。

轩辕的内心并不平静，抑或可以说他的内心无法平静，那许许多多的问题，许许多多的往事都在这一刻涌上了心头。

生活，就像是在一场梦中，生命便像一个美丽的童话，显得那么不真实，那么虚幻，甚至有些缥缈，命运的安排似乎是一场闹剧，一切的一切都像是在身不由己之中被推上了高高的浪头，然后又坠入浪谷。在生与死的循环往返之中，他有些迷失。

是的，轩辕自己都感觉到有些迷失。活着究竟是为了什么？发展究竟是为了什么？强大又是为了什么？生命的意义究竟在于何处？这是一个亘古以来都让人头大的问题，没有谁能够回答。

也许，活着只是为了活着；也许，发展只是为了发展；也许，强大也只是为了强大。生命的存在是不需要理由的，生命的演变也不需要理由。或许，这只是自然规律所演化的真理——活着就是为了活着。

他从来没有如这一刻这般认真地去想这些问题，在很久以前，他很喜欢静静地思索，只是那个时候思索的问题与此刻所思索的问题稍有不同，而且此刻他对这些问题感触更深刻一些。

这个世界是弱肉强食的世界，真理只有在武力的扶持之下才能建立起来，轩辕也感到了自己逐渐地强大起来，可是他却更感受到了一种深沉的责任，一种无法排除的压力。

活着，他发现并不只是为自己而活着，他之所以要坚强地活下去，只是因为有许多人期盼他活着，如果这个世上没有那些如同自己一般活着的人，而只剩自己一人的话，这个世界将多么单调，将多么枯燥和无奈，那样活在孤独和寂寞之中，还不如痛苦地死去。正因为如此，轩辕似乎在刹那之间找到了生存的原因。

既然自己不是为自己而活，那便得将有限的生命发挥到极致。只有为别人而活的生命才是多姿多彩的，因为，在生命的旅程之中将不会再感到孤独，不会再感到无依和盲目，这是生命的至理。

一个人若是为自己而活，那么这个人可以找到一万个绝望的理由，往往这种人总会在痛苦之中生存，而一个人若是为别人而活，他找不到绝望的理由，就算痛苦，也定是短暂的。因为这个世上有太多的东西让他去珍惜，有太多的事物等待他去发掘，有太多的欢乐等待他去享受，因为他的生命是属于大家的，只有聚众人之力才能够营造一个丰富多彩的世界，也只有在丰富多彩的世界中生存，方能找到自身存在的意义和价值。

想着想着，轩辕的内心再一次变得宁静，便像这水底的水一般宁静，因为他已经找到了自己混乱思想的头绪。当一个人想通了一件很重要的事情时，他就会有一种难得的舒坦之感，而轩辕此刻便是如此。

宁静之中，轩辕的思绪犹如八爪鱼一般延伸而出，他竟能够清晰地捕捉到自身边游走鱼儿的动态。一切都是那般生动，那般美好，他甚至可以捕捉到岸上剑士的呼吸声，包括那脚步的移动声，甚至连树叶的摇动、小草的拂动都清晰地在灵台之上反映出来，犹如一幅幅清晰的画面，动感十足。方圆数十丈的风吹草动根本就无法逃过他的灵觉。

轩辕收敛思绪，冥视内心，以一种极其缓和的方式催动体内的功力，然后缓缓地引导着体内真气的运行，他要寻找体内那股阴寒真气的来源。

丹田，一直是轩辕不敢触碰的禁区，他的功力储存方式极为特别，分布在体内百脉，上聚于膻中，而丹田却被龙丹气劲所占驻，一不小心，便会引出祸端，这一点轩辕是有很深的体会的。因为此刻他仍无法驱驾龙丹的神力，也无法同化那单独存于体内的生机。若是在到达君子国之前，他或许敢去触发丹田的功力，但此刻丹田吸纳了来自地心的热力，又充盈着丰满的生机和无穷的力量，一旦触发，可能将引起难以收拾的灾难。是以，轩辕尽量不去触发丹田真气。不过，他也知道这样下去绝不是办法，毕竟，丹田属于身体的一部分，如果他永远都不去触碰的话，那龙丹的真气对他来说又有什么用？更是暴殄天物。如果不去化解这种危机，一旦在某一刻突然爆发出来，将更是无法控制。

此刻难得有这般静谧的环境，轩辕并不想做一个畏首畏尾的人，是以，他小心翼翼地调聚功力，向丹田中试探。

轰……轩辕只觉得体内一阵翻江倒海的震荡，丹田之中的真气倾涌而出，犹如一个巨大的泉眼，而轩辕的四肢百骸和七经八脉便成了泉水流泻的通道。

轩辕只感到体内两股真气相斥，但在某些地方又似乎相融，之间的排斥并不是非常激烈，轩辕心中大喜，他知道是因为自己的功力本身就是得自龙丹，其中也有一些得自地火圣莲，而地火圣莲所吸纳的地心真热与龙丹的气劲本就极为相似，唯一相排斥的可能只是地火圣莲本身的极寒至阴之气。

这当然是因为地火圣莲乃是薰华草之花，当然，地火圣莲的至阴之气与薰华草的至阴之气并不是完全相同，因为地火圣莲的至阴之气本身就接受了地火的至阳至刚之热的改造，使得这至阴之气变得极为柔和，虽然不容易被相融，但却可以像是润滑剂一般作为中和之效用。

轩辕感到胸腹间极为难受，却不是不能承受，这并不是一种痛苦，却是一种煎熬。他知道，如果自己不能坚持下去的话，那他永远都不可能再在武学上跨进一步，永远都无法驱驾龙丹。事实上，他更清楚，这股存在于膻中穴的阴柔之气是他驱驾龙丹的唯一本钱，因为他体内的真气本是来自龙丹，如果他欲以本身薄弱的纯阳真气驱驾龙丹，其真气只可能被龙丹所吸纳，甚至受到龙丹生机的控制。那时候究竟会发生怎样的变化，只怕轩辕自己也不知道。

事实上，龙丹始终有如一个生命体，在轩辕的体内独成一体，拥有自己的生机和力量。轩辕在东山口之时也感受到了这股生机的顽强，它的顽强不仅表现在它不屈服，更表现在它强大的包容力。它可以对大自然的生机进行吸纳，对外在的力量进行吞并，甚至想吞并轩辕的生机，吞并轩辕加于它身上的力量。可以说，龙丹是一个强大的敌人，一个强大的对手，它的威胁只是对人心灵的威胁，对人心志和灵魂的威胁。因为，它蕴含着野兽的血液和疯狂。

而此刻，地火圣莲的至阴之气是龙丹所不能融化和吸纳的，因此，若想完全驱驾这股顽强的生机，就必须以地火圣莲的至阴至柔的真气去引导那至刚至阳的真气。

朝阳的光彩映在河面上，只让所有的人都愣立着不知道如何是好。

河面之上耸起一根粗大的水柱，在水柱的周围却是一个巨大的漩涡，水柱高出河面近两丈，其粗几有五人合抱之巨，而那巨大的漩涡几乎占了整个河面的一半。

漩涡以巨大的水柱为中心，不停地旋动，包括那根水柱在内，也是一突一突地旋转，朝阳射在漩涡之上，光彩由漩涡反射到水柱上，那根水柱竟透出五彩的色泽，让人无法不为之惊叹。

跂燕心中有些激动，注视着河心的奇景，却不知是喜是忧。

“怎么会这样?”百合也几乎不敢相信自己的眼睛。

“定是圣王在水中!”丁香猜测道。

“大概也只有圣王才有这个能耐!”柳庄想了想道。

剑奴和思过不语，只是紧紧地盯着那旋转的水柱，紧紧盯着那巨大的漩涡，他们似乎在思索着什么，又似乎是在仔细察看着什么。

“圣王入水几有三个时辰了，一直都未曾露出水面，会不会……”

“别瞎说，圣王功力绝世，怎会有事?”一名剑士打断昨夜在河边放哨的那剑士的话道。

“跂姑娘，你在干什么?”柳庄不经意间扭头之时，竟发现跂燕在手舞足蹈。

“不要打扰她!”剑奴低叱，目光也移向了跂燕，但他更陷入了深思之中。

思过几乎不敢相信自己的眼睛，望着跂燕那手舞足蹈的样子，脸色阴晴不定。

跂燕似乎根本没有注意到旁人的目光和话语，竟顾自独舞，但也不时停下来，似是在思索，而她的目光却总不离那水柱和巨大的漩涡。

剑奴的目光再次投向那巨大的水柱，注视着水柱变幻不定的五彩之芒，掌指间也在比画着什么，似乎他自这漩涡和水柱之间领悟到了一些极为重要的东西。

柳庄更惊，他似乎没有想到连剑奴也发起呆来。

“我好像看到了人影！”百合也似有所悟地道。

“我也是！”丁香凝神而看，竟发现那水柱之中似乎有一个个人影在晃动、在飞跃、在舞蹈，而这舞蹈正如跂燕的舞姿，但又有些不同。

思过神情变得激动，他定定地注视着那旋舞的巨大水柱，似乎也感受到了什么。

这巨大的漩涡，这巨大的水柱，似乎有一股无法形容的魔力，它不仅有让人心颤的力量，更似散发着无穷无尽的生机，感染着每一个人的内心，使人有一种欲顶礼膜拜的冲动。

柳庄专注地注视着跂燕，因为跂燕的确美丽绝伦，与百合和丁香二女几乎难相上下。此刻跂燕舞蹈着，身姿更是曼妙无比，优雅脱俗至极，犹如九天神女下凡，每一个手势每一个步伐都似乎扣人心弦，包含着至理。这让柳庄感到惊讶，感到不可思议。不仅仅如此，跂燕的舞步竟是那般轻灵，似乎不惊起半点尘土，甚至连她脚下的小草都不曾踏坏……这的确让他感到有些迷茫。

“她是在练剑！”一名剑士突然低低地惊呼，他也一直注意着跂燕，而在突然之间似有所悟，这才忍不住惊呼出声。

柳庄突然惊醒，他感到脸上一阵发烫、发烧，刚才他竟没有发现跂燕所舞的姿势和舞步实乃一种极为上乘的剑法，只是注意到了跂燕的美丽，是以，他感到汗颜。

是的，跂燕所舞的正是一种极为上乘的剑法，没有人知道是什么剑法，但作为练剑之人，直觉告诉他们，这舞步之间的剑意十足，如果真正挥将出来，可能会惊世骇俗。

剑奴在舞，但他真的是在舞剑，剑气犹如织于虚空之中无形的蚕丝，草木四射，在剑影纵横之下生出了逼人的霸气。他所舞的剑招与跂燕完全是两种不同的路子，但他却和跂燕一样，目光始终未离那飞旋的水柱，似乎一切的秘密都藏在那之中。

“天下竟有如此剑道?”思过自言自语道。

百合和丁香在发呆，她们的心似是被引入了一个深邃而遥远的空间，她们的思绪更似随着这飞旋的水柱在旋转，灵魂也飘远了。

轰……水柱突然炸开，水珠犹如无数利箭向四面八方狂射，一道如蛟龙般的身影带着一缕亮彩破水而出，在虚空中似风影一般幻出一片五彩的云。

铮……一声犹若龙吟的轻响中，轩辕带着一阵欢快而爽朗的笑声自虚空中冉冉而降。

“圣王……”岸上的众剑手激动得欢呼，他们被轩辕刚才那瞬间的气势所感染，更为轩辕那惊天地、泣鬼神的剑式给震撼了。

没有一滴水珠冲上岸，因为轩辕刚才那一剑，那犹如风影神龙般的剑式，竟赶在射出的水珠之前挡住了所有的水珠，这是何等的速度？这是何等的剑式？这是何等的惊人……

河中那巨大的漩涡化成巨大浪头，然后在奔涌的流水中倾没，一切归于平静。

“恭喜圣王！”思过和剑奴欢笑着向轩辕行礼道。

“恭喜圣王！”百合和丁香也赶了过来，她们自然知道，轩辕的武功在这一夜之间又大大地跃进了一层。

“轩辕！”跂燕欢喜地扑入轩辕的怀中，似乎是感动，也似乎是倾泻满心的热恋。

轩辕犹如变了一个人，整个身心都似在散发着一股奇异的热力，每一寸肌肤都散射着强大的生机，目光犹如两缕阳光一样明媚而生动，似乎洋溢着无尽的活力。

“让你们久等了，我们也该起程了！”轩辕望了望那已经升起老高的太阳，悠然道。

众人先是一愣，但很快便知道轩辕不欲提起刚才的事，不过，此时的确是该起程了。

“血迹！”柳庄突然伸手指着一棵树上的一个血手印低声惊呼道。

“犹未干!”另一名剑士伸手摸了一下血迹，补充道。

思过的目光移向轩辕，似乎在征询轩辕的意见，看是管这件事，还是不管这件事。

“这个血手印竟是盖在我们的暗记之上，不知是什么意思?”百合惊讶不解地道。

“这或许是一种巧合!”剑奴分析道。

“既然被我们遇上了，那就只好去看一看了!”轩辕想了想道。

柳庄诸人迅速分头寻找血迹的去向，而此时，轩辕却听到了呻吟之声，极小极小的呻吟之声，但是绝对瞒不过轩辕的耳朵。

轩辕拨开距他刚才立身之处十多丈外的一丛杂草，映入眼帘的赫然竟是施妙法师。

“法师!”轩辕轻唤，但施妙法师并没有回答，只是在低低地呻吟，呼吸显得极为虚弱。

“法师!”轩辕再呼了一遍，但依然只换来同样的结果，他心中不由得涌起一种矛盾的情绪，这是个曾经出卖过他的人，也曾经是自己的战友与伙伴，更被自己搭救了数次，但最后却为自身的安危而出卖自己。

轩辕有些恨他，有些恨凤妮，甚至恨有熊族。对于有熊族，其实他并没有多大的好感，虽然那是他的母族，但却与他没有半点感情瓜葛，而他对有熊族的印象全被有侨族中的三大祭司给破坏了。因为，祭司们都是由母族有熊族训练出来的人物。他恨祭司，自然也就恨起了有熊族，他恨有熊族训练出这群披着人皮的狼。而后来，他再被有熊的圣女给出卖，是以，他对有熊族的好感已经磨灭得差不多。可是此刻，施妙法师却倒在他的身前。

施妙法师身上仍在流血，真正的伤是背上一个猩红的手印，像是以烙铁烙上去的一般。如果不及时施救的话，施妙法师唯有死路一条。

轩辕望着这蜷缩在草丛之中的施妙法师，竟再提不起半点恨意，不由得轻叹了一声。

“有人来了，剑奴，这些人就交给你了!”轩辕耳朵似乎动了一下，当他说这句话之时，剑奴才听到远处有一阵极轻的脚步声传来，他不由得对轩辕佩服至极。

思过也站在他的身边，听轩辕这么一说，立刻打了个手势，柳庄诸人极为配合地各自搭上弩机，各倚一树，准备对来敌痛下杀手。

他们似乎并不想理会来者是敌是友，只要是轩辕的吩咐，他们就照做，根本不必作任何考虑。

“是鬼方的妖人！”剑奴的眼利，立刻分辨出这些人的服色，低声道。

“那就杀无赦！”轩辕冷然道。

“是！”剑奴自然知道，对于鬼方的人，他并不想太过仁慈，那完全没有必要。无论以君子国或是神族的立场来说，鬼方始终都是他们的敌人，单凭鬼三和土计杀了他们的数位好兄弟，剑奴等人就不想饶恕这群魔鬼般的人物。

脚步之声越来越清晰，竟有十余人以极快的速度顺着血迹赶来，这群人似乎并不知道死神已经向他们靠近。

“放箭！”思过一声令下，数十支弩箭如飞蝗般破空。

“呀……”立刻有数人中箭而倒，但也有数人的功夫了得，竟然在弦响的一刹那，借树干之便躲过了这要命的袭杀。

这几人并没来得及作出反应，所有的兵刃都已经逼来。

君子国的剑手们绝不留情，虽然杀这么几个人根本就不需他们全力以赴，但是他们却动用了所有人联手出击。

对于鬼方的高手来说，这是一种悲哀，若是单打独斗，他们很可能会与这群剑士中的某些人战成平手，事实上，这群剑士每一个人都不会比这几名鬼方高手逊色，而此刻二十几名强手对付几个弱者，这根本就不成比例。所以这几名侥幸未曾中箭的鬼方高手也只能在惨叫声中被大卸八块。

“在那边！”远处似乎有人在喊，显然是听到了惨叫之声的鬼方人马。

君子国的剑士以最快的速度拔回射入这些尸体上的弩箭，再各自掠上树顶静候送上门来的猎物。

轩辕却无暇理会其他的事情，迅速以自备的银针刺遍施妙法师背部的穴位和经络，更在那猩红的手印边刺出几排血孔。他几乎可以肯定，这个手印乃是鬼三的杰作。事实上，从这种特殊的手印上并不难辨出是谁下的手，不过，轩辕却有些惊讶施妙法师竟能自鬼三的手上逃得一命。

其实到目前为止，轩辕仍不能完全知道施妙法师的武功深浅，这是一个极善于隐藏实力的人。不过，轩辕一直知道，这个人绝不简单，只看他在有熊族的地位便不难发现他的不简单。

施妙法师的五脏六腑都受了极大的震伤，更在背部积聚了许多瘀血，这对他伤势的恢复极为不利。其实，对于施妙法师的伤，轩辕也只有五成把握，因为他不仅受了严重的内伤，更失血过多。

当然，轩辕想尽一点心意，毕竟两人曾经在一起战斗过、患难过，他不能在对方危难之时弃之不顾。直到此时，轩辕发现自己的脾性改了许多。若是他刚离开有侨族时，面对这种情况，他会毫不犹豫地舍弃施妙法师，就算这样，也绝没有人说他不该。因为施妙法师已经出卖过他一次，可是此刻的轩辕真的变了，无论是思想上还是武学修为上，他都已不再是往日那个以牙还牙的轩辕，他可以容忍一些事物，包容许多东西，这说明他在成长。

这种变化，是受了周围人群的影响。轩辕影响了身边的人，身边的人也同样影响了轩辕。当一个人处在充满爱心和情谊的世界里，那这个人也会变得充满爱心，也会变得更为感性。

此刻的轩辕，受着那么多兄弟的尊敬和爱护，也使他心中不知不觉中生出对朋友、对兄弟的维护和关心，那是一种由爱衍生的责任。轩辕懂得了责任，所以他会珍惜每一个朋友，其实，他在昨夜已经觉悟，人活着，并不是为了自己，而是为了别人！因此，他准备出手救施妙法师。

轩辕知道，如鬼三和刑天这样的高手，绝对不会亲自出手来追杀如施妙法师这般重伤的人物，他很自信，只要鬼三和刑天不出手，以剑奴和百合诸人的武功，足以应付来者的攻袭。毕竟，剑奴数十年练剑，功力极为高绝，虽然比跂通要差上一级，但比思过诸人却是有过之，甚至较之帝恨都要厉害。

鬼方的追兵似乎意识到了什么，因为刚才那几声惨叫已经提醒了他们，除非他们是傻子才会不知道周围存在着危险。

每个人都小心翼翼地行进，借着树木的遮掩向轩辕存身的方向缓缓逼近，那是血迹所遗的方向。

林间，一时气氛极为紧张，数十名鬼方战士人人持弓执箭，以这样的装备足够对任何突变作出最快速的反应，而在他们正紧张兮兮的时候，却发现了一个人。

剑奴静立于林间，犹如一棵枯燥的老树，立成一种不朽的姿态。那苍老的面容，犹如刀刻剑凿的皱纹凝着铁一般坚不可摧的气势。

鬼方的追兵有些愣住了，他们对剑奴的存在似乎有一种莫名的惊叹，对剑奴的静立姿式犹如感受一个奇迹一般。

剑奴未语，但那种气势已经告诉了所有人他想要说的话。是的，无声的言语有时比有声的言语更具有慑服力。

有人看见剑奴剑锋上的血迹，在森寒的剑芒之中，那一点殷红的血迹显得极度鲜艳夺目。

尸体，鬼方追兵的尸体，在地上显得有些凌乱，但那些闻声而来的追兵并未发现。他们所发现的，仅仅是一地的血迹，但他们完全可以猜得出，这些血迹来自他们的同伴。

“你究竟是什么人?”所有追兵的目光几乎全都集中在剑奴的身上，事实上，他们之间仍有五六丈的距离。

剑奴依然未答，只是淡漠地抬起头来，目光极为深沉地扫了这群有些茫然的追兵一眼，露出一个悲天悯人的笑容。

在剑奴笑容泛起之时，鬼方追兵已经感觉到了有些不对劲。

“放箭!”鬼方追兵中有人呼喝，他们已深深地感受到剑奴的笑有些邪异，是以，他们不想再等待。

剑奴消失，消失在箭雨之中，他完全有能力借树干避开一层层箭雨的攻击。

嗖……当这群追兵脱离树干的掩护拉开大弓之时，林间又响起了一阵破空之声，目标却是这群脱离了树干掩护的人。

鬼方追兵此刻才知道自己上当了，剑奴的出现只是想诱他们脱离树干的掩护。如果他们想拉开大弓射杀剑奴，就必定会有半个身子露在树干外，而这也是最快射出箭矢的动作。可惜的是他们一脱离树干的掩护，在以别人为目标的同时，自己也成了别人的目标。

“呀……”林间的惨叫之声迅速传开，而剑奴的身子再次出现在鬼方追兵的眼前，但这次却是剑奴主动攻击。

君子国的剑士们纷纷自树枝的密叶间破空而落，犹如一只只捕食的金钱豹，带着无比凶猛的气势向鬼方追兵攻去。

鬼方追兵也不过数十人而已，虽然刚开始在人数上占了极大的优势，但一上来便损失了十余人，此刻在人数上没有占到太大的优势，气势已经弱了很多，连斗志也显得薄弱起来，那是一开始他们便被剑奴的气势所慑。

这群鬼方追兵也是一群极为优秀的战士，但是却无法与剑奴、思过及百合、丁香这等高手相比。是以，一交手便呈现阵脚大乱之局。

君子国的剑手，人人争先，既然轩辕有格杀勿论的命令，也就没有什么好考虑的。何况，对于鬼方的凶人，他们早已恨之入骨。

鬼方追兵一开始便看出了形势不对，斗志也便更弱。

这一场厮杀，只让君子国的剑手们大感痛快，虽然己方也伤了几人，但却在这片刻间宰了鬼方近四十人，这对于他们来说，自然是一件欢快之事，只不过仍有两名鬼方追兵趁乱见机而逃，但剑奴和思过并不在意。

“你们迅速去追柳洪，与他们会合。”轩辕起身向思过诸人吩咐道。

“那圣王呢?”思过听出了轩辕语调中的意思，不由惊讶地问道。

“我看来是要先去有熊族走一趟了。”轩辕望了施妙法师一眼，果断地道。

“圣王认识他吗?”百合讶异地问道。

轩辕点了点头，道：“他曾经与我是朋友。”

“我也跟你去!”跂燕坚定地道。

“不，你跟护法一起去柳洪那里等我！”轩辕断然道。

“就让大家陪你一起去有熊族好了。”丁香也提议道。

“不行，你们先去与柳洪会合，我很快就会追来。你们告诉柳洪，小心刑天和鬼方之人！”轩辕道。

“就让剑奴跟圣王一起去有熊族好了，或许剑奴能够对圣王有所帮助！”剑奴语意诚恳地道。

轩辕望了剑奴一眼，点点头道：“好吧，就让剑奴与我同去，其他人迅速去追赶柳洪！”

跂燕一脸的不乐意，但看轩辕那坚决而果断的眼神，却不知道该说什么，她知道就算自己再说什么，也不可能改变轩辕的决定。

望着有熊族那巨大而雄伟的城门，轩辕心中有种说不出的滋味。

他终于看到了有熊族的城墙，就像是石山似的城墙，给人以古朴壮阔雄伟的感觉。城墙全以巨石堆砌而成，而所有的石缝皆以木头钉实，使得整个墙面平整而又清洁。

在城下一站，轩辕只觉得一人之力是那么的单薄，人又是如此的渺小，这座属于有熊族的巨城，犹如蛰伏的巨兽，静静地吞吐着天地之间的灵气，也由此变得沉郁。

有熊族有十大联城，在十大联城之外更有许许多多的寨头，这些寨头也是通向十大联城的要塞之地。

十大联城地域分布方圆两百余里，呈遥相呼应之势守卫着有熊族的主城——熊城！

熊城位于十大联城所围之地的正中心，也是到目前为止修建得最为雄伟而气派的城堡，便连南方神族的战堡都没有如此规模。

当然，神族的战堡早已毁于一旦，化成废墟，并没有太大比较的价值。事实上，那个年代众神大战之时，被毁的建筑不知道有多少。因此，神族实没有留下太多让人瞻仰的建筑。反观北方有熊的十大联城，却成了天下众建筑的象征，这也是各股势力意欲争夺此地的原因之一。事实上，谁若能够完全主宰有熊族，谁就至少已得到了三分之一的天下，谁就有资格号令那散落在各地的千万个小部落。

这之中，还有个传说，那便是在熊城之中存在着一扇神门，谁能够打开神门，谁便能获得开天辟地的能量，那此人就可号令众神。

谁不知道，如果能够号令神族众神，天下谁还能与之争锋？谁都知道，神族众神都拥有常人根本无法想象的力量，每个人都是超级高手时。试想，当一个人拥有如此多的超级高手，这之间的仗还用打吗？

当然，这仅仅是个传说，传说并不是事实，也有人在想，如果真有其事，为何有熊族会没落？为何有熊族人自己不打开神门号令神族众神？这本就是一件极为矛盾的事情，谁也无法真的解释清楚。所以，只能说那是一个以讹传讹的传说，而非事实。

有熊族最外层的寨头许多都是空的，只有不多的寨头有前来依附有熊族的各族驻扎，成为有熊族最外层的哨口。其他的寨头因人手不够，只好让其荒置。而有熊族所有的人都退到十大联城之中居住，这样也便缩小了敌人攻击的面积和范围，也好作防守和攻击的安排。

东夷各族的人马都极有组织性，这是一群极度窥视熊城之人，而鬼方更想清除这一宿敌，因此有熊族不时有来自各个方向的攻击。不过，在这片有熊族人生活了五六百年的土地上，没有人比他们更知道如何保护自己，事实上也是如此。至少到目前为止，仍没有人能够攻陷其中的任何一座城池，这便是最好的证明。

当然，这也是因为有熊族中高手如云的缘故，便连罗修绝这般高手都不敢轻入熊城。

太阳身死，有熊族的新一代太阳犹未选出，因为上代太阳之子龙歌未返回熊城。所以，如今熊城的权力象征便掌握在创世大祭司和圣女的手中，而上代太阳之弟蒙络也掌握了熊城的部分权力。

创世大祭司传说是除上代太阳之外熊城第一高手，而所有有熊支系的祭司都是由他一手训练，然后遣送至各部落之中担任要职。因此，创世大祭司乃是有熊族所有祭司的最高总管，有熊族中除太阳之外最有权力之人。太阳一死，太阳自身的权力则一分为二，一为圣女凤妮所掌握，一为王子龙歌所掌握，当龙歌与圣女凤妮的两块令符一合并，则可以完全代表太阳行使权力，而得到两块令符之人则将成为有熊族的新一代太阳。

当然，太阳之位只在合法继承人中产生，也即是龙歌和圣女凤妮，而蒙络也可算是一个继承人，因为他也是王族中人。不过，他年事已高，自然无意再去掌管有熊族的权力了。而在产生新一代太阳的过程之中，可能会有许多事情发生，但那只是熊城中有限的几人才有权过问之事。是以，外人根本就不知道。

轩辕所立之处，乃是十大联城的西南面的癸城。

十大联城以地支命名，分别以甲、乙、丙、丁、庚、辛、壬、癸、戊、己为名。

西南面为癸城，与之相呼应的则是乙城和壬城，三城相隔不过数十里，若是相互出兵，一个时辰之内便可赶到支援。

十大联城就是熊城之外牢不可破的堡垒，若想大举进攻熊城，首先必须突破十大联城，也难怪有熊族能够力阻鬼方数百年，而且拖垮了鬼方，使之分散成十族，这的确也是有熊族的骄傲。

“快开城门!”剑奴对着城楼之上的哨兵高喊道，此刻已是黄昏，十大联城的城门皆已关闭。

“你们是什么人？有事明天再来，今日已不再开门!”城楼上的哨兵没好气地应道。

“如果你们想施妙法师早点死的话，就将城门关着好了!”轩辕冷漠的声音也送了出去。

城楼上的哨兵一愣，他们自然听清了轩辕的话，不由得面面相觑，一时之间城楼之上人头晃动，显然是有人前去请示了。

“你们可有令牌信物?”一名哨兵语气立改，问道。

“没有!”轩辕的回答既果断又干脆。

城楼上的哨兵又一阵骚动，不过，轩辕感觉到至少已有二十支利箭瞄准了他和剑奴。当然，他根本就不会把这些放在心上，就连乐极七代的极乐神弓都没能伤他，那这些人的弓箭又算得了什么？

想到乐极七代的极乐神弓，轩辕突然思及昨晚与土计交手之时，土计身上并没有极乐神弓和极乐神箭，那极乐神弓和极乐神箭又在哪里呢？

“你们究竟是什么人？”一名身穿素白祭司服的汉子走上城头，向轩辕高声问道。

“在下轩辕！”

“啊……”城头上的那人低低惊呼一声，众哨兵又是一阵骚动。

“开城门！”那身穿祭司服的汉子高声喝道，不仅仅是因为他听到了轩辕的名头，也因为他看到了轩辕怀中的施妙法师。

第七十四章　天浪祭司

轩辕饮了一口茶，他没有喝过茶，根本不懂得这个门道，平时所喝的多是水，可是这一刻在这开水里放几片树叶子一样的东西倒是别有一番滋味。

事实上，天下间懂得喝茶的人，大概只有神族的贵族或是极有身份的人。

有熊族乃是神族的贵族之后，也极有身份、地位，因此他们知道如何制作茶叶，但这是一种基本上不流通的艺术，因为以当时的工具，若想制出上好的茶叶，的确是一件很困难的事情。而那些野茶叶的茶质不好，所以在有熊族之中也并没有很多优质的茶叶。

轩辕能喝上一杯茶，的确是一种荣幸，也说明有熊族人当他是贵宾。

虽然轩辕是第一次喝这玩意儿，但觉得味道挺好，清香阵阵，味甘而浓……

剑奴也感觉到有些自豪，有熊族人将他也当作了贵宾。只不过，他所喝的是花茶，那是一片干花瓣，味道极香，使得茶质也显出碧黄之色。剑奴往昔从未喝过茶，但却知道有熊族的这种待遇是对他的重视。

客厅中很静，癸城极大，是依山势天险所建，呈星宿式的梯形建筑，内长大概两里多，宽则十余里。事实上，这座城并不是十分规则，但城内的建筑却是划分得极为整齐。不过，癸城之中的住户并不多，人口只在千人左右。

许多房子是空置的老房子，由这里的布局可以看出城中往昔的繁华盛况，或许真如叶放当初所说，有熊族最鼎盛之时，人丁是如今的十倍还不止。

轩辕和剑奴所坐的客厅极为宽敞，那叫天浪祭司的汉子还特为他们安排了一个倒茶水的小婢，小婢不过十二三岁左右，看上去极为乖巧机灵。

除小婢之外，似乎便再没有人来伺候。或者可以说，并没有人来打扰轩辕和剑奴两人。其他的人或是守在客厅之外，或是守在施妙法师的身边及病房外。

施妙法师所受的无论是内伤还是外伤都很重，他之所以能够活着回到癸城，全赖轩辕那浑厚至极的功力及银针刺穴之术，但真正的用药却必须到癸城，因为轩辕一时也找不到如许之多的药品。不过，轩辕相信有熊族之中定有医道高明者，更会具备许多珍贵的药材。因此，唯一拯救施妙法师的途径便是以最快的速度赶到有熊本部。

让轩辕感到意外的是，癸城中的守卫似乎全都听说过他的名字，包括天浪祭司都对轩辕特别尊敬，这种意外让轩辕有些不解。不过，并没有人告诉他这是因为什么。

“轩辕公子，祭司请你去一下！”一个极有精神的小伙子走进客厅，恭敬地道。

轩辕知道定是有关施妙法师的事情，不由得长身而起，大步跟在那小伙子身后行去。

“小的牧野，早就闻得公子大名，更知公子与九黎人大战数场的英雄事迹，我们的兄弟对公子很是向往，希望公子有空能指点指点我们这群兄弟的武功……”那小伙子一边领路，一边扭头与轩辕说话。

“哦?”轩辕感到有些意外，笑了笑，不由得对牧野大生好感，当然，没有谁会不喜欢听奉承话，何况牧野的话说得那么真诚坦然，这更让轩辕好感大增。

“你的兄弟们都是些什么人?”轩辕好奇地问道。

“是这城中的……”

“轩辕公子来了！”横里走出一个年长的老者打断了牧野的话，向轩辕客气地点头道。

“啊，这位是我们癸城总管蒙赤武！”牧野忙抢先介绍道。

“蒙总管好！”轩辕微感意外，想不到堂堂癸城总管竟对他也如此客气。

“公子请进，天浪祭司正在等候着公子！”蒙赤武道，说话的同时身子向一旁让了让。

轩辕也不客气，走入一间光线微显暗淡的小屋，却见在施妙法师的病榻之旁立着四五个人，每个人的表情都很肃穆，天浪祭司见轩辕来了，忙抬头有些勉强地投以一个微笑，并点点头，算是跟轩辕打了招呼。

轩辕不理众人，径直来到施妙法师的病榻边，低声问道：“未曾醒过来吗？”

天浪祭司摇摇头，无可奈何地回答道：“没有，他的胸间似聚有瘀血，如果无法排出的话，只怕难过今夜！”

“何不以功力强行逼出？”轩辕问道。

“没用的，他的体内会生出抗力，其内腑本已受伤，若是再有两股力量相冲击的话，只怕会伤上加伤，无以为治了！”一旁的另一名老者深深地吸了口气，苦笑道。

“哦。”轩辕也愣住了。

“这之中或许还有一个办法！”天浪祭司吸了口气，将目光移向轩辕道。

“什么办法？”轩辕倒觉得这群人故意跟他卖关子，而且都显得有些吞吞吐吐不爽快，倒是那年轻的牧野显得可亲多了。

“我见公子最初以银针刺穴之法为法师镇住了伤势，不知道公子能不能以银针刺穴之术疏散开他胸腹之间的瘀血？”

“那能吗？”轩辕不由微愕，反问道。事实上，他对银针刺穴之术并不是很精通，只是通过自己平时揣摹所得的一些皮毛。毕竟，他跟歧富的时日太短。

“公子可曾试过将功力通过银针直接扎入法师体内？”天浪祭司试探着

问道。

轩辕眼睛一亮，想了想道："让我试试，可是我仍没有把握，只怕会弄巧成拙。"

众人一阵沉默，最后还是刚才那说话的老者开口道："这是没有办法中的办法，我们必须试一下。针灸之道乃西北崆峒山的秘术，如果能有崆峒仙派的人来施针，那定能奏效，不过，那是不可能的。因此，我们只能姑且试一试！"

"高长老说得对，公子就试试，一切只好听天由命了，我们之中没有人对针灸之道有所了解，只能看公子的了。"总管蒙赤武患得患失地道。

"是啊，轩辕公子就不要推辞了，如果上天注定要法师难逃此劫，那我们凡俗之人也无法挽回，公子下针吧！"天浪祭司咬咬牙道。

轩辕也知道这是一个有很大风险的任务，但他必须试一试。当然，这也是一种全新的尝试，如果成功的话，他将会在针灸之道上跨出大大的一步，但如果不能成功，施妙法师就很可能提前死去。

生命本就是脆弱的，生活却是残酷的，轩辕必须作出选择，必须面对一切。

所有人的目光全都凝注在轩辕的身上，似乎是在等待他作出最后的决定，但所有的人皆知道这个决定背后所隐藏的东西，这是一个残酷的挑战，向生命挑战。

"好吧，我试试！"轩辕终主动点点头，咬牙道。

所有的人心情更为紧张，并没有因为轩辕的答复而放松。

晚宴很丰盛，或许是因为施妙法师醒过来之故。这对于癸城来说，应该是一个喜讯，对于轩辕来说，当然也是一件喜事。他竟找到了在银针上注入内劲的感觉，虽然救醒施妙法师耗去了他极大的心力，但这些却是值得的。至少，让他尝试到了过去所未尝试到的东西。

轩辕的确感到有些累，因此，他没有打算连夜赶上思过他们，而是选择在癸城暂住一晚。

这是他第一次来有熊族，但所做的却是这样一档子事，这与当初轩辕的想象大相径庭，也让他感到有些好笑。

癸城城主并不是王族中人，而是依附有熊族的一个强大部落的首领伯夷父。

伯夷父看上去就知道是一个极为精明之人，四十余岁，给人一种仙风道骨之感。美髯青衫，毫无城主的架子，走到哪里犹如给人带去一阵清风，不夹杂半点压迫之感。

癸城中的人对轩辕似乎都极为客气，却不知是因为轩辕救了施妙法师，还是因为别的原因。不过，轩辕并不想计较太多，最多也不过只住一晚而已。

有熊族茶酒似乎极为盛行，不仅茶好，酒质也极佳，便连轩辕这往日并不怎么喝酒的人，也几乎喝昏了头。他也记不清自己在晚宴上究竟喝了多少杯，但后来却记得是剑奴和天浪祭司扶他去休息的。

轩辕本不欲喝这么多酒，但盛情难却，而天浪祭司等人又以他远来是客抬出许许多多的理由，使得轩辕不能不喝，也就在迷糊之间醉倒了。

夜，癸城极静。

但熊城并不静，在黑暗之中，似乎酝酿着一场无法抗拒的风暴。

事实上熊城中的每一个人都预感到风暴的来临，只是，人们似乎已经习惯了风暴来临前的等待，等待那一刻自天上到地下的爆发过程。

风暴犹未至，可是所有人已愈来愈清晰地嗅到了风暴的气息，这场风暴酝酿的时间太久了。

一年的时间，足以发生许许多多事情，足以发生许许多多的变故。可是，这场风暴竟酝酿了年余犹未爆发，这让所有等待风暴来临之人的心已经麻木了。不过，此刻每个人都知道，风暴已经近了，而这场风暴可能在龙歌返回之际，就是爆发之期。

凤宫，乃圣女栖身的重地，守卫极为森严，在熊城之中，有着极高的地位。

是夜，有人行色匆匆直奔凤宫大门。

“什么人，止步!”凤宫大门口的守卫锵的一声拔出佩剑，低喝道。

在深夜之中，禁止未经允许的人直进凤宫，就连创世大祭司也不例外，除非有圣女亲自召见的口谕。而这个口谕则会通知凤宫的每一个守卫，让其放行，但今夜并无圣女口谕，却有人私闯凤宫，自然触怒了守卫们。

“癸城快骑，有急事要禀圣女!”来人急奔至凤宫大门外，迅速止步回应道，作为有熊族的每一个成员，都应该知道凤宫的规矩，更应知道凤宫剑士的厉害，是以，他不能不止步。

“令谕!”一名剑士还剑入鞘，踏步上前，沉声道。当然，如果是有急事的话，对于凤宫来说却有些例外，但把关依然极为严格。

那来者迅速掏出一块以黄金打造的令牌递了过去。

那守门的剑士仔细看了看，又将之递给癸城快骑，问道：“传谁之讯?”

“伯夷父!”癸城快骑气喘地答道。

“好，你先在这里稍候，我去禀告圣女!”那剑士的语气缓和了许多，只是因为他听到了伯夷父这个名字。

癸城快骑无奈地点了点头，他知道，这是必须通过的手续，谁也改变不了，就是伯夷父亲来也不会例外。不过他仍希望这剑士的速度快一些，不由得提醒道：“是有关轩辕和施妙法师的消息!”

众守门的剑士皆为之动容，那去传讯的剑士一怔，脚步立刻加快。

“开城门!”凤妮喝道，此际她一身戎装，勾勒出凹凸有致又绝美无瑕的娇躯，浅绿色的衣衫在暗夜灯火的光亮之中似散发出一种幽幽的光彩。

“圣女，创世大祭司吩……”

“难道你敢违抗圣女的命令?!”圣女凤妮身前的四名剑士一齐拔剑怒叱，打断了那驻守城门的小头目之话。

那驻守城门的小头目乃是创世大祭司的亲信方岩，在有熊族中掌管西南城门之职，平时也挺风光，但这一刻他却知道绝对不能与圣女凤妮过不去，否则的话，单凭圣女身边的八大金穗剑士中的任何一人都足以取他性命。在有熊族中，若是有人不知道金穗剑士的可怕，那这个人定是傻子。其实，即使有熊族中的几个傻子见了金穗剑士，也会吓得慌忙躲避。

“小的不敢，只是担心如此深夜，圣女出城不甚安全，不如请大祭司多抽调一些高手保护圣女……”

“少啰唆，开城门!”一名金穗剑士冷冷地叱道。

方岩有些微怒，但在这群金穗剑士面前却是只能忍而不发，只得向守在城门边的守卫喝道：“还不开城门?!”

吱……呀……一声巨大的轰响，城门犹如饥饿的巨兽之口缓缓张开，数十人同时出力推动着这巨大而沉重的城门。

城门之外，一片黑暗，唯城门口处有些微光，在明亮与黑暗的对比下，城外一个世界，城内一个世界。

圣女的坐骑是一头巨鹿，金穗剑士们所乘的是一群巨鹿，阵容倒极为浩荡，在圣女的前后左右还围着三十二名银穗剑手，这代表着有熊族中两种顶级剑手的超强组合。

“等等!”一个极为洪亮的声音传了过来。

所有人的目光不由都转向声音传来之处，圣女凤妮脸色顿时有些不自然。

“伏朗公子!”八名金穗剑手神情立刻变得恭敬起来。

“师妹如此深夜要去哪里?”伏朗疾步赶了上来，语意之中微有些责备。在有熊族中，大概也只有伏朗可以以这种语气跟圣女凤妮说话，就因为伏朗是圣女凤妮的师兄，不仅仅如此，伏朗还是伏羲族的新一代接班人，不凭别人，就凭其父太昊的名号，天下间便没有几个人敢惹他。何况伏朗与凤妮的关系更有一层外人所无法明了的东西，因此，在有熊族中，伏朗以这样的语气跟圣女凤妮说话并没有任何人以为不可以，或是提出反对意见。

“师兄这么晚还不曾休息吗?”圣女凤妮并不先回答伏朗的话，反问道。

“闻听师妹深夜要出城，我就只好起身了！”伏朗说话间已来到了圣女的面前。

“惊扰了师兄休息，实有不该，不过师兄你请回吧，我要去癸城办一些事情。”圣女凤妮语气极为客气。

伏朗的脸色微微一变，但旋即又道：“此际外面四处漆黑，而又是处在非常时期，有什么事情何不留得明天再办？这样出城，路途之上可能会有危险。”

“不劳师兄挂心，以我身边的这群高手足够有能力保护我，何况，谁若小看我，我定不会让他好看！”圣女凤妮自信地道。

“这样吧，如果师妹定要去癸城，就让我陪你走一趟吧，一切还是小心一些为好！”伏朗淡淡地笑了笑道。

凤妮微呆，目光在伏朗脸上扫了一下，知道推辞不了，只得点头道：“好吧！”

“备鹿！”伏朗向身后一人招手呼道。

人群中，立刻有人牵出一匹战鹿，伏朗以一个极为优美的翻身掠上了鹿背。

那些金穗剑士看了也不由得心中暗赞，伏朗就是那种连男人看了都觉得潇洒帅气的人，那高大而完美的体形，在这群金穗剑士的眼里也觉得与圣女凤妮的绝美的确是上天安排的绝配。不过，他们发现，今晚圣女凤妮对伏朗的态度似乎并不好，当然，这并不影响大局，他们依然照样赶自己的路。

癸城，夜晚却是极静，皆因城中的人数本就不是太多，一入夜，就显得寂寥难耐，城中的平民并不喜欢夜晚出来走动，就算有也只有那么几个老人聚在屋外乘凉，一切仍是那么静寂。

在静寂中，当然也酝酿着杀戮，这几日的夜晚，城外老是发现魅影幢幢，显然有敌人在外窥探，但却没有人能够探得究竟是哪路敌人。

当然，这些是没有必要去探查清楚的，只要敌人不准备攻城，就不必搭理。事实上，有谁能够攻下这凭借天险而筑的雄城呢？除非对方以全是高手的阵容越城而过，否则的话，想攻下这座雄城至少得花上二十倍的兵力。当然，若对方以数万人且以极为先进的攻城工具攻城，那自另当别论，只是这样的阵容几是不可能的，除非是东夷族倾巢来犯，抑或是鬼方诸部倾力来犯。

但不管情况怎样，癸城仍不能不加以防范。

剑奴所住之处与轩辕相去不远，他似乎并没有睡觉的习惯，或许是因这几十年来都以打坐代替了睡觉之故，犹如一个苦行者，但对自身的一切要求却极为严格。在他的心中，只有两样东西，那就是忠和剑！

忠是忠于主人，忠于自己的责任，另外便是等同于自己第二生命的剑。他的生命早已与剑融合，就是睡觉之时，也照样抱剑而眠；打坐之时，横剑于膝。剑已与他建立了血脉相连的关系。

今夜，他也喝了不少酒，但他知道自己仍是清醒的，而他能清晰地听到轩辕住处的几声轻响便是最好的证明。

响声响起之时，月牙已偏西，将坠未坠之时，剑奴对别的或许不敏感，但是对轩辕那边发生的事情却是极为敏感。

事实上，轩辕住处的几声轻响惊动的不仅仅是剑奴，就连守在不远处的护卫们也全都惊动了。不过，剑奴最先赶到轩辕的住处。

本来为轩辕守卫的两名癸城战士身首异处，血染地面。

所有人都拥入了轩辕的房间，剑奴是自窗子而入的，但是进入轩辕的房间众人又呆住了。

在轩辕的床边，呈半圆形躺着八具尸体，尸体的样子极为协调，好像是有人故意将这八具尸体仔细地摆放一般，所呈的弧度没有半点挑剔。

轩辕不见了，轩辕的床边有其呕吐的秽物，可是轩辕却并不在床上。

剑奴的脸色变了，那群赶来的战士脸色也变了，要知道轩辕乃是癸城的贵宾，而此刻在轩辕的房里竟出现这八具尸体，不问可知，这八个人是私闯轩辕房间，欲趁轩辕酒醉杀人，可是却不知道被什么人给杀了。

每具尸体上只有一道伤口，这道伤口就在咽喉上，一抹殷红。每个人的伤口竟奇迹般的相似，长度一样，深度似也相同。

一招杀敌，而且是在一招之间杀死这八人，出手之人究竟是谁？谁有如此快的动作，谁有如此玄妙诡异的招式？

死者伤口极窄，也极浅，真正致命的只是渗入皮肤中的气劲，这使得众人无法分清这是刀伤抑或是剑伤。

当然，对于死者，并没有太多研究的必要，重要的是轩辕的下落。

轩辕究竟去了哪里？是被掳还是自己走了？可是看轩辕所呕吐的秽物，按理轩辕已经醉得很厉害。

“那童仆呢？”剑奴突然想起晚上伺候轩辕的童仆，而此刻，这童仆的尸体不在，人也不在，那这童仆很可能与轩辕一起消失了。

“给我立刻去查！”蒙赤武也闻讯赶了过来，他的酒意似乎仍未全醒，昨晚他向轩辕劝的酒最多了，但这时候他也意识到了事情的严重性，不由得急忙吩咐道。

剑奴未语，跃上轩辕所睡的床，床面微温，可见轩辕才消失不久，他想不到究竟谁有这么快的速度能够掳走轩辕而不被他发现。

轩辕的刀剑皆已不在，房间之中所有关于轩辕的东西就只有一件外套长衫，长衫挂在床头上，显然没有人动。

轩辕的鞋子睡前未脱，或许是因为醉酒的原因，轩辕不让别人脱鞋，剑奴也便只得依言。

“立刻通知封锁所有路口，加强城门的防守，任何人不得出城！”蒙赤武的酒意大醒，或许是被血腥所冲之故，向一旁的人吼道。

其实此刻守卫们早已四处出动，寻找任何蛛丝马迹。

“总管认识这八个人？”剑奴目光移向蒙赤武，冷冷地问道，此刻的他难得仍保持一份特有的冷静，数十年的修养并没有白白浪费。

蒙赤武的脸色有些难看，无可奈何地道：“这之中有两人我认识，而其余的六人我并不知道他们的身份，看样子是来自城外的人！”说到这里，蒙赤武反向身边的护卫吩咐道，“立刻让斧营队长古奇来见我！”

“我去！”说话的竟是牧野。

剑奴的脸色极为难看，虽然他不相信以轩辕的武功如此轻易便被对方制伏，但是此刻发生的事情让人不得不产生许多联想，正所谓明枪易躲，暗箭难防，而且此刻轩辕醉酒，醉得又十分厉害，谁敢保证轩辕能够安然地避过敌人的偷袭呢？

“我想亲自去斧营一趟，还请总管别让这里的尸体被人移动了，至少到天明前不要被人移动！”剑奴沉声道。

此刻剑奴心中有气，整个人都显得霸道威猛。他本是一个极为厉害的高手，那种高手的气质不经意间便流露了出来，让人绝不敢小视。

蒙赤武也绝不敢小看这个老头，作为一个高手，他清楚地感觉到这个老者体内涌动着的是与其年龄极不相称的生机，那种勃发的气势使人不寒而凛，让人感觉到若是谁激怒了剑奴，所换来的将是最无情的攻击。当然，蒙赤武绝不怕剑奴的攻击，但是剑奴是轩辕的朋友，也便是癸城的客人和贵宾，此刻轩辕更在癸城出事，他心中有愧，自然对剑奴十分客气，也自不会计较剑奴语气上的不恭。

“好，我陪你一起去！”蒙赤武道了一声，然后吩咐一些人守住现场，不能让任何人移动尸体或其他东西。

当伯夷父和天浪祭司赶来之时，剑奴和蒙赤武正向斧营匆匆赶去。

“究竟发生了什么事？”伯夷父挡住蒙赤武问道。

“轩辕公子失踪了！”蒙赤武简要地将突变作了叙述，伯夷父和天浪祭司的脸色都变了，于是一行人全都向斧营方向行去。

剑奴也有些惊讶，癸城中的人竟对轩辕如此重视，他并不明白其中的原因，但他却为轩辕感到自豪，能在有熊族中得人重视和尊敬，这的确是一件很值得庆幸之事，可是在这庆幸的背后，却隐藏着极大的危机，正如此际轩辕的失踪。

想到这里，剑奴没有半点高兴，谁敢肯定癸城之人对轩辕的“好”不是在掩盖某个阴谋？难道说，将轩辕灌醉就是阴谋的一部分？剑奴心中极端沉重，对癸城竟产生了一种异样的戒心。事实上，如果轩辕真的出了什么事的话，癸城和有熊族绝对脱不了干系，他也绝不会与癸城善罢甘休，那时候的局势只怕会极僵。

斧营，在癸城的东北角。有熊族战士分七大营和熊城军，七大营分别是斧营、剑营、刀营、盾营、弓营、枪营和土木营，而熊城军则由一些亲卫和金、银、铜三级剑手所组成，另外再加上一些由创世大祭司亲训出来的死士及蒙络所拥的亲军组成，这就是有熊族战士的规划。

有熊本部本有三千余勇士，再加上一些依附于有熊族的大小各族，可战之勇士达一万以上。若是算上一些年长的高手，足以达到一万五千余人。而这之中的高手难以计数，还有许许多多星罗棋布于各地的有熊族分支，若是将这些实力组合起来，最精锐的战士可以达到两万以上。

当然，有熊族的妇孺和一些闲杂人员加起来足以达到十万有余，这之中当然包括各依附的部落。

事实上，在这个年代，就是妇人也能作战，生活在这个时代之中，每天都必须面对生与死的挑战，每个人都有自己的一套保命方法，女人能够骑射这很正常。不过，这些女人们必须带养小孩和照顾长者，有些更安排其纺纱织布。

当然，所有的有熊族战士也都得参加劳动，包括种地打猎，虽然有许多奴隶在开荒种地，但那些人并不足以支撑这么多人的日常生活。有熊族之所以能够强大，能够经久不衰，就是因为他们自给自足，自己养活自己，更自强不息地自我强大，自我完善。

剑奴对有熊族的一切并不是没有听说过，他也知道有熊族的斧营有着超强的战斗力，之中高手如云，但此刻他很快就要与斧营打交道了。

古奇疯了，也死了！

古奇疯了，他挥斧砍死了两名传唤他的战士，然后自杀了，死的时候还如野兽一般呵呵怪叫，像一头发了狂的公牛，所有见过他疯状的人，都在心有余悸地抽凉气。

牧野的脸色有些苍白，他在古奇的胸部刺了一剑，而古奇的斧头差点劈下了他的膀子，他受了伤，却仍心有余悸。发疯了的古奇功力竟比平常高出许多，平时古奇的武功与他不过是在伯仲之间，可是刚才古奇明显占了优势。只不过，在他刺了古奇一剑后，古奇突然挥斧自杀，这是他所没有料到的。

斧营的众兄弟都没有料到这场变故，他们本想助牧野将古奇制住，却没想到尚未出手古奇便已身首异处。

古奇为什么会这样？难道他真的疯了？可是为什么要自杀？为什么要杀传唤他的战士？为什么一有人来传唤他，他就会发狂发疯，更要杀人？

所有的人都有些迷惑，所有人都在发呆，就像是做了一场古怪而又荒唐的梦。

剑奴诸人赶来，却又只是看到几具尸体，看到一群惊愕不已的人，这群人还未自刚才的震惊中恢复过来。

古奇一向都是一个温柔而极为豪爽的人，人缘不错，又是斧营的癸城分队队长，能够处在这个位置本身就值得骄傲，而且他又如此年轻，可以说是前途不可限量，但就是这样一个人却在突然之间改变了过去众人所熟悉的一面，变得疯狂，然后死去。在众人的心中，对这场变故一时之间还很难接受。不过，他们必须接受这个事实。

现实往往都是残酷的，而又没有谁能够摆脱现实的束缚。

古奇的死，留给蒙赤武的只是更为揪心的痛，是不是古奇已经意识到了什么？是不是有人向古奇下了毒？抑或这本就是一个精心策划的杀局，此刻只是为了杀人灭口？

已有人将刚才的变故极为详细地讲给蒙赤武和伯夷父听了，但是所有人的脸色都极为难看，保持沉默，抑或只是在思索，在考虑着某些问题。

剑奴的脸上木无表情，不过，他却知道，这件事情并不只是针对他和轩辕，甚至是针对有熊族。可是这又是什么人所为呢？古奇的死，是杀人灭口吗？为何对方要选择这种方式杀人灭口？但照刚才这么多人所说的，古奇只是自杀的，与他杀并没有关系，就凭牧野的那一剑根本就不是致命的伤，真正致命的伤乃是古奇自己以斧断喉之创。

这一切很明显是属于自杀，但如果要说有人灭口的话，唯一可追究的便是为什么古奇会发疯？

事实上，敌人为何要杀人灭口？难道就是因为有两位死者是斧营中的人吗？这又能说明什么？难道古奇真的知道内情？抑或古奇身上有一些很容易被察觉的秘密？可是，如果真是敌人杀人灭口的话，那这个敌人行动的速度实在是快得惊人，所得的消息准确得惊人，而其手段之狠辣更是让人无法想象。

牧野被人扶去包扎伤口了，但这里的事情绝没有完，至少斧营的队长由谁来担任？后事如何处理……这必须及时解决。

剑奴不想再说什么，因为再说也是多余的，事情已经越来越复杂，连他也有些不知所以。

癸城之中变得乱哄哄的，所有能够出动的人都行动了起来。很久以来，癸城都不曾有这般乱过，也未曾有这般大规模动员，就像是已经兵临城下，大战在即一般，而这一切只是因为轩辕的失踪。

事实上，轩辕的失踪并没有必要如此大张旗鼓，当然那只是指在平常，但这一刻伯夷父却不能不大张旗鼓，那是因为他早已派人通知了身在熊城的圣女，如果圣女赶来癸城，而轩辕又失踪了，他还真不知道该如何向圣女交代，这些却是外人所不能了解的苦衷。

而此刻，圣女凤妮的确已是在赶来癸城的途中。

一行数十骑乘夜赶路，圣女这般急切的心情让许多人都不解，更让伏朗不是味儿。

伏朗岂会不知道凤妮此来癸城只是因为轩辕？事实上，在他的眼里，轩辕根本不算个人物。不可否认，他看不起轩辕，藐视轩辕，但他也容不下轩辕。

这是一种很矛盾的心态，就连伏朗自己也觉得惊讶，他居然为一个他所藐视的人动了排挤之心。

在神堡之时，他竟然对这个人起了杀念，总想让人干掉这个人，也就在那时，他已经不知不觉中将轩辕当作了一个对手，一个无论身份和武功都不配成为他对手的人，居然在那一刻被他视为有威胁的对手。抑或伏朗并没有将轩辕当成一个对手，因为他觉得轩辕不够资格，只是他觉得这个年轻人很讨厌，对于一个他所讨厌的人，他并不想对方活得开心。

后来，他知道轩辕不仅没有死，还让九黎人闹得灰头土脸，他首先感到有些吃惊，然后只当轩辕只是凭几分运道而已，仍没有将这个人列为自己的对手。可是他却发现往日对他百依百顺的圣女凤妮起了变化。

伏朗是一个很敏感的人，也是一个很高傲的人，他自小所生活的环境塑造了他的性格，他觉得这个世上没有哪个同龄人比他更优秀，没有人能够超越他。无论是容貌、才华、武功、智慧，他绝不容许有人抢占了他的风头。

事实上，伏朗的容貌、才华、武功和智慧的确是人中之龙，而且他有个好父亲，因此他有骄傲的资本，有自信轻狂的能力。也正因此，他绝不容许他所喜欢的女人对他有一点点的不恭顺，更不能爱上别人。虽然此刻圣女凤妮并不是他的女人，但是他的师妹，是他所喜欢的女人，二人之间更有过一段不平常的情愫。可是当轩辕出现之后，圣女凤妮竟开始变了，也许，就是因为圣女凤妮的变，才会使得伏朗讨厌轩辕，他认为轩辕只是夹在他们之间的一条臭虫。轩辕的出现玷污了他与凤妮的感情，所以他想轩辕从世上消失。

满苍夷刺杀轩辕失手，后来九黎族也在轩辕手中吃了大亏，这时候伏朗才发现，轩辕并不只是一只玷污他与凤妮感情的臭虫，而是分夺凤妮感情的敌人。

事实证明了这一点，凤妮竟真的对轩辕有情，而且知道伏朗出卖了轩辕。于是，凤妮在对轩辕有情的同时又多了几分愧疚，更对伏朗多了几分冷落，这很出乎伏朗的意料之外。

伏朗有些恼怒，但他不敢对凤妮发脾气，因为他的确爱上了这个美得无与伦比的师妹。可他就是不明白，轩辕凭什么跟他争女人？轩辕凭什么能获得凤妮的欢心？他总觉得轩辕根本就不配不上凤妮，无论是家世、武功、容貌，抑或智慧……

而凤妮并不是一个忘恩负义的人，那是因为她从小就离开父母，在一个看别人脸色的环境中长大，虽然她与伏朗同样身份尊贵，可是环境却大有差异，她想到轩辕这一路上舍生忘死地相救，所费的心力不仅没有得到回报，反而却差点被自己害得陷入了万劫不复之境，因此她一直想对轩辕作一些补偿。不可否认，以一个女人的眼光来看，轩辕身上的确有股让人无法抗拒的魅力，而那含而不露的智慧似乎没有什么事情是他无法解决的，总会想到一些奇谋诡计斗败敌人，救出她和一干兄弟。当然，这之中不可否认地存在着许多幸运的成分，但是以轩辕当时的人力和武功，能够出现这样的结果已经非常不错了。而且在轩辕的身上还有一股在伏朗身上找不到的豪气，那么平实却又显得那么傲然，似乎睥睨众生却又融入众生，就是这种豪气和特殊的气质才会有着让人无法抗拒的魅力。而伏朗却只有那一股傲气，似乎根本就没有人配与他相提并论，那种高傲却是盲目而脱离实际的，像是离这个世界极远的梦境，让人无法靠近，更找不到那种随和写意的洒脱。

轩辕骄傲，但却让人可以接受，他的傲可以感染别人，可以让与他一起的人也变得更自信更傲然，骄傲得亲切而温和；伏朗的骄傲只会让人心冷，让人远避，这便是人性的差别。当然，伏朗绝不是一个会反省的人，他从不会认为自己会做错某件事情，从来都不会！

第七十五章　神魔俱损

有熊族许多人都知道轩辕，最初只是听说这个人曾让九黎人连吃数大败仗，损失近千士卒，更无力扩张实力。后来自凤宫传出消息，说这个轩辕便是曾经数次拼死救护圣女的功臣，接着有关轩辕的事迹便越传越多，有自凤宫中传出的，也有自外界传来的消息，包括轩辕在君子国之中所做的事和在君子国中所流传的故事。

以有熊族的实力，如君子国中所发生的事绝对无法瞒过有熊族的耳目，因此，有熊族守卫在最外围的十大联城中的年轻士卒们都喜欢拿这个与自己一般年轻的人作话题。当然，这些人选择轩辕作话题，还是因为轩辕与圣女凤妮和有熊族的特殊关系。在这群年轻人的眼中，他们其实并没有把轩辕当作外人。

有熊族中，了解轩辕最多的当然是凤宫之人，因为圣女凤妮每天都在关注着轩辕的消息，更曾向亲信下令，有轩辕消息必须以最快的速度回报。

有熊族的年轻勇士们最尊敬圣女，也许是因为圣女凤妮的绝美，但不管因为什么，他们已在自己心中将圣女几乎定位于神，而轩辕却是圣女凤妮所关注的人。是以，轩辕自然会成为有熊族的贵宾了。

这之中，最恨轩辕的人便是伏朗，可是这一刻他却要去面对轩辕。事实上，他要让圣女看看，他绝对比轩辕强，只有他才配得上圣女凤妮的绝世姿容，他也想乘机让轩辕死心，若有可能，他可让轩辕变成残废。

伏朗不介意杀人，他根本就不认为轩辕这种人的命值多少钱，他也不会在意在圣女凤妮面前杀人。事实上，他是一个不习惯让环境约束的人，他也不是一个喜欢想后果的人。在这个世上，只有他自己的利益最重要，这个世界也必须以自己为中心。是以，任何妨碍他利益的人，他绝不会顾忌，就算杀了轩辕，圣女也不敢拿他怎样。

这一路上伏朗都在不断地盘算着，若不是一声惊呼打扰了他的思路，只怕他还会盘算下去。

一声惊呼之后，又是几声惊呼，几只战鹿前蹄跪倒，包括伏朗所骑的战鹿在内。

伏朗身子极为轻盈地掠上树干，却发现地上几根老藤在树林之间相互缠绕，正是这些东西使得战鹿绊倒。

圣女凤妮也差点步上了后尘，但是她身边的金穗剑士拉住了她所乘巨鹿的缰绳。

几名银穗剑士落地滚了一滚，又立刻弹了起来，另有两名金穗剑士平稳地落地，巨鹿已经损失了六匹，不过并没有死去。

“大家小心！”圣女凤妮低喝道，所有的剑士立刻将圣女团团护住，似乎是在防备敌人的偷袭。

火把全部熄灭，因为他们若不想成为敌人攻击的目标，就必须面对黑暗，这是没有办法的事。

伏朗大感没面子，知道是刚才自己没有集中精神这才中伏，如果自己稍稍注意一些，绝不会发生如此变故。可是既然事情已经发生了，他也无法挽回，只好冷哼一声，自枝头疾掠，他想找到敌人的所在，然后挽回一点颜面。

黑暗的林间静无声息，像是陷入了一片死域之中。

每个人都极力保持自己的警觉性，每个人都极力将功力散于身体的每一个部位，准备作出最快也最强烈的反击。

这粗藤绝对是人为所设，在如此暗夜之中，对这群乘鹿而至的人来说，的确是个极大的威胁，而此刻的形势也证明了这一点。

问题是此刻天色太暗，根本就无法发现敌人的所在，他们一开始便将自己陷入了极为不利的局面。

此地距癸城不过只有十数里而已，虽是晚上，但是奔鹿的速度的确极快，对于负重后不耐长力的战鹿来说，短距离的奔跑却是极快。

当然，若是在白天，只需一个时辰便足以赶到癸城，但晚上战鹿不敢撒蹄狂奔，这便使得速度大打折扣。

银穗剑士迅速四散搜寻，此刻只要有任何一点可疑之物都将成为他们攻击的对象，绝对不会有半点留情。在他们的眼里，圣女的生命高于一切。不过，所幸的是林间似没有其他的机关，否则就算这群人是高手也难免会吃亏上当了。

“火光！”有人低声惊呼，那群搜寻敌人的银穗剑士发现远处似有一堆火光。

在这荒岭之中，有一堆古怪的篝火的确是个意外，而且这很容易与绊倒巨鹿的粗藤联系在一起。

“大家小心一些！”圣女诸人早已越过粗藤，她身在高处，自然比别人看得更远。

金穗剑士和银穗剑士迅速向那篝火燃起的地方移去，他们倒想看看对方究竟是何方神圣。

“那会不会是一个陷阱？”一名金穗剑士担心地问道。

“或许！”这个时候的确没有人能够说清楚，但任何人都不会放过这条线索。是以，明知是陷阱依然要踩进去，这是没法改变的事实。

篝火毕剥作响，不时有阵阵肉香散出，竟有人有如此雅兴在这里烧烤野味。

一切都似乎显得极为沉寂，有一人以竹笠掩住了头脸，背对着赶来的诸人在拨弄着篝火，神情专注得让人吃惊，他似乎并不知道此刻是夏日，似乎感觉不到丝毫的炎热，居然有如此兴致在“烤火”。

伏朗静立在这神秘怪人身后五丈之处，神情极为冷漠，更似涌动着强烈的杀机。他也知道，那粗藤也许不是这人所设，但这人总脱不了嫌疑，只要有嫌疑，他就不想对这神秘人客气。

银穗剑士也已呈半月形将这块地方包围了。

“各位既至，何不来共享美味？荒山野岭独品清泉倒也不胜寂寞，请了！”神秘人头也不回，依然拨弄着在篝火上烤着的一只獐子，淡然道。

神秘人此语一出，众人皆惊，更感这人神秘不可揣度。在如此深夜，如此怪人，如此随意的话，的确能够形成一种无形的压力。

“那路障是不是你所设？”伏朗并没有耐心与这人闲扯，出口便问道，他已从对方的声音中听出，对方应是个年龄不大的人。

“不错，是我所设！”神秘人竟直言不讳，这让伏朗和所有银穗剑士都感有些讶异。

伏朗似也被对方的回答弄得不知道该立刻出手还是该如何，不过，他很难得地耐住性子，冷冷地质问道：“你为什么要这样做？”

“想请你们陪我吃这只味道极美的獐子！”神秘人的回答更是荒唐，甚至让人觉得好笑和愤怒。

谁都没想到神秘人竟是这种回答方式，直接而又略带一些讥讽之意，对于伏朗等人来说，的确有些讽刺。

伏朗怒极反笑，大步向神秘人走去，口中阴冷地道：“我倒是想试试将你烤熟的味道如何！”

“我皮粗肉糙，吃起来尽是渣渣！”神秘人似乎根本没有意识到伏朗动了杀机，回答得仍是那么坦然自若，甚至连身子都不转过来。

圣女凤妮也驱鹿行了过来，自然听到了神秘人和伏朗的对话，但她的脸色竟然变了变。

伏朗行至神秘人背后三丈之时，蓦地加速，出手！掌风挟带风雷之声，犹如天空之中到处都是闪电霹雳。

呼……那堆燃烧得正旺的篝火突然极速膨胀，犹如一只充了气的巨大火球向四面八方伸展，而那神秘人竟然被这巨大的火球整个吞没。

四周的金穗剑士皆大惊大奇，他们从来都没有见过这般古怪的攻击方式。他们自然知道，这并不是因为伏朗的攻击，事实很快便证明了这一点。

那巨大的火球蓦地爆射出一道强烈的火舌，越过近两丈空间，直向伏朗迎去。

轰……伏朗的身子微震，那道火舌四散成千万点火星，溅得夜空一片凌乱。火舌一散，伏朗再进，依然是招式不改地向那巨大的火球攻去。

火球竟在突然间离地而起，以万钧之势向伏朗撞去。

每个人都感觉到了来自火球之中那张狂而野性的气机，那个火球便像是蕴含了毁灭一切的强大气势，在那直径丈余的体积内似乎存在着整个天地的活力，让人不由自主地会想到，若是稍一触碰，便将会引发无穷无尽的灾难。

轰……一声强烈至极的爆响，犹如两个炸雷在虚空中交击。

伏朗被火球吞没，但他又自火球的背面穿了出来。火球却拉长成一个椭圆的形状，更有无数的火星溅射而出。

伏朗头上沾了几点火星，使得他的形象有些狼狈。

任何人都知道，伏朗并没有占到便宜，那些金穗剑士不由得大为惊疑，他们真想不到这神秘人物究竟是什么人，竟连伏朗也不能占到丝毫便宜。

圣女凤妮的眉头皱得更紧，她发现刚才那堆篝火之处连一根柴棒也没有，看来神秘人不仅仅是身子融入篝火之中，更连那一堆柴火亦一起卷了起来，也即是说神秘人是背着一堆柴火与伏朗交手的，而且是正在燃烧的柴火，这人实在太可怕了！

伏朗身子落地，那团火球也落在空地之上，立刻又恢复了浑圆的球状。

伏朗欲出手再攻，却发现自火球之中再射出一道火舌，火舌似乎带着万钧的力道冲出。

火球开始旋动，生出一股灼热的气流，四周的灌木竟自燃起来，声势惊人至极。

伏朗闪开一道火舌，若游鱼般向火球滑去，但是火球似乎四处都是眼睛，更有着强大无伦的攻击力。

呼呼……数十道火舌同时喷出，在虚空之中交织成一道火网，火网之间更有许多带着强猛劲气的火棒穿插，完完全全封死了伏朗的进攻路线。

“呜……”伏朗一声低吼，身子蓦地腾空，一道暗影自他的衣底射出，强大无匹的气旋顿时之间犹如一张大网将火舌压了下去。

“损魔鞭!”金穗剑士中一人惊羡地低唤了一声，他认出伏朗手中的兵刃正是神族十大神器中的损魔鞭。

金穗剑士们极少见过伏朗动用兵刃，但这一刻他却被对方逼得非出鞭不可，或许这是一种悲哀。

嘶……那飞射的火舌被如龙卷风的鞭影绞得化为无数火星，而火棒更是被绞碎。

哗……火球蓦地扩张开来，由圆变椭圆，由椭圆变成一张巨大的火盾，那神秘人终于现身，火球却成了他身前一张巨盾，又若一个巨大的壳。

构成篝火的柴火成了这张大盾的龙骨，支撑着这灼热的大盾迎向伏朗。

“住手!”圣女凤妮忍不住惊呼，她终于发现了这神秘人物的面容，竟是她一直挂念着的轩辕！因此，她禁不住张口大呼。她绝不想轩辕和伏朗两个人中的任何一人受伤。

呼……轩辕手中的那张火盾竟掷了出去，在掷出的刹那，所有燃烧的柴火犹如一支支注满“气”的飞剑，自绝不相同的方位和角度疯狂地射向伏朗。

金穗剑士和银穗剑士看了都禁不住为之震撼，这种控剑方式的确已达到了出神入化的地步。

事实上，当轩辕与那团火焰脱离，将之化为火盾时，所有人都在惊呼。没有人明白这是什么功夫，但却没有人会不知道如此操控火球需要何等功力，更何况轩辕身上没有半点烧伤的痕迹，这简直就是一个奇迹！

世间本就没有人所不能创造的奇迹，不过，有些奇迹不是每个人都能够创造的。

火盾之中夹着轩辕的真气，事实上，火盾本就是被轩辕以强大功力将火球展开托起。而此刻，火盾冲天而起，几乎把伏朗完全淹于其中。

轰……天空之中一片嚣乱，无数的火星四射溅开，犹如成千上万只火鸦四处飞窜，更带着惊心动魄的锐响尖啸。

轩辕的身影犹如精灵一般消失在火焰之中，消失在所有人的视线之中。

火盾碎成千万片，那如飞剑一般的火棒也被损魔鞭强大的劲气给绞得粉碎。

伏朗穿过火盾落于地上，神鞭依然如蛟龙般盘绕着整个身影，四周的火星和火焰触及鞭风即灭。

不过，谁都可以看到伏朗的样子极为狼狈，发髻有些焦煳，散发出一种异样的臭味，那本来整洁的衣衫也被火星烫出几个大洞，与他那完美的体形相配，显得极为滑稽。

“好鞭！好鞭法！”众人此刻才发现轩辕已在一棵古树的横枝上跷着二郎腿，手中竟还拿着那只烤得香气诱人的獐子。

那是距伏朗足有六丈的粗树枝，众人竟未曾发现轩辕是如何上了那棵树的，正如癸城中没有人知道轩辕是如何出城的一般。

“轩辕公子！”惊呼的人是伯夷父派去熊城传讯的几名战士，他们的身形暴露在火光之中，这时仰首才发现那竹笠之下的面容，他们怎么也想不到轩辕竟在这种荒山野岭之中独享烧烤的猎物，而不是在癸城睡大觉。

那群与圣女凤妮同来的剑士们又是惊又是好笑，弄了半天，这个神秘兮兮的人竟是圣女凤妮所要找的轩辕，惊的是轩辕的武功竟然达到了如此惊人的地步，就连伏朗也无法占到丝毫便宜，甚至落于下风。

最为愤怒和尴尬的当然是伏朗，伏朗不仅怒，更惊！他一直想杀掉这个他根本瞧不起的人，却没想到一开始就被轩辕弄得灰头土脸，而且这个面子是当着圣女凤妮丢的，这怎叫他不恼？不怒？不恨？他吃惊的却是此刻轩辕的武功，半年前见到轩辕之时，其武功根本就不足以放在他心上，可是才隔七八个月不见，轩辕的武功竟达到了深不可测的地步，这简直是一个奇迹，可奇迹也是现实，一个他必须面对的事实。

伏朗未等其他的人有任何反应，便已挥鞭向轩辕攻去。他从来都未曾受过如此的恶气，也从未丢过如此大的面子，是以他忍无可忍，要在圣女凤妮作出决定之前将这个对手毁于鞭下。他知道，自己并不一定能够在顷刻之间胜过轩辕，但至少要让轩辕损失一些什么，或是大丢一次面子。因此，他使出了损魔鞭中若非迫不得已绝不轻易施出的杀招——神魔俱损！

“小心！”圣女凤妮大惊，她无论如何也没有料到伏朗竟会作出如此狠绝的决定，而且诛杀轩辕的心如此之坚决。但她却无能为力，因为她根本就来不及出手阻止，而且就算她出手相阻，又怎么阻止得了这绝世的杀招呢？

噼……哗……一道闪电破空而落，正与高扬的损魔鞭相接，在惊雷响起之时，伏朗形如厉鬼，头发根根如针般倒竖而起。

“你去死吧！”伏朗狂喝声中，飞沙走石，天地变色，枝断叶飞，整片树林刹那间似乎变成了森罗绝域。

“保护圣女！”金穗剑士们大惊，他们何曾见过如此可怖的招式和威力？

轩辕大惊，他早已感觉到伏朗杀他之心极坚，但却没想到伏朗竟会动用如此威力惊人的杀招。

天地之间一时犹如被抽干了空气一般，以伏朗为中心形成一个巨大的空间黑洞，将所有的生机、所有的气劲和存在于虚空中的空气、尘土，以及一些看不见的物质全都向损魔鞭上吸扯。

轩辕绝对不是一个傻子，他有着绝对的作战经验。当那道闪电划落之时，他就已经决定不接伏朗此招。是以在那重若泰山的重压即将包裹他身体前的一刹那，他离开了所栖的那棵大树，身子犹如云雀一般冲天而起。

轩辕见机的确是快，只那么一线，那完全是因为轩辕觉得此时根本就没有与伏朗拼个你死我活的必要，他今日出手，只是想教训一下这个阴险狠辣的对手，称称对方的斤两。毕竟伏朗并不是自己的敌人，所以轩辕选择了回避这一击。

轩辕的身形一升五丈，同时将头顶的竹笠也甩上虚空，此时他离地达七丈之高，却依然清晰地感觉到来自地面的强大牵扯力。

咔嚓……轩辕刚才存身的粗树树杈由于承受不了重压而断，而那棵大树也拦腰折断。伏朗的身形亦冲天而起，他绝不想放过这一击的机会，只不过他没有想到轩辕竟如此狡猾，在未接触之时便逸走，这使得他气劲的封锁完全无效。事实上只要轩辕迟走一步，双方就会成为不得不战之局，那时就是想退也是完全不可能的。但是，轩辕的对敌经验确实是太丰富，竟能早一步感到危险一跃冲天，置身高空，这使伏朗的绝杀之招难以奏效。

轩辕的升势将尽，却刚好赶上那上升的竹笠，脚步在竹笠边沿一点，身形再次腾起三丈，改上升为横掠。

所有人的目光全都仰视着夜空中两条追逐的人影，感受着那让人窒息的压力。他们不能不为轩辕的轻功喝彩，竟能以肉身升空十余丈，然后如流星般平滑而过，这是何等惊世骇俗的身法啊！

伏朗根本就不可能达到这种高度，上升至六丈左右就开始下落，那惊天动地的一击竟无处可击，而蓄足的气劲又不能不泄，只得选中一棵巨大的古树为目标将气劲全都倾泻向大树之上。

伏朗的身法自不能与轩辕来自神风诀上的绝世身法相比，何况轩辕一开始起步便比伏朗要高上两丈，自不是伏朗所能比的。

轰……一声惊天震地的巨响，被伏朗所选中的巨大古树竟炸成四半，然后轰然倒下，树根处的土地犹如遭到雷击一般，一片焦黑。而此时轩辕那轻盈若鸟一般的身子滑落在密林的顶端，踏着枝叶滑翔而过，犹如天外飞仙，潇洒利落至极。

月色犹未尽没，朗朗星空，稀落的星光辉映着轩辕自天而降的身影，所有人都为之惊叹，反倒是伏朗那威力绝伦的一记空击没有完全吸引众人的注意力。因为一开始众人的目光便被轩辕那犹如天马行空般的身影吸引，再未回转，那种美丽的弧迹本就是一种艺术，这刹那之间众人甚至忘了刚才伏朗在朗朗星空中竟引动了雷电，忘了充斥在林间那奔涌的气旋。

轩辕自一树顶冉冉飘落，那光秃秃的脑门在幽暗的星光下闪着一层神秘的幽光。

“能活着再次见到圣女，真叫轩辕欢喜！”轩辕缓步来到圣女凤妮身前两丈远处，不无揶揄地笑道。

圣女凤妮立刻自战鹿背上跃下，满怀歉意地道：“我也一样。不过，我知道曾经做错了一些事，但那只是曾经，难道不是吗？”

轩辕本来满心的愤然，但是在与伏朗交手之后，竟完全消失，甚至有种说不出的轻松。此刻他对圣女的恨意也几乎抹平，见凤妮如此一说，实在是与向他道歉毫无分别，自然也就不想再与之计较什么，爽朗地笑了笑道：“对，那只是曾经！”

火光亮起，所有的人这次是毫无阻碍地看清了轩辕的面容：光秃秃的脑门，如刀削一般刚毅而又不失温柔的脸庞，若只是单论某一个部位，大概除了那双眼睛足以让任何人永生无法忘怀之外，其他部分倒显得十分平常，但五官整体组合起来却有一种让人无法读懂的内涵，更是协调到了无可挑剔的地步。整个人充盈着似可捕捉的勃勃生机，每一寸肌肤都给人以惊叹性的活力。更难得的却是他随便一站都会生出让人欲顶礼膜拜的气势，更天生似具备王者的霸气，那种挂在脸上骄傲的笑容使得轩辕更具一种异样的魅力，使得人们不自觉地想亲近他，受他的保护……就连这群极度看好伏朗的金穗剑士们此刻也不得不承认，轩辕足以成为伏朗的强大竞争对手。当然，如果轩辕也有伏朗一样的家世的话。

伏朗脸色铁青，披头散发地缓步走来，犹如刚自黑暗中行出的魔神，每一步都散发出逼人的邪气，浑身笼罩着一层挥之不去的杀机。他不能说自己没败，在气势和形式上他败了，败给这个他曾经看不起的对手。虽然轩辕躲开了他刚才必杀的一招，但并没有人会说轩辕会畏惧他，也不会有人觉得轩辕是失败者。因为轩辕那惊世骇俗的轻功足以弥补这一点点声誉的损失，何况，轩辕根本就没有与他交手的必要。

轩辕蓦地转身面对伏朗，露出一个极为潇洒，也极为灿烂的笑容，不无讥讽地道：“满苍夷的确没有说错，伏朗公子的武功的确惊世骇俗，就只刚才那一击，便足以让天下所有高手拜服！”

伏朗的杀气再盛，他何尝受过如此闷气？轩辕刚才的话很明显是在讥讽他。

“师兄，都是自己人，何必这样？”圣女凤妮横身挡在轩辕的身前，话语中微有责怪之意。她有些生气伏朗对轩辕下如此杀手，如果不是轩辕轻功绝世，此刻的后果实难以想象，而且此刻伏朗再起杀机，也的确是没将她这个师妹放在眼里，是以她真的是有些生气了。

在旁人的眼里，轩辕的确要比伏朗从容多了，那始终挂在嘴边自信的笑容立刻将伏朗欲择人而噬的形象给比了下去。

伏朗大恼，此刻凤妮明显地是在维护轩辕而责怪他，怎叫他不恼怒？不过，他自是不能对圣女凤妮动粗，顿时杀气大敛，回鞭于腰间，淡淡地道："师妹所言极是，师兄实在不该，今后再也不会了。"

伏朗的突然改变只让众人皆感惊讶，轩辕心中更是一凛，刚才他倒小看了这个对手。这人竟能够如此快地改变态度，实是不简单。只有轩辕明白，伏朗越是如此，杀他之心就越坚决，只是伏朗知道此刻根本就不可能有机会对付他，这才做戏给圣女看的。

圣女凤妮也感到有些意外，以伏朗平时那种性格，怎肯如此好说话？不过，既然伏朗这样表态，她自然不能再说什么。

"伏朗一直对轩辕兄弟有一些歉意，当日未现身与轩辕兄弟相见，只是存在一些苦衷，相信轩辕兄弟定能够谅解，对吗？"伏朗大步行至圣女凤妮前面，竟语意诚恳地伸出手来，意欲与轩辕握手言和。

轩辕并不感到意外，如果他是伏朗的话，也会选择这种方式向圣女凤妮示好。正因为轩辕绝对不比伏朗笨，所以他完全看穿了伏朗的内心所想。当然，轩辕绝对不是一个好相与之人，从小他就学会了隐藏内心的情绪，这一刻碰到伏朗虚与委蛇的示好，也故作大度地伸手相握，道："轩辕自然明白伏朗公子的苦衷，事实上我一直都不曾怪过任何人，否则，我也不会来癸城了！"

轩辕的话比伏朗更直接，甚至根本没有提及心中的不快，这更让人感到其直爽和坦诚，一边的剑手们也都颔首赞许。

圣女凤妮更喜，轩辕这么一说，自然是表示原谅了她，她心头所笼罩的阴云也尽散而去。

"轩辕兄弟真是快人快语，你能谅解就好，其实我也是个直人，有时候脾气不好，得罪之处还望包涵。”伏朗绝口不提刚才的事，却故示坦诚，这不得不让轩辕暗叫厉害。

若非轩辕知道伏朗确有杀他之意，肯定会被其诚意所感动。一旁的众人如果知晓这握手的两人心中所思所虑，只怕都会汗淋全身。

“对了，轩辕公子怎会深夜一个人在这里？”圣女凤妮不解地问道。

“就是为了等你们。”轩辕坦然自若地笑了笑，又道，“圣女还是叫我轩辕好了。”

“等我们？”所有人都为之惊讶。

“你怎会知道我们会在今晚赶来？”圣女凤妮讶然问道。

“我不仅知道你们今晚定会自这条路上赶来，还知道有人想害圣女。所以，我要在这里等你们！”轩辕是语不惊人死不休，每句话都似乎出人意料之外。

“什么人想害凤妮？”伏朗故意向轩辕表示他与圣女之间的亲密，开口问道。

圣女凤妮眉头微皱，但却没有表示什么。

轩辕却心中暗喜，自伏朗这句话中，立刻便被他找到了弱点，那就是圣女凤妮。圣女凤妮将可能是伏朗致命的弱点，而致命的武器则是爱，伏朗对凤妮的爱，这使得伏朗有时候不由自主地失去了冷静，否则的话伏朗绝对不会在这种场合下向别人炫耀自己与凤妮的关系。从另一个角度来考虑，伏朗对他轩辕是有所顾忌的，甚至是担心他会夺走圣女凤妮。窥得这些，轩辕心头一阵轻松，他再不会觉得伏朗是那么难以对付，至少他已经把握到了伏朗的一个弱点，而伏朗对他却一无所知。

当然，轩辕绝没有漏掉圣女凤妮的表情，在黑暗之中，没有人比他的眼力更好，根本就不必火把，他也同样可以清楚地分辨出圣女凤妮的表情。不过，轩辕并不揭破，只是淡然地道：“是什么人我则不知道，但我却知道如果圣女和诸位行入了前面那片林子，就将再也难以出来！”

“为什么？”众人全都脸色大变，圣女忍不住问道。

“因为在那片林子周围已被人洒上了一层地龙血，只要一点火，整片林子则会立刻陷入火海之中，到时候只怕武功再好也难以飞越而出了，便会如我手中的獐子一般……”轩辕说着翻动了一下手中的獐子，像是在作一个极为形象的比较。

“地龙血?!”伏朗也吃了一惊，他自然听说过地龙血，那是产于极东北之地的一种油液，只要有一点火星便能够将之全部点燃，而且只要火一燃着，就很难扑灭。如果说那片林子之中都已经洒满了地龙血，的确是一个极为可怕的杀局。只要他们一入林子，火一点着，他们将会被烈焰四面包围，那时候就算他们的武功再好，只怕也无法逃出烈焰的包围了。

圣女凤妮的脸色变得极为难看，如果对方这个布局真的成功的话，那整个有熊族将会大乱，而癸城势必最先难逃其罪。可是这个敌人是自哪里弄来的如此多的地龙血呢？那只能表示这是一个酝酿了很久的阴谋，而轩辕又是怎样知道这个秘密的呢？

“轩辕公子是如何知道这个消息的？”圣女凤妮又问道。

“叫我轩辕，我不习惯什么公子之类的，还不如伏朗兄叫我轩辕兄弟来得亲切。”轩辕纠正道。

圣女凤妮微有些脸热，她知道轩辕并不会如最初那般对她恭敬有加，或许可以说，轩辕已不再是当初的轩辕，无论是整个人的气势抑或是心态都已经改变了许多，或许可以说，轩辕并没有真正地原谅她。

伏朗有些尴尬，轩辕竟打蛇随棍上，与他称兄道弟，他口中虽然说是，可心里却恨不得把轩辕大卸八块。

轩辕自然没有漏掉圣女凤妮脸红的表情，心中一阵快意，道：“我们还是先去癸城再说吧，如果再不回去，只怕癸城会闹翻天的！”

“轩辕是从癸城出来的吗？”圣女这次倒是遵从了轩辕的话。

“是的，不过，我只为追赶几个人才出城的！”轩辕并不否认。

“那些人呢？”伏朗问道。

“在前面的林子边。”轩辕说着向前去癸城方向的那片林子指了指道。

“我们去看看吧！”圣女凤妮提议道。

林子极为幽静，昏暗之中透着几分诡异，夜枭的尖啼与孤狼的凄嚎使得林间阴风惨惨。

轩辕轻轻地叹了一口气，道："他们都死了！没有一个活口，皆为服毒自尽。"说完他颓然地缩回捏住一名汉子下巴的手。

"他们究竟是什么人？"圣女凤妮突然问道。

"但愿我能知道，因为我也是他们猎杀的对象！"轩辕无可奈何地摊了摊手道。

这群人的确死了，都是咬了含在舌底的毒囊而亡。

伏朗也捏开一具尸体的嘴，那具尸体的嘴角立刻滑出两行紫色的血液，看来的确已经死去多时。

"这里的确泼过地龙血，连那树干上都有！"一名银穗剑士出言道，已经有数名剑士四处找寻线索。

这一事实证明轩辕并不是在危言耸听，可是这群凶手又是些什么人呢？为何这群人会宁死也不成为俘虏呢？若这是敌人执行任务的一贯作风的话，那这群敌人也实在太可怕了，以这群敌人那种严密得近乎残忍的控制下属的手段，便足以让人心寒。

但这敌人如何知晓圣女诸人的行走路线呢？又怎会将时间把握得如此准？那只有一个可能，就是这敌人乃是癸城中极有身份之人，是对方打入癸城的奸细，只有打一开始便知道圣女必来的人才能够有如此充足的时间去布置这一切。而这人处心积虑了许久，也许就是等这么一天，抑或，就算轩辕没有来到癸城，这人也会制造机会。所幸的却是轩辕来了，轩辕不仅来了，还再一次救了圣女诸人的性命。

"这群人并不是来自有熊族！"一名金穗剑士肯定地道。

"癸城之中一定有内奸！"圣女凤妮肯定地道，她也对敌人的狠辣手段感到震惊了，此刻伏朗才知道轩辕之所以设下长藤绊倒战鹿，是想引起他们的注意，而轩辕故意点起一堆篝火，也同样是为了引起他们的注意，于是成功阻止了众人进入密林中送死。不过，伏朗对轩辕绝没有半点感激之情，反倒多添了几许恨意。

“这些只好等我们回到癸城后再说了，这个地方蚊子太多！”轩辕漫不经心地道。

“这片林子咋办？”一名金穗剑士问道。

“留在这儿，禁止人入内，说不定到时候还能够拿它来对付敌人呢！”轩辕笑道。

“也好，就让他们给自己制造一座大坟墓好了！”圣女凤妮附和道。

“可这是我们前去癸城的必经之路，这样下去只怕会给我们今后的行动带来不便。”一名剑士担心地道。

“但如果这场大火燃烧起来，只怕很难灭掉，还会殃及周围的大片树林……”

“这是一个令人头疼的问题，我们先将之搁在一边好了，暂回癸城，一切等天亮再说！”圣女凤妮打断所有人的话道。

癸城，的确有些乱套了，所有人都忙个不停，所有值得怀疑的外人都被调查，却并没有半点头绪。

只有几个在外头乘凉的老头说曾看见过虚空中有黑影晃动，当时他们还以为是妖魅。

也有几个守城的战士说自己好像看到有人自城头掠出，但是他们不敢肯定，因为城墙那么高，何况这群人只防外不防内，对城外的注意比较多，但对城内的动静却是极少注意。因此，这群人并不敢肯定是不是真的有人出城了，或许是自己看花了眼。

各种猜测都有，全城几乎陷入了一片混乱中，若不是伯夷父真的有些魄力，只怕各营间真会乱套。

更没有人有睡意，也没有心情睡，满城的惶乱直到圣女凤妮和轩辕双双赶到癸城东北大厅之时才逐渐平静下来。

轩辕竟与圣女凤妮一起大摇大摆地来到癸城，这让所有守城之人目瞪口呆。城内所有人为了轩辕差点将整座城池都闹翻了天，可轩辕此刻却悠闲地骑在战鹿之上，这简直是一种讽刺，对守城战士的讽刺，对满城高手的讽刺。但既然轩辕安然归返，所有人都松了一口气，何况又有圣女赶来，一城的凄惶顿时化成了欢喜。

轩辕住房中的八具尸体依然未曾移动半分，这是剑奴的命令，因为这些尸体之中可能隐含着线索。

圣女凤妮召来伯夷父和总管蒙赤武两人说了这一路上发生的事，只惊得两人额头渗冷汗，对轩辕不由得又多了一份感激。若不是轩辕阻止了圣女诸人，那后果将不堪设想。他们也不能不佩服轩辕的厉害，昨晚醉得那么厉害，竟能够有如此作为，他们的确是再也不敢小视轩辕的实力了。

轩辕房中的八具尸体自然是轩辕的杰作，那是轩辕的刀锋所为。原来这群刺客以为轩辕大醉之下，必定神志不清，竟没对轩辕太在意，但他们太低估了轩辕的实力，于是就种下了死因，这是谁也改变不了的现实，而这之中，那个童仆竟也是个高手，而且是内应，不过却被轩辕斩杀在城外。当然，这童仆并非真正的“小”，这让轩辕想起了土计。

斧营之中出了内奸这是肯定的，但内奸真的就是古奇吗？抑或可以说，内奸只有古奇一人吗？

这群敌人所做的真够狠绝，竟没有留下一个活口，他们为什么害怕留下活口呢？依照推测，他们害怕留下活口的原因只是因为癸城之中仍有一群绝不能暴露身份的人，为了保护这群人，他们必须灭口。

事实上，如果不是城内还有更重要的人，单凭斧营中一个小小的队长根本就没有资格得知圣女凤妮的消息，更遑论童仆了，因为他们根本就不够分量。不过，古奇和童仆一死，许多的线索都戛然而断。

不过，所幸的是没有人因此受到伤害，只是死去了几名战士而已，但敌人付出的更多。

施妙法师的伤势已经稳定下来，但没有一个月的时间休想复原，毕竟他所受之伤太重，此刻施妙法师的神志尚有些模糊，虽然已经醒转，却很快又睡着了。事实上，他的身体太过虚弱，失血甚多，脸色苍白如纸，连轩辕都差点认不出来了。